「君とは結婚でき
と言われましても

fairy kiss

プロローグ

――ソフィアちゃんの笑顔に、団長も癒やされると思うわ。

その言葉を思い出しながら、ソフィアはにっこりと笑みを浮かべた。

「はじめまして。ジェラルド・フェレール団長。本日付けで会計検査院第三室から王宮騎士団に配属になりました、ソフィア・ルーペと申します。ムーラン・ファバ秘書官が復職されるまでの短い期間ではありますが、ご指導のほど、どうぞよろしくお願いいたします」

ソフィアは朗らかに挨拶をし、頭を下げる。

仕事では人間関係が大事だとソフィアは常々考えていた。もちろん業務内容や勤務時間、給金も大事だ。やりがいを感じるかどうかも、大切だと思う。

けれどもやはり、どれほどやりがいを感じていても、待遇がよかったとしても、職場に苦手な人や怖い人、嫌な人や気が合わない人がいると憂鬱になる。

逆にいい人や気が合う人がいたら、少々待遇が悪くとも頑張ろうと思える。

他者と関わらない業務ならば人間関係を重視する必要はないし、人によって考えは様々だ。しかしソフィアは、仕事場では周囲とよりよい関係を作ろうと心がけていた。

そして、良好な人間関係を作るためには第一印象が大事である。それがすべてではないが、印象はよくしておいて損はない。

ソフィアは薄めに化粧をし、亜麻色の長い髪をきっちりと纏《まと》めていた。初めて袖を通す支給されたばかりの女性用の騎士服にも皺《しわ》ひとつない。

どこからどう見ても、清潔感のある女性……のはずである。

ソフィアはゆっくりと、下げていた頭を上げた。

ソフィアの目の前には重厚な机があり、その机の上には書類がいくつも束になって置いてあった。机の向こうには、今日からソフィアの上官になるジェラルド・フェレールが座っている。

ジェラルドは手元の紙に目を落とし、ペンを走らせていた。どうやらソフィアの渾身《こんしん》の笑顔を、見てはいなかったようだ。

背後にある窓から差し込む陽光が、ジェラルドの銀色の髪をキラキラと光らせている。じっとその輝きを見ながら、ソフィアは彼からの言葉を待つ。

だがジェラルドは黙々とペンを走らせ続け、顔を上げる気配すらなかった。

（…………む、無視……ですか……）

配属一日目。挨拶の段階で、心が折れそうになった。

「……よろしくお願いします……」

無視されようが、とりあえず挨拶は済ませた。

消え入りそうな声で言い、ソフィアが踵《きびす》を返そうとしたときだ。

「ソフィア・ルーペ秘書官」

低いが明瞭な声が、ソフィアの名を呼んだ。

「は、はい！」

ソフィアは慌てて返事をし、ジェラルドに向き直る。

ジェラルドはゆっくりとペンを置いた。

（ああ……書き物の途中だったから、返事をしなかったのね）

手が離せないほどの重要な書き物だったのだろう。

融通の利かない人だとも聞いていた。ソフィアは無視されたわけではなかったのだと、ホッとする。

「君のことは聞いている」

そう口にしながら、ジェラルドが顔を上げた。

彼の顔を見るのは初めてではない。けれど何度も見たことはあるものの遠目に眺めるだけで、こうして対面するのは初めてだった。

理知的なアイスブルーの瞳に、通った鼻梁《びりょう》。薄くかたちのよい唇。それらがこれ以上ないくらい完璧に配置されている。

遠くから見たときも美形だと思っていたが、近くで見ても印象は変わらない。いや、近くだからこそ新たな驚きがある。

ジェラルドの肌はつやつやで、染みもなければ、吹き出物もなかったのだ。

王都一、いやアステーム王国一の美形だというのも、あながち間違った評価ではなさそうだとソフィアは思った。

「騎士団の……いや、僕の秘書官になりたいと君から志願したとか」

ソフィアを一瞥《いちべつ》し、ジェラルドが続ける。

どこか咎《とが》めるような口ぶりに、ジェラルドの美貌に見蕩《みと》れてしまっていたソフィアは我に返る。

「志願……いえ、志願というか」

頼まれたので、異動を願い出た。

願い出たのはソフィアなので、志願といえなくもない。けれど最初気が進まなかったし、今も決して乗り気ではなかった。なので『志願した』の言葉に、反発したくなる。

（でも……本当は嫌だったんです……とは言えないし……）

異動の経緯をどう説明しようか迷っていると、ジェラルドが鼻で嗤《わら》う。

「君は僕の信奉者なのだろう？」

「……し、しんぽうしゃ……」

言われた意味がわからず、ソフィアはジェラルドの言葉を繰り返す。

「しらばっくれるのか……。僕としては君の本心がどうであれ、仕事さえしてくれれば別に構わない。だが、ひとつ忠告しておく。愚かな行為があれば上に報告し、秘書官から外す。人手が足りないのは事実だが、無能はともかく、浮ついた者は信頼できないので傍《そば》に置きたくない」

「………愚かな行為……ですか？」

「僕の秘書官になったと吹聴し、周りに自慢するような行為だ」

ソフィアはそこでようやく、誤解されていることに気づいた。

彼はどうやら、ソフィアがジェラルドに近づきたいがために騎士団の秘書官に志願したと勘違いしている。

「あの！　私は、そのような」

ジェラルドはフッと呆《あき》れたような溜《た》め息《いき》を吐《つ》いた。

「言い訳はやめたまえ。君の本心がどうであれ、仕事さえしてくれれば別に構わないと言っているだろう」

「いえ、私は」

「僕に何度も同じことを言わせるな」

ソフィアの釈明を、ジェラルドが厳しい声で遮る。

「ゴベール副団長！」

冷ややかなアイスブルーの眼差《まなざ》しを向けられ、ソフィアが固まっていると、ジェラルドが声を張り上げた。

少しして「お呼びですか？」と開いたままだったドアから、男性が顔を覗《のぞ》かせた。

四十代くらいだろうか。強面《こわもて》の、長身でがっちりとした体格の中年男性である。

「ファバ秘書官の代理だ。指導を任せる」

「え？　俺に、ですか」

「異議があるのか？」

「いえ、ないっすよ。よろしく、お嬢さん……えっと、名前は……」

「……あ……、ソフィア・ルーペと申します」

ソフィアは引き攣《つ》った微笑《ほほえ》みを浮かべ、ゴベール副団長に頭を下げた。

「ソフィアちゃん」

「ゴベール副団長。ルーペ秘書官だ」

ジェラルドの言葉に、ゴベール副団長は軽く肩を竦《すく》める。

「私はジャコフ・ゴベール。一応、副団長です。ルーペ秘書官、むさ苦しいところですが、どうぞよろしく頼みます」

ゴベール副団長は姿勢を正すと、手を胸に当て、騎士の礼を取った。

「こちらこそ、よろしくお願いします」

「じゃあ……えっと……まずは……」

「騎士団本部の案内」

言い淀《よど》むゴベール副団長に、ジェラルドが指示を出す。

「あ、そうそう、ざざっと案内をします。ついてきてください」

「は、はい」

大股でドアのほうへと向かうゴベール副団長のあとを、ソフィアは慌てて追う。

ドアから出る際、ちらりと背後を窺《うかが》うと、ジェラルドはペンを取って書き物を再開していた。

(話には聞いていたけれど……思っていた以上の……)

際立つ容姿、頭脳明晰《めいせき》で、武芸も達者。

由緒ある家柄の嫡子でありながら、騎士として華々しい功績を持つ男、ジェラルド・フェレール。

天から二物も三物も、四物も与えられた男として評判のジェラルドだが、彼に近しい者、彼をよく知る者は、口を揃《そろ》えてこう言った。

ジェラルド・フェレールは傲慢極まりない男だと――。

これからその傲慢な男のもとで働くのだと思うと、ソフィアは憂鬱になった。

第一章

十五日前――。

食べ物にするか、それとも花にするか。迷ったが、花瓶があるとは限らないし、世話も大変そうなので果物にする。

ソフィアは青果店で新鮮かつ高価な果物を選び、店主に頼んで籠に入れてもらった。

（しばらく節約しないと厳しいわね……）

思わぬ出費が痛いが、致し方ない。

ソフィアは果物の入った籠を抱え、王都の中心部にある王立の医療所へと足を向ける。

医療所は休日なのもあり、患者よりも見舞いのほうが多かった。

ソフィアが案内所で訊《き》いた部屋に着いたとき、ちょうどドアが開き、初老の男性が部屋から出てきた。

話をしたことはないものの、見知った人物である。

ソフィアは背筋を正し、丁寧に頭を下げた。

「……君は……」

初老の男は訝《いぶか》しげに眉を寄せる。

名前は知らないようだが、彼のほうもソフィアの顔に見覚えがあったようだ。

「会計検査院第三室の調査官ソフィア・ルーぺです」

「見舞いか？」

「はい」

男は「そうか」と頷《うなず》き、ソフィアの前を横切る。ソフィアはもう一度、頭を下げ、男を見送った。

男の後ろ姿が見えなくなってから、部屋のドアをノックする。

すぐに中から「は～い」と朗らかな声がした。

ソフィアは大きな音を立てないよう、慎重にドアを開ける。

室内はそれほど広くはないが、大きな窓があり、温かな陽光が差し込んでいる。

「あら、ソフィアちゃん！　来てくれたのね」

部屋の奥にあるベッドの上、半身を起こした女性がソフィアを見るなり声を弾ませた。

もうすぐ五十歳になる女性は、年齢よりも若く見える。

「お邪魔しても大丈夫ですか？」

「もちろんよ、来てくれて嬉《うれ》しい。あら、美味《おい》しそう」

ソフィアの手にした籠を見て、女性……ムーラン・ファバは目を輝かせた。

「お花と迷ったんですけど……食事制限は、ありませんよね」

「ないわ。動けないから、食べたぶん太っちゃうけど」

「なら、少しずつ……ご家族の方と召し上がってください」

「一人で食べちゃいそうだけど。ありがとう、ソフィアちゃん。遠慮なくいただくわね」

ソフィアが棚の上に果物の入った籠を置くと、ムーランは鼻をヒクヒクさせ「いい香りね～」と言う。

「桃とラズベリーが少し入っています」

「気を遣わせちゃって。ごめんなさいね」

「いえ。でも……大怪我《おおけが》をしたって聞いて、すごく心配しました」

「あはは、驚かせちゃった？　ごめんなさいね」

ムーランは苦笑を浮かべ、謝る。

十日前、同僚からムーランが階段から落ち、担架で医療所へ運ばれた、と聞いたときは本当に驚いた。

そのうえ、頭から血を流していた、足があらぬ方向へ曲がっていた……など、嘘《うそ》か実《まこと》かわからぬ目撃情報まで流れていたのだ。

「お元気そうでよかったです」

意識がない、脊髄に損傷が……などという噂《うわさ》も飛び交っていたので、足の骨が折れただけだと聞き安堵《あんど》した。

以前と変わらぬ微笑みを向けてくれるのが嬉しくて、つい『元気そう』と口にしてしまったが、よく考えると骨折も大怪我だし、ムーランは治療中だ。いくら朗らかそうに見えても『元気』なわけじゃない。

「すみません。元気そうって……ムーランさん、大変なのに」

「歩けないから大変だけれど、元気は元気なのよ。元気すぎて、毎日退屈で仕方がないくらい」

ムーランは肩を竦めてみせたあと、ソフィアにベッドの傍らにある椅子を使うよう促す。

ソフィアが椅子に座ると、ムーランは事故当時のことや現状について話し始めた。

階段から足を滑らせた際、意識がなかったのは事実だったようだ。脳震盪《のうしんとう》で気を失っていたらしいが、今のところ脳のほうに異常はないという。

脊髄損傷はまったくのでたらめだが、足があらぬ方向へ曲がっていたのは本当で、ぽっきりと足の骨が折れてしまっていた。

「骨がくっつくまで一か月以上はかかるんですって。家に帰れるのは、早くても三か月後らしいわ」

はあ、と固定された自身の右足を見て、ムーランが溜め息を吐く。

「なら、しばらくは休職ですか？」

「そうなるわね。早くても半年……訓練次第だけれど、一年くらいはまともに歩けないだろうって言われたから、一年かかるかも」

杖《つえ》を突きながら働いても、騎士団のみんなに迷惑をかけちゃうだろうし、とムーランは続ける。

ムーランは、ソフィアが文官として働き始めたときの教育係だった。

学院を卒業したばかりで何もわからぬソフィアに、ムーランはときに優しく、ときに厳しく指導してくれた。

あの頃、ムーランはソフィアの直属の上官で、会計検査院の検査官だった。

しかし四年前、王宮騎士団の秘書官へ転属した。

騎士団の秘書官は、細々とした事務作業が主で、人手がないうえに激務だと聞いていた。

検査官は文官の中でもかなりのエリートだ。そのためムーランの異動に、彼女が何か不始末をして左遷されたのでは、と噂する者もいた。

『新しく騎士団長になった子、私の親友の息子なの。小さい頃から知ってるし、ほっとけなくて』

ムーランは『ここだけの秘密ね』と前置きし、自分から秘書官に志願したのだとソフィアに話してくれた。

ソフィアは驚いた。いくら親友といえども、その息子の面倒を見るために出世街道から降りることもちろん、ムーランがかの英雄ジェラルド・フェレールと知り合いなのも驚きだった。

ジェラルド・フェレールは、アステーム王国でその名を知らぬ者がいないほどの有名人だ。

彼は由緒正しいフェレール伯爵家の嫡男で、幼い頃から優秀で『神童』と呼ばれていたという。

成長した『神童』は、十四歳のときに騎士養成所に入り、十七歳で騎士団に入団した。

入団時から華々しい功績を残していたらしいが、彼を一躍有名にさせたのはマゼルセン戦役での活躍だ。

マゼルセン戦役は、隣国マゼルセンにクロノク公国が侵攻し勃発した戦争である。

同盟国であるアステーム王国は、マゼルセン国から要請を受けすぐに軍を派遣した。だが、クロノク公国はかなり前から戦争を起こす準備をしていたらしく、戦況は芳しくなかった。

長期戦になるだろうと誰もが予想する中、一か月もかからずにマゼルセン側の勝利で終戦する。勝利に導いたのは、アステーム王国が派遣した小隊を率いていたジェラルドだった。

そんな彼を、マゼルセン国の民たちは『英雄』と呼んだ。それに呼応するように、アステーム王国の民たちもジェラルドを賞賛し始める。

そして民たちの声に応えるように、アステーム王国はジェラルドに、王宮騎士団の騎士団長の地位を与えた。

『あの若さで騎士団長だもの。苦労もするだろうから』

ジェラルドが騎士団長に就任したとき、彼はまだ二十四歳だった。

異例の若さで騎士団長となった彼を支えるため、ムーランは騎士団の秘書官に志願したのだ。

「焦っても仕方ありませんし……休暇をもらったと思って、ゆっくり休んでください」

ムーランには三人の子どもがいた。三人ともすでに成人していると聞いている。

子育てと仕事で、今まで休む暇もなく働いてきたのだ。一年くらい、ゆったりと過ごしたっていいはずだ。

「そうね、そうなんだけれど……代理の秘書官が見つからなくて、困っているみたいなの。さっきも人事官が見舞いに来て、いつ復帰できるのかって、訊かれたわ」

「ああ……先ほどお会いしました」

病室に入る前、出くわした初老の男性の顔を思い浮かべる。

「どうもジェラくん……団長が、いろいろ注文というか、難癖をつけているみたいね。他人に厳しいから。やっと、お眼鏡にかなって、配属されたみたいなんだけど……二日で音を上げたみたい」

ジェラくん。

あのジェラルド・フェレールのことをジェラくん、と呼んでいるのかと、ソフィアが驚いていると、ムーランが目を大きく見開かせ、パチパチと瞬きし始めた。

「そうだわ！　ソフィアちゃん、騎士団の秘書官にならない？」

「…………え」

「ソフィアちゃん、しっかりしているし、丁寧だし、真面目だし。団長も気に入るんじゃないかしら」

「気に入るって……無理ですよ」

「まあ、そうよね……。ソフィアちゃんにも今の仕事があるものね。私が復職する一年だけでも何とかならないかしらって思うんだけど……やっぱり無理よね」

眉を寄せ、困ったふうにムーランが言う。

ソフィアは今の仕事に不満はなかったし、やりがいも感じていた。けれども文官という立場はともかく、今の部署と肩書きには、それほど固執していなかった。

そもそもソフィアが文官を志したのは、国や民の暮らしを少しでもよくしたい、など高尚な理想を抱いていたからではない。

給金がよく、女性でも安定して働ける。文官の道を選んだのは、それが理由だ。

文官だと今のムーランのように、怪我や病気などで仕事を休むことになっても休職扱いになるし、四十年勤務すれば、国がその後の生活を保障してくれた。

ソフィアにとって、重要なのは文官であることなので、上から異動を命じられれば、不満があったとしても黙って従うであろう。

「別に今の仕事が大事だからっていうわけでもないんですけど……」

「そうなの？　なら、騎士団の秘書官になってみない？　昔はともかく、今はほぼ残業はナシだし。騎士は男性が多いけど、団長そのへんのところ厳しいから、若い女子だからって揶揄《からか》ったりも、口説いたりもしないわ。もちろん、職場恋愛が禁止されているわけでもないから、ソフィアちゃんがいいな～って思った男の子がいれば、別よ」

「いえ……別にそういうことを心配しているわけでもないんですが」

「アステーム王国が誇る騎士団の男たちよ。いい男揃いよ！」

ソフィアは今年で二十三歳になる。

アステーム王国の結婚適齢期は、二十五歳だ。結婚に焦る年齢でもない。

けれど……今まで男性といい雰囲気になったことも、言い寄られたこともないのは、少し気にしていた。

亜麻色の髪に、茶色い瞳。目は大きくもなければ小さくもない。鼻は高すぎず低すぎずだし、唇も同様に普通だ。

身長は高くも低くもなく、体つきはどちらかといえば痩せ型。

美人ではないけれど、そこまで悪くもない容姿だと……思いたいのだが、男性とは縁がない。というか、毎日職場と家の往復なので出会う機会がなかった。

今の職場にも男性はいる。けれど一人を除き他はみな既婚者で、その一人も婚約者がいた。

異性に興味がないわけではない。

出会いは欲しい。けれども、自ら積極的に動けるほどの時間も、金銭的余裕もない。

騎士団の男性、いや年頃の異性と出会える機会があるのはありがたくはあるのだが……。

「ムーランさんの代わりが、私に務まるとは思えません」

「そんなことないわよ。大事な、手のかかることは団長がだいたいやってるの。秘書官の仕事は書類の整理とかの雑務と……ときどき、団長のご機嫌を取るくらいよ」

「ご機嫌取り、ですか?」

「根を詰めてたら、周りまでギスギスしちゃうから……。息抜きに話しかけたり、お茶を用意したりね。ソフィアちゃんの笑顔に、団長も癒やされると思うわ」

(ジェラルド・フェレールが私の笑顔に癒やされる……? いえ……ないわ。ないない)

ジェラルドは身分や能力、功績だけでなく、外見もまた非凡であった。

ソフィアも何度か遠目に彼の姿を見たことがあるが、それはもう神様のひいきがいくら何でもすごすぎるだろう、と呆れるほどの美形だった。

長身なうえに、顔は小さく手足が長い。筋肉がムキムキというほどでもないが、締まった体つきをしていた。

アステーム王国では珍しい銀色の髪は、いつ見ても艶々していた。

そんな男が、自分の笑顔に癒やされるとは考えられない。

「無理です。新しく来た人も、すぐに音を上げたんでしょう？　いろいろ噂も聞きますし……」

「噂？」

「他人に厳しく……ものすごく傲慢だとか……」

ジェラルドはあらゆることに優れた男であるが、唯一、性格だけが難点だと言われていた。

ソフィアの言葉に、ムーランは「ああ、あの噂ね」と頷く。

「実際は、どうなんですか？」

ジェラルドを妬み、悪評を広めている者がいるのかもしれない。

ソフィアは好奇心から訊いてみる。

「実際？　実際はまあ……みんなが思っているよりも、ちょっと……傲慢かしら。でも、ソフィアちゃんなら、きっと大丈夫」

みんなが思っている以上に傲慢だというのは驚きだし、何をもって大丈夫だと言っているのかも、さっぱりわからない。

「細かな仕事ができる団員はいないし……秘書官がいないと雑務まで団長がしないとならなくなるから、すごく困っていると思うのよね。私からの推薦だって言えば、当たりも強くないと思うし……たぶん」

「たぶん……」

「ジェラくん……団長は、厳しいけれど人を見る目はあるから、ソフィアちゃんの仕事ぶりに満足すると思うわ」

「私、そんなに仕事ができるほうではありませんよ」

「できるわよ！　ソフィアちゃん、丁寧だし。ひたむきで一生懸命で、何より素直で誠実だもの。優秀な文官だって、みんな言っているわ」

みんなとは誰と誰と誰なのだろう。知りたい。

お世辞というか、秘書官にさせるため褒めちぎっているだけなのでは、と疑う。けれども……褒められて悪い気はしない。

「ねえ、ソフィアちゃん、考えてみてくれないかしら」

「ですが……私が志願したところで、上の人たちにも考えがあるでしょうし」

「私に、誰かいないかって訊いてくるくらいですもの。私がソフィアちゃんの名前を出せば、すぐに決まると思うわ」

「……でも」

「ソフィアちゃんなら騎士団のみんなも大歓迎すると思うの。私が復帰したくても、居場所がなくなるかもだわ」

「いえ……あの……」

「団長以外はみんな明るくて、人がよくて気さくよ。よほどのことがなければ定時で帰れるし、休みに出てこいなんて言われないし、夏と春には長い休みも取れるの」

「そ、そうなんですか」

「そうそう。それに昼食は、騎士たち専用の食堂でいただいているんだけど、種類が豊富で、美味しいの」

「そうなんですか！」

つい声を弾ませてしまう。

ソフィアが興味津々になったのに気づいたムーランは、食堂で今まで食べた料理の数々を羅列した。

肉厚で肉汁たっぷりのステーキ。エビ入りのグラタン。お肉たっぷりのビーフシチュー。新鮮な果物が出るときもあるという。聞いているだけで、涎《よだれ》が出てしまいそうだ。

「それにね、騎士団の所属になるから危険手当が出るし」

「……危険手当、ですか？」

有事の際、騎士は率先して国と民を守らねばならない。そのため、給金には危険手当が上乗せされていた。

「……どれくらい出るんですか？　あ、すみません……忘れてください」

好奇心からつい口をついて出てしまったが、いくら何でも詳しい金額を訊《たず》ねるなど、厚かましい。

「騎士の雇用規則にも書いてあるから、訊いてくれて構わないわ」

ムーランは、ソフィアを手招きする。

近づくと、ムーランはソフィアの耳元で魅力的な言葉を囁《ささや》いた。

「そ、そんなに!?」

「あくまで秘書官だもの。実際に危険な場所に行くことはないから、その点は安心して大丈夫。ねえ、ソフィアちゃん。悪い話じゃないでしょう?」

ムーランは、軽く首を傾《かし》げ、ソフィアににっこりと微笑んだ。

ソフィアの心の中の天秤《てんびん》が傾く。

『いや』とか『でも』という言葉は、もう出てこなかった。

◆◇◆

(結局……危険手当に釣られてしまったのよね……)

一年でも、給金に特別手当が上乗せされるのはありがたい。

それに仮に業務に慣れなかったとしても、ムーランが復職するまでの間だけなのだ。耐えられるであろう。

そう思ったソフィアは、話を聞いた翌日ムーランに『自分でよければ』と返事をした。

ムーランはすぐに取り次いでくれ、トントン拍子で異動が決まる。

仕事の引き継ぎをし、正式に辞令が出たのは、ムーランを見舞ってから十五日後のことだった。

そしてあれから——騎士団本部に異動の挨拶に出向き、ソフィアがジェラルドと顔を合わせてから、十日が過ぎていた。

この十日間、ソフィアはひたすらムーランの不在で溜まっていた書類、騎士たちが提出した日誌の整理をしていた。

アステーム王国は、資源と気候に恵まれた豊かな国である。

かつては領土を巡り近隣諸国との戦が絶えなかったが、民の疲弊により融和へと政策転換した。

近隣諸国と同盟を結んでからは、災害や傷ましい犯罪事件はあるものの、アステーム王国内で戦は起こっておらず、四年前のマゼルセン戦役以降は騎士団は戦場に駆り出されていなかった。

しかし、平時のときも騎士団は国と王家、民の安全を守るために働いている。

主な任務は王族や要人、貴賓の護衛。王宮、主要施設の警備と王都の見回り。法を犯した者の取り締まりなどである。

王都に本部を置く王宮騎士団には二百人もの騎士が在籍していて、彼らはいくつかの隊に分かれ、それぞれの持ち場で任務にあたっていた。

「四年前まではさ、こういうの、曖昧っていうか、適当っていうか……一日が今日も平和に何事もなく終わりました、でおしまい。口頭報告だけで終わってたんだ。けど新しい団長様は、曖昧とか適当とかが、許せない性分でさ。一日の報告を、紙で残すことを規則にしたわけ。で、ムーランが休み始めても、日誌は日々届いて。だから、ああいう状態になってたんだ」

ソフィアが書庫で日誌を隊ごとに分け日付順に並べていると、ゴベール副団長が顔を覗かせた。

書庫を感慨深げに見回しながら言葉を連ね、興奮気味に続ける。

「すっかり綺麗《きれい》になってる！　さすがムーランおすすめの文官様、有能秘書官様だ！」

ゴベール副団長は手を叩《たた》いて、ソフィアを褒めちぎった。

「……仕分けしているだけですし、褒められるほどのことでは……」

褒め方が大げさすぎて、嬉しくない。

「いや、すごいよ！　本当に。山積みで溢《あふ》れ返っていたのに、もうほとんど片づけられてる」

最初にソフィアがこの書庫に案内されたとき、テーブルの上には紙の束が山積みになっていて、床に置かれた箱の中にも紙が溢れ返っていた。

まだテーブルに紙の束が残ってはいたが、今日中には片づきそうだ。

「ムーランが休み出してからは、団長がやってたんだ。でも、さすがに忙しくてそれどころじゃなくなったみたいで。従騎士に任せたんだけど雑すぎだし、新しく来た代理の秘書さんはすぐに辞めちゃうしさ。俺にはソフィアちゃんが救世主の女神様に見える！」

「……そうですか」

ゴベール副団長は身長がそこそこあり、筋肉もムキムキで強面だ。

文官の男性は、ひょろりとした体つき、あるいはふくよかな者がほとんどで、彼のような外見の者は少なくともソフィアの知る限りいなかった。

いかにも『騎士』といった容貌の男性と接するのは初めてで、最初は身構えていた。けれど何度か顔を合わせているうちに、怖そうな見た目とは違って砕けた性格なのだと知り、緊張はしなくなった。

「団長もさ、感謝してるよ」

「…………感謝……」

じとりと疑いの眼差しをゴベール副団長に向けると、彼は視線を揺らした。

「いやいや、本当に。……たぶんだけど……。それにさ、昨日、ソフィアちゃん、団長にお茶出したでしょ？　文句も言わず飲んでたじゃん。君のこと気に入ってるからだよ。きっと」

「……文句をおっしゃるときがあるんですか？」

「あるある。ついこの前も、疲れてそうだから気を遣ってさ、お茶を出してやったんだよ。そしたらさ、濃いとか茶葉が浮いてるとか、文句ばっか言ってさ。あげく、何もしないことが最大の気遣いだって、そう言われた」

「……そうですか」

ジェラルドのお茶の好みについては、ムーランから教えてもらっていた。

文句を言われなかったので、教えどおりに淹《い》れられているのだろう。

「態度にも口にも出さないし、そうも見えないだろうけど、感謝はしているんだ。きっと。秘書官いなくて困ってたのは事実だし。助かったって思ってるはず。たとえ思ってはいなかったとしても、心の奥では無意識に感謝している」

「…………はあ」

無意識に感謝、という意味がさっぱりわからない。

「態度と性格が酷《ひど》いだけで、悪気はないし。だから、あんまり団長の言動を気にしなくても大丈夫。ソフィアちゃんだけにああいう態度なわけじゃなくて、誰にでもああいう態度だからさ」

ジェラルドを庇《かば》っているのか、批難しているのかはわからない。

ただ、ゴベール副団長がソフィアに辞めてほしくない、と思っているのは伝わってきた。

(ムーランさんの休職中、大変だったのね……)

「大丈夫ですよ。仕事ですし、割り切っていますから」

上手《うま》くやっていけるか不安もある。けれど仕事なのだ。

不愉快でも腹が立っても、悲しくなったとしても受け流すのが正解だ。

幸いにも――そういうのには慣れている。

ソフィアが微笑んでみせると、ゴベール副団長は僅かに眉を寄せる。

「どうかしました?」

「いや……何でもない。……まあ本当に嫌で耐えきれなかったら、相談しろよ。俺を信用できなかったら、ムーランにでもいいからさ」

ゴベール副団長は取り繕うように笑んでそう言った。


大きく深呼吸したあと、ソフィアはドアをノックする。

「入れ」

中から低くよく通る声がした。

「失礼します」

ソフィアは銀製のトレーを落とさぬよう気をつけながらドアを開け、一礼してから入室する。

ジェラルドは重厚な机に座り、ペンを手に書き物をしていた。

「団長、お茶をお持ちしました。机の上に置いても、構いませんか?」

書類は広がっていないが、一応確認する。

「ああ」

ジェラルドはソフィアを一瞥し、短く返事をした。

ソフィアはトレーに載せていたティーカップを、ゆっくりと机の上に置く。

『ジェラくんは、ああ見えて甘党なの。蜂蜜か砂糖が入っていないと駄目。特に蜂蜜入りのハーブティーが好みね。あと猫舌でせっかちだから、熱々じゃなくて冷ましてから持って行くの』

ムーラン直伝の、蜂蜜入りの冷めたハーブティーだ。

(今日も、飲んでくれるかしら。昨日は飲み干してくれていたから、大丈夫だとは思うけれど)

ソフィアは不安を隠し、微笑みを浮かべて彼の様子を窺った。

ジェラルドはペンを置くと、優雅にティーカップを手に取る。

「……昨日も疑問に感じたのだが……君はなぜ、退室しない?」

一口飲んだところで、ソーサーにカップを置き、ジェラルドが問うてくる。

「……え?」

「僕が飲み終わるのを、なぜ待っているのだ」

「……空になったカップをお下げしようかと……」

「このお茶は、僕が休憩を取るために持ってきたのだろう。だというのに、そこで突っ立っていられたら、早く飲めと急《せ》かされているようで心も体も休められない」

確かに言われてみれば、そのとおりだ。

前の職場では、休憩のときは各自でお茶を淹れていた。なので、今までお茶汲《く》みをしたことがない。

ムーランが教授してくれたのはジェラルドのお茶の好みだけ。持ち運ぶ方法や下げ方までは、教えてくれなかった。

配慮が足りなかった自分が悪い。ソフィアは反省し「すみません」と頭を下げた。

けれど謝りながらも……もっと優しい言い方をしてくれたらいいのに、と思う。

「おっしゃるとおりですね。ごゆっくり、お飲みください。あとから取りに参ります」

ささくれ立ちそうになる感情を抑え込み、ソフィアはにっこりと笑んで言う。

「…………」

ジェラルドは眉を寄せ、ソフィアを見据えた。

眼差しの鋭さにたじろぎそうになるが、笑みを張りつかせたまま「では、失礼いたします」と言う。

「日誌の整理は終わったのか」

踵を返そうとすると、進捗を訊ねられた。

「先ほど終わりました」

「意外と時間がかかったな」

「……もうしわけございません」

ソフィアはギリギリとトレーに爪を立てながら、微笑んで頭を下げる。

「僕が想定していたよりも時間がかかった、と言っただけだ。君の仕事ぶりに文句をつけているわけではない」

「そうですか。それならば、よかったです」

「だからといって、君の仕事ぶりに満足しているわけではない。明日からは他の仕事も任せる。精進したまえ」

「もちろんです。だんちょうのおちからになれるよう、あしたからも、けんめいに、はげみたいとおもっております」

ソフィアは抑揚のない声で言いながら、ニコニコと笑み続けた。

ジェラルドは厳しい顔つきでソフィアを睨《にら》み続けたあと、僅かに目を伏せてティーカップに手を伸ばした。

ソフィアはハーブティーを飲み始めたジェラルドに「失礼いたします」と声をかけ、今度こそ部屋を出ようと踵を返す。

けれどドアのノブに手をかけたとき、背後から声がした。

「下げてよい」

どうやらハーブティーを飲み干したようだ。

顔を引き攣らせながら振り返ると、ジェラルドはペンを取り、書き物を再開していた。

◆　◇　◆

騎士団本部には、昼間だけでなく夜も必ず決まった人数の騎士たちが常駐していた。交代制で、夜勤や宿直の者もいるという。

けれども秘書官であるソフィアには、今のところは夜の当番はない。

ソフィアは日が明るいうちに仕事を終え、本部を出た。家に帰る前に、近くの青果店に寄る。

新鮮な桃が店先に並んでいた。ソフィアはその香りを嗅ぎながら『本日のお得品』を探す。

カブとタマネギがまあまあ安かったので購入を決める。

「おじさん、いつものものもありますか」

「おう、あるよ。そこのも、持って帰っていいぞ」

「え!?　いいんですか！」

「売り物にならねーからな」

「嬉しい！　ありがとうございます」

ソフィアは馴染《なじ》みの店主と会話を交わし、カブとタマネギ、激安の野菜クズを購入する。そして、ところどころ傷んだトマトと、しなびたピーマンをいただいた。

「ありがとうございました」

「こっちこそ、いつもありがとう」

今日は豪勢な夕食になりそうだ。

ジェラルドとのやり取りで曇っていた心が、野菜のおかげで晴れやかになる。

弾んだ足取りで、ソフィアは自宅へと向かった。

着いた先はそこそこに年季の入った集合住宅だ。その二階に、ソフィアの住処《すみか》がある。

外観はかなり古びているが、内装はそこまで酷くはない。

部屋がひとつとキッチン。そして浴室と呼ぶにはあまりにも狭すぎる身体《からだ》を洗える場所があった。

四年前、ソフィアはこの部屋を借り、一人暮らしを始めた。

それまでは王都の王立学院の寮にいた。そしてそれ以前――十二歳の頃までは、王都から北西へ馬車で二日。ラドにあるルーペ男爵家の屋敷で暮らしていた。

ソフィアは着替えを済ませ、キッチンに立つ。

野菜クズを丁寧に洗い、トマトとピーマンの傷んだ部分を包丁で取り除いた。

湯を沸かし、細かく切ったそれらを入れる。

(満ち足りているとはいえないけれど……それでも寮にいたときよりは気楽だし、何より、実家にいた二年間よりは、ずっといいわ……)

ぐつぐつと煮える野菜を眺めながら、ぼんやりと思う。

ソフィアは、小さな領地を治めるルーペ男爵家の長女として生まれた。

幼い頃のソフィアは、野菜が嫌いで泣き虫で、人形遊びが大好きな、少し我儘《わがまま》なお嬢様だった。

『ソフィアったら、また野菜だけ残して』

『だって、美味しくないもの』

『好き嫌いしていては、立派なレディーになれないわよ』

『なれるもん！』

『レディーはそんなふくれっ面はしません』

『…………ふえええええ』

泣き始めたソフィアに、母は大きな溜め息を吐いた。

『まあまあ。ソフィア、お父様がお野菜を食べてあげよう』

『あなた！　またソフィアをそう甘やかして。ソフィアが我が儘な子になったらどうするの』

『少々の我が儘くらい、いいじゃないか。野菜が食べられなくったっていいし、立派なレディーになれなくたっていい。それでもソフィアは可愛《かわい》い、僕たちの大事な自慢の娘だ』

母に叱られていると、父はいつもソフィアを庇ってくれた。

よく怒るけれど美人で朗らかな母と、かっこよくて優しい父。二人がソフィアは大好きだった。

けれど――ソフィアが十歳のとき、母が肺の病で床につき、三か月の闘病の末に命を落とした。

『ソフィア……私の宝石。大丈夫だよ、お父様がお母様のぶんも、お前を愛すから。お前を守ると約束する。決して、寂しい思いはさせないから』

冷たくなった母を前に呆然《ぼうぜん》としていると、父は力強く抱きしめてくれた。

ソフィアは父の広い胸に顔を預け、泣きじゃくった。

（……お母様がいなくなっても、お父様がいるから大丈夫だって、そう思っていたけれど……）

母が亡くなってから半年後、父は再婚をした。

『ソフィア、母親がいないと寂しいだろう？　お前のためなんだよ』

ソフィアのために再婚をしたのだと、父は言った。

しかし男爵家に現れた新しい母親は、ソフィアへの嫌悪感を隠さなかった。

『子どもがいるとは聞いていたけれど、ずいぶん大きいのね。うちの子を、いじめないでね』

義母は真っ赤な唇をにんまりと歪《ゆが》め、ソフィアを見下ろした。

『妹が欲しいと言っていただろう。仲良くするんだぞ』

父はソフィアの頭を撫《な》でながら、そう言った。

義母も前夫と死別していて、子どもが一人いた。ソフィアよりふたつ年下の、アリッサという名の女の子だった。

アリッサは母親の背後から顔を覗かせ、ソフィアを睨みつけている。

義母だけでなく、アリッサも幼いソフィアでも察せられるほどの敵意を向けていたが、暢気《のんき》な父は気づいていないようだった。

亡くなった母親が恋しいだけで『母親』が欲しいわけではない。

妹が欲しいと言ったけれど、どんな子でもいいわけじゃない。

新しい母親も妹も嫌で堪《たま》らなかったが、紹介されたときにはもう再婚は決まっていて、ソフィアは受け入れるしかなかった。

義母たちの荷物が次々と運ばれてくるのを見ながら、二人が第一印象とは違い、実はいい人でありますように、とひたすら願った。

けれどその願いは叶《かな》わなかった。

義母はソフィアに辛《つら》く当たるようになり、侍女たちは義母を恐れてアリッサばかり持て囃《はや》すようになった。

『ソフィアはアリッサのお姉さんになったんだから。我慢しないと』

『ソフィアはもう子どもじゃないんだ。お母様を困らせては駄目だよ』

肝心の父もソフィアの逃げ場所にはなってくれなかった。それどころか義母の顔色を窺い、ソフィアよりも妹を優先するようになっていった。

再婚したばかりの頃は、二人に父を取られてしまったと悲しんでいた。

しかし一年ほど経《た》ち、ソフィアは父にそうせざるを得ない事情があったのだと知った。

ルーペ男爵家にはかなりの借金があり、再婚を条件に義母の実家から金銭的支援を受けていたのだ。それもあって、父は義母に頭が上がらないようだった。

そして父が再婚し、二年後。

『ソフィア、王都の学院に通ってみないか？』

父が気まずそうな表情で、ソフィアに訊ねてきた。

その頃、ソフィアが目障りだったのか義母は頻繁に『王都の学院には、寮があるんですって！』と口にしていた。

義母に頼まれたのか彼女の気持ちを汲んだのかはわからないが、父はソフィアを屋敷から出すことにしたようだ。

『お父様は私に出て行ってほしいの？』

ソフィアが訊ねると、父は首を横に振った。

『お前と離れるのは寂しいが……今は女性も学ぶ時代だ。勉学は身につけて損はない』

父はソフィアの髪を撫で、言った。

父の本心はわからないし、勉強もあまり好きではない。けれど何にせよ、義母と義妹の目を恐れながらここで暮らしていくのは苦痛だった。

そうしてソフィアは、父の勧めに従い学院に入り、寮での生活を始めた。

長期休暇のときもルーペ男爵家へは戻らなかったが、父とはひと月に一度の間隔で手紙のやり取りをして近況を伝え合っていた。

『何か困ったことがあったら、いつでも相談しなさい』

父がソフィアのために何かしたいと思ってくれたとしても、義母が許さないだろう。

ソフィアはいつも『私は大丈夫よ。お父様こそ身体を壊さないようにしてね』と返事を書いた。

寮での暮らしは、一人部屋ではあったが起床時間や就寝時間、食事の時間も決まっていて窮屈だった。

年頃の女の子ばかりの集団生活だ。

関係が上手くいっているときはよいが、少しでも仲が悪くなると陰口の応酬が始まる。暴力的ないじめこそないものの、無視や仲間外れなどは日常茶飯事だった。

ソフィアはできるだけ誰とも仲違《なかたが》いしたくなかった。そのため、気苦労が絶えなかった。しかしそれでも、男爵家にいるよりはマシであった。

寮にいられるのは学院を卒業する十八歳までだ。けれど義母のいる家へは戻りたくない。

義妹は伯爵家の令息と婚約をしたというが、義母がソフィアによい縁談を用意してくれるとも思えなかった。

ソフィアは自身の将来を考えて、文官の道を選んだ。

必死に学んだおかげで、文官試験は一発で通った。

『お父様たちの負担にならないよう、卒業後はこちらで働くことにしました』

『卒業後は一緒に暮らしたかったので残念だ。だが、お前を誇らしく思うよ』

父に報告すると、そんな答えが返ってきた。

――本当に？　本当に、一緒に暮らしたかった？

少しだけ心がささくれ立ったけれど、ソフィアは『お父様とみんなの幸せを願っています』と書いた手紙を父に送った。

誰かの訃報でもない限り、ラドに帰ることはないだろう。その訃報が父でなければよい。

家とは距離を置き、父とも疎遠になる……そう思っていたし、できればそうしたかった。

しかし文官として出仕して二か月ほど経った頃、父から手紙が届いた。

『文官の給金はよいと聞いた。こういうことを言うのは心苦しいのだが……学費を少しずつでよいから、返済してくれないだろうか』

ルーペ男爵家の借金はともかく、ソフィアの学費まで肩代わりするつもりはないと、義母と義母の実家が父に苦情を言っているのだそうだ。

釈然とはしなかったけれど、ソフィアのせいで父が責められるのも申し訳なく思うし、義母たちと揉《も》めるのも面倒だった。

学費を出してもらったのは事実で、そのおかげで文官にもなれた。

ソフィアは給金の半分を男爵家へ送るようになった。そのせいで、生活はかなり苦しい。

家賃をはじめ、どうにもならない出費がある。そんな中もっとも切り詰めているのが食費だった。

何度か足を運ぶうちに顔見知りになった青果店の店主には、ずいぶん助けられている。

皮や葉っぱなどの野菜クズや、傷んだ野菜はソフィアにとって大事な食材だ。

野菜スープをお皿に盛る。

「はぁ～美味しい」

濃すぎず薄すぎず。ちょうどよい味付けである。

野菜嫌いだった幼い頃を懐かしく思いながら、ソフィアは空腹をスープで満たした。

◆　◇　◆

騎士団に配属され二十日が過ぎようとしていた。

本部にいる秘書官はソフィア一人だが、業務量はさほど多くない。

ムーラン不在のときの溜まっていた仕事が終わると、余裕を持って過ごせるようになった。

正午になり、ソフィアは休憩を取るため食堂へと向かう。

平静を装ってはいるが、足取りは軽く心は弾んでいた。

美味しそうな香りに目を輝かせながら、食堂に入る。

食堂は広く、テーブルと椅子が間隔を持って並んでいて、天窓からは燦々《さんさん》と陽光が差し込んでいた。

ソフィアは入口付近にあるトレーを手に取り、カウンターに移動する。

カウンターには皿に盛られた料理が、主菜、副菜に区切られ置かれていて、その中から好きなものを、最大八皿まで取ってよいことになっていた。

ソフィアはまず、牛肉炒《いた》めと煮込み豆、サラダの皿を取る。

大鍋にはスープがあった。ソフィアはスープをスープ用の皿に注《つ》ぎ、小ぶりのパンをふたつ皿に載せ、テーブルについた。

(こんなにお肉を食べられるなんて!)

調査官の頃は食堂が完備されていなかったため、昼はパンをひとつ食べていただけだった。食費が厳しいときは抜くこともあった。

ムーランから騎士団所属の者は無料で食堂が利用できるうえに豪華なメニューだとは聞いていたが、期待していた以上だ。

種類も多いいし、日替わりで別の料理が並ぶ。そのうえ味も涙が出てしまいそうなほど美味しかった。

騎士団の秘書官になってよかったと、心の底から思いながら食事を味わう。

そうこうしているうちに、次々と団員たちが食堂に姿を見せ始めた。ちらほらと女性の姿もある。

てっきり騎士団は男性ばかりなのだろうと身構えていたが、多くはないものの女性の騎士もいた。

本部内の清掃を任されている下働きの中にも女性がいて、彼女たちもまた食堂で食事を取っていた。

「隣、いいですか」

ほとんど食事を終えたとき、見るからに若そうな従騎士が声をかけてきた。

その隣には二十代半ばぐらいだろうか。従騎士よりも年上らしき騎士がいた。二人とも男性である。

「どうぞ」

ソフィアは微笑み応える。

「新しく入った秘書官さんの方ですよね。お仕事には慣れましたか」

席につくと、従騎士が気さくに声をかけてきた。

「おかげさまで。まだ覚えることはありますが……」

世間話を交わしているうちに、ジェラルドの話になった。

「秘書官さんですし、団長さんとも頻繁に顔を合わせているんですよね」

「頻繁というわけではありませんけど……顔は合わせています」

「僕、騎士団に入って三か月なんです。まだ会話したことないんですよね。ここだけの話、どんな方なんですか？　噂どおり、怖くて冷たくて傲慢な方なんです？」

従騎士が声を落とし訊いてくる。

噂よりもずっと、怖くて冷たくて傲慢な方ですよ。――と正直に答えるわけにはいかない。

ソフィアは「性格はちょっとまだ、わかりません」と曖昧に答えた。

「そんな質問をするから、団長のよからぬ噂が広がるんだぞ」

同席している騎士が、低い声で従騎士を窘《たしな》める。

「でもみんな言ってるじゃないですか。怖いとか冷たいとか傲慢とか。先輩だって、団長に呼びだされると命が縮むって言ってたでしょ」

「それは……性格がどうこうではなく、団長を前にしたら誰だって緊張するだろう」

「まあ、それはそうですけど……」

「あの方は団長で英雄なだけでなく、貴族だ。それに頭もよいからな」

「顔もいいですしね」

二人はジェラルドを誉《ほ》め称《たた》え始める。

ソフィアにとってジェラルドは、上官としてわりとよくない部類に入る。

怒鳴りつけたり声を荒らげたりはしないものの、態度は常に冷ややかだし、嫌みを平然と口にする。

けれど転属したばかりのソフィアとは違い、騎士たちの多くはジェラルドを敬っていた。

容姿や家柄、華々しい功績が理由なのか。それともソフィアがまだ知らぬ美点があるのか。

不思議に思って、以前ゴベール副団長にそれとなく話を振ってみた。すると彼は『みんながみんなってわけじゃないけど』と前置きをしたあと、『騎士って脳筋が多いから』と言った。

脳筋——脳まで筋肉でできている。つまりは、頭脳派の逆。肉体派で、頭があまりよくない、という悪い意味合いも持つ言葉である。

騎士たちの大半は平民で、彼らは養成所に入り、試験に合格して騎士団に入団していた。

騎士の試験に筆記試験はなく、養成所でも学問の授業は一切ないという。そのため騎士たちは、考えるよりも身体を動かすほうが得意な者たちばかりらしい。

しかし幼い頃から神童と称されていたジェラルドは、脳筋な騎士たちとは違った。

騎士団長に就任すると、なあなあだった騎士たちの勤務体制を変え、報告と連絡が円滑に行えるよう部隊編成を見直した。団員同士の嫌がらせ行為を取り締まり、規律を正し、保障などの新たな制度を作るため上にかけ合った。

食堂の料理の品数が増えたのも、ジェラルドが騎士団長になってからであった。

彼が敬われているのは『英雄』だからではなく、騎士団長に就任してからのジェラルドの実績が理由だと、ゴベール副団長は言っていた。

「そのうえ団長は騎士の誰よりも、働いてらっしゃるからな」

「朝も早いですし、夜も遅くに帰るそうですね。休みのときも呼び出しがあったら駆けつけるそうですし、夏期休暇も取っていないって聞いたことあります」

確かに、いつもソフィアより先に出勤している。ソフィアの退勤時も、たいてい団長室にいた。

「怖くて冷たくて傲慢。だから何だというんだ。実に些細《ささい》な問題だ」

「まあ、そうですね」

二人は頷き合う。

(噂だと否定するんじゃなくて、傲慢なのは認めるのね……。……いつか私も、些細な問題だと思えるようになるのかしら)

秘書官になってまだ二十日。

そうなるには、もう少し時間がかかりそうだった。

◆◇◆

その日、騎士団本部は朝から慌ただしかった。

騎士試験に受かった者たちを従騎士として受け入れるため、準備をしていたからだ。

朝からの準備が整い、あとは新人騎士を待つだけとなった正午前、王宮からの使者がジェラルドを訪ねてきた。

ソフィアがジェラルドに取り次ぐと、使者は『貴賓の護衛』を要請した。

周遊中の他国の王族が、先触れもなく立ち寄ったのだという。

ジェラルドは不機嫌ながらも、騎士を数名派遣すると言ったのだが、その王族は護衛ならば『英雄』がよいとねだっているらしい。

『…………陛下は僕に王族の、接待をしろと？』

『いえ……陛下は、団長に護衛をお願いできないかと……』

『護衛の騎士が僕でなくてはならない、もっともな理由があるのならば聞こう』

『いえ、その……陛下は、団長にぜひ、護衛をと……』

『答えになっていないが……』

『も、申し訳ございません』

不機嫌なジェラルドを前に、使者は青ざめ冷や汗を掻《か》いていた。

『陛下のお願いなら、まー、しゃーないでしょう。従騎士の手続きはこっちでやりますよ。任せてください』

団長室に居合わせていたゴベール副団長が口を挟むと、使者は救われたとばかりに『どうぞよろしくお願いします』と口にした。

ジェラルドの眉間はこれ以上ないほど皺が寄っていたが、副団長の言うとおり、仕方ないとは思ったようだ。すぐに準備を整え、使者とともに王宮へと向かった。

従騎士の受け入れは、ゴベール副団長の指示のもと行うことになったのだが——『任せてください』と言っていたわりには、手違いを連発させていた。

そのせいでソフィアは、ゴベール副団長に振り回され、休憩もせず動き回る羽目になった。

（お昼……食べられなかった………）

食堂を利用できる時間は決まっているのだが、バタバタしていて気づいたらその時間をとっくに過ぎてしまっていた。

朝食を抜いていたので、一日何も口に入れていない。

仕事を終えたソフィアは、空腹でしょんぼりしながら本部を出た。

(タマネギとニンジンはまだあったし……あれで今日は我慢しましょう)

買い物をせずに、真っ直《まっす》ぐ家に帰ろう。

そう思ったのだが……いつもは敢《あ》えて見ないようにしている高級料理店の前で、つい足を止めてしまった。

レンガ造りで小窓しかなく、中の様子は見えない。石板に店名が彫ってあり、その横には木製の看板にメニューと値段が書かれていた。

サーロインステーキ。ローストビーフ。

文字を見ているだけで幸せな気持ちになる。想像すると心が躍った。

食堂の肉料理も美味しいが、高級料理店で出される肉である。おそらく食堂のものよりも美味であろう。どれほどの違いがあるのか。ぜひとも自分の舌で確かめたくなる。

(…………学費を返し終えたら、絶対ここで食事をしましょう)

お腹《なか》に手を当て、ソフィアは誓った。

とりあえず今は早く帰らないと、お腹が空《す》きすぎて倒れてしまいそうだ。

ソフィアは頭の中の肉を振り切るように、止めていた足を勢いよく踏み出した。

「……っ!」

前を見ていなかったせいで、前方に人がいるのに気づかず、ぶつかってしまう。

「す、すみません」

目線の位置に胸がある。ずいぶん長身の男性だな、と思いながらソフィアは顔を上げ、息を呑《の》んだ。

鋭いアイスブルーの瞳がソフィアを見下ろしていた。

「だ、だ、団長。どうしてこちらに」

「王宮での任務が終わり、本部へ戻る途中だ。昼食を取る暇がなかったので、食事を先に済ませようと、ここに寄った」

ジェラルドはこの高級料理店で、お食事をお召し上がりになるらしい。

サーロインステーキを食べるのだろうか。それとも、ローストビーフか。

彼の選択を羨ましいとは思わない。人それぞれだ。人にはそれぞれ、身の丈に合った食事というものがある。

「君こそ、店の前で立ち止まって、何をしていた」

「実は私も昼食を取る暇がなかったので、お食事をここで済ませようかなと迷っていたのです。ですけど、お肉は少々胃に重いかなと思いまして、やはりやめようかと思ったところです。では、団長。失礼いたします」

ソフィアは早口に言って、一礼をしてその場を立ち去ろうとした。しかし……。

「この店は、肉がメインだが、魚料理もある」

「…………あ、そうなのですか」

「新鮮な魚を毎朝、取り寄せているそうだ。味付けも上品だ。……そうだなこの時期だと――」

ジェラルドは饒舌《じょうぜつ》に『おすすめ料理』の説明を始めた。

（見栄《みえ》を張って、嘘なんて吐かなければよかった……）

店に入るような流れになってしまっている。

けれどもソフィアには、安物のリンゴをぎりぎり三つ買える程度の所持金しかない。正直にお金がないから無理だと明かすべきか、魚料理の気分でもないと言うべきか。

ソフィアは迷った結果『家に急いで帰らねばいけない用を思い出した』という理由で、この場を切り抜けることにした。

「あ、そういえば……」

家に人が訪ねてくるので早く帰らねばならないのでした、と続けようとしたのだが、ちょうど運悪く、お腹が鳴ってしまった。それも、ぎゅるぎゅるとジェラルドに聞こえるほどの大きな音だった。

ソフィアは慌てて腹を押さえるが、音は止まらない。

「……し、失礼いたしました」

生理現象なので仕方がない。そうは思うものの、恥ずかしくて堪らない。

顔が真っ赤になっているのが自分でもわかった。ジェラルドの大きな溜め息に、いたたまれなくなる。

「入るぞ」

早く立ち去りたいと思っているソフィアの耳に、命令を発するのに慣れた高圧的な声が聞こえてきた。

「胃が重いのは腹が空きすぎているせいだ。あれが食べたい、これは食べたくないと選《え》り好みして何になる？　時間の無駄だろう」

「いえ……あの……」

これはもう、正直にお金がないのだと打ち明けるしかない。

「僕が払わせてもらう」

覚悟を決めソフィアが口を開くより先に、ジェラルドがそう口にした。

「…………は、払わせてもらう……？」

「奢《おご》ると言っているのだ。君が昼を食べ損ねたのは、ゴベール副団長が従騎士の受け入れに手間取ったからだろう。彼に仕事を任せた僕にも責任がある」

払わせてもらう。奢る。――ということは、タダでサーロインステーキが、ローストビーフが食べられるのだ。

肉汁たっぷりの肉が皿に盛られている光景が脳裏に浮かび、ソフィアは思わず涎を垂らしそうになった。

「いえ……あのでも、申し訳ないですし、奢っていただく理由もないですし」

夢見心地になりかけたが、我に返る。いくら空腹だからといって、嫌いな相手に奢ってもらうのは気が引ける。

しかし、ソフィアの理性をあざ笑うかのように、お腹が再びぎゅるぎゅるぎゅると音を立てた。

「仕事で忙しくて昼を食べ損ねたから、責任を取ると言っているのだ。僕に二度も同じことを言わせるな」

眉間に皺を寄せ、ジェラルドが不愉快げにソフィアを見下ろし、続けた。

「こういうやり取りもまた時間の無駄だ。食べたいのか？　食べたくないのか？」

ジェラルドの傲慢な態度への苛立《いらだ》ちと食欲。ソフィアの中でふたつの感情がせめぎ合う。

葛藤しているソフィアを知ってか知らでか、ジェラルドが店のドアを開けた。

肉が焼ける、香ばしい匂いが漂ってくる。

「ご厚意に甘えて、ご馳走《ちそう》になります」

ソフィアは欲望に負けた。


（ああ……何、あれ……分厚すぎない？　分厚いわよね……。分厚すぎるわ！　あんな分厚い肉、初めて見た！）

夫婦か恋人か。ソフィアの斜め前には男女の二人組が向かい合って座っていた。

ソフィアは彼らのテーブルの上にある分厚い肉を盗み見する。

（……どうせなら、お肉がよかった……）

奢ってもらうのだ。選べる立場ではないし、そもそも、肉が重いと言ったのはソフィアだ。

ソフィアはジェラルドと同じく、彼おすすめの魚料理の注文をしていた。

「……僕の話を聞いているのか？」

「え、はい。聞いておりますとも」

チラチラと斜め前に視線をやっているのに気づいたのか、ジェラルドが低い声で訊いてくる。

「人には特性がある。養成所での様子から、部隊に配属し、指導する騎士を決めているわけだが、実際に日が経たないとわからないのも事実だ。今までの経験上、この一か月で問題が発生するのは間違いない。匿名の意見箱への投書も多くなる」

本部には投書用の意見箱を設置していた。それらの回収と報告を怠らないように、と注意をされる。

そして話は変わり、ジェラルドが不在になってからの本部の様子を訊かれた。

ソフィアは今日の出来事をゴベール副団長に申し訳ないと思いつつも、ありのままに話した。

「仕事はできないが人望はある……迷惑極まりないな」

ジェラルドは吐き捨てるように言った。

そうこうしているうちに、料理が運ばれてくる。

お皿の上に野菜と小さな切り身が乗せられている。ひと口で食べられそうなほどの小ささだ。

あまりの小ささに悲しくなるが、よく考えればここは高級料理店である。

これは前菜だ。メインはまたあとで運ばれてくるはずだ。

ソフィアは気を取り直し、前菜を口に運んだ。

ソフィアは一応、男爵令嬢である。こういう料理を口にしなくなってずいぶん経つが、マナーはひととおり身につけていた。

（っ！　何これ……お魚が溶けちゃったわ）

噛《か》むと、じわりと溶けるように魚の旨《うま》みが広がった。

魚が嫌いなわけではないのだが、食堂ではつい肉に手がいってしまう。

魚を食べるのはずいぶん久しぶりで、それも理由なのかもしれないが、涙が滲《にじ》んでしまうほど美味しく感じた。

できることなら、おかわりをしたいくらいだ。

いつもジェラルドはこんな料理を食べているのだろうか。心底羨ましい。

前菜の皿が空になると、スープが運ばれてきた。

ソフィアお手製の野菜スープとは違い、こちらは具材がほぼない。けれど味わい深く、美味であった。

メインである魚料理は、白身魚に上品なソースがかかったムニエルだ。

美味しい。美味しい以外の感想がない。この世界にはこんな、これほどまでに美味しい食べ物があったのかと、ソフィアは感動した。

「幸せすぎて……明日、死んでしまうかもしれません」

感動しすぎて、心の声が口から出てしまった。

ジェラルドに訝しむような眼差しを向けられ、ハッとする。

「も、申し訳ございません」

「いや……」

ジェラルドは彼にしては珍しく、気まずそうに視線を逸《そ》らした。

(浅ましく見えたかしら……)

先ほどの話は嘘だと、高級料理を食べ慣れていないと、見抜かれたのかもしれない。

「それほど、好きなのか?」

少しして、ジェラルドが低い声で訊いてきた。

「……実は、こういうところに来るのは初めてなのです。なので、不慣れ……でして」

ソフィアが打ち明けると「回りくどい答え方をするな」と叱責される。

「僕はそれほど好きなのか、と質問したのだ。それほど好きか、それほどまでには好きではないか、好きではない、で答えるべきだ」

「……それほど好きです」

白身魚のムニエルは、幸せで明日死んでもよいと思えるくらいに美味であった。

「そうか」

ジェラルドは小さく頷いた。

何か考え事でもしているのか、ジェラルドはそれっきり押し黙る。

話しかける勇気もないので、ソフィアも黙って料理を口に運んだ。

デザートは小さなケーキが出てきた。

ケーキを食べたのは、いつ以来だろう。母が生きていたとき以来な気がする。

ほっぺたが落ちるかと思った。

食事は気を許した相手とだから美味しい。嫌いな相手と食事をしても美味しくはない。そんな言葉を耳にしたことがあった。

けれど、どんな相手であっても美味しい料理は美味しいのだと、ソフィアは実感した。

永遠とも一瞬ともいえない至福の時間であった。

実際にどれくらいの時間が経過しているのかわからなかったが、料理が運ばれてくるのが早かったため、それほど経っていないようだ。

店の外は、入ったときとさほど変わらず、明るかった。

「団長、ありがとうございました」

宣言どおり、ジェラルドがソフィアのぶんも支払ってくれた。

ソフィアは看板の前で、恭しく頭を下げ礼を口にする。

「このご恩は、一生忘れません」

どれほど嫌みを言われても、陰険な態度を取られても、無視されたとしても、この日受けたジェラルドの厚意は決して忘れないでいようと、ソフィアは心に誓う。

「大げさだ」

「いいえ。本当に嬉しかったのです。ありがとうございました」

ソフィアが微笑むと、ジェラルドは眉を寄せ、視線を外した。

奢ったことを後悔でもしているのか、機嫌が悪そうだ。

（やっぱり払えって言われても困るわ……）

払えと言われても、払うお金がない。

ジェラルドに請求される前に立ち去りたかった。

「それでは団長。失礼いたします」

ソフィアは微笑みを浮かべたまま、別れを告げる。

睨みつけられていたら怖いので、振り返らず早足でその場をあとにした。

◆◇◆

ジェラルドはいつもどおり仕事を終え、本部から出たところでジャコフ・ゴベールに呼び止められた。

「女の子、それも養成所上がりの騎士とは違うんだ。もうちょっと大事に、丁寧に扱ったほうがいいと思うぞ」

何か重大な用件でもあるのかと身構えたが、彼が口にしたのはムーラン・ファバ秘書官の代理として異動してきたソフィア・ルーペ秘書官のことであった。

「アステーム王国では性別による不平等をなくすため、二十年ほど前から女性の文官を積極的に雇用し始めた。待遇、給金も男性の文官と同じだ。身体的に困難なことを女性に強いるつもりはないが、だからといって特別扱いはしない。確かに、騎士には騎士の、文官には文官の役割がある。しかし役割は違えど、国に仕えているという立場は同じだ。僕は文官だからといって優遇はしない。もちろん騎士を蔑《ないがし》ろにもしない」

「いや、まあ、そうなんだけれど、そうじゃなくてさ」

ジェラルドの返しに、ゴベールは不満げに息を吐いた。

「それにムーラン・ファバ秘書官のときと待遇は同じ……いや、まだ慣れぬだろうと、仕事量は少なくしている」

「仕事量がどうこうじゃなくてさ。ムーランさんと違って、まだ若い女の子なんだぞ。もっと優しくてもいいんじゃないの？」

「若い女を優遇しろと？」

高齢者を優遇しろというならわかる。しかし若い女を特別扱いするのはおかしい。邪《よこしま》な思惑があるのではと思ってしまう。

「いやいや、そうじゃなくて……一年だけの代理なんだ。辞められたら、お前だって困るでしょ」

本部内で『お前』と呼ばれたら注意をしていたが、勤務時間外だ。ゴベールの軽い口調は聞き流す。

彼は今、副団長でジェラルドの部下だが、かつては逆の立場にあった。

騎士になるには養成所での訓練を経て、試験に合格せねばならない。入団後も騎士としてすぐに任務につけるわけではなく、一年か二年は従騎士として騎士に仕え経験を積まねばならなかった。

ゴベールはジェラルドが従騎士のときに仕えていた騎士だ。そのせいか、本来の気質のせいか、立場が入れ替わった今も、ゴベールはジェラルドに対し砕けた態度を取る。

「ちょっとだけでいいんだよ。お茶を持ってきてくれるだろ。そのときに、お礼を言うだけでいい」

「本来、お茶を淹れるのは秘書官の業務ではない。淹れずともよかろう。そもそも僕は頼んでもいない」

「礼を言ったからって損するわけじゃないだろ。というか交流を深めることにより、仕事だって楽しくできる」

「仕事に楽しさなど必要ない」

「楽しくないより、楽しいほうがいいに決まってるだろ」

ゴベールは唇を尖《とが》らせた。

そこそこ長い付き合いだ。彼とこの手のことで議論しても、理解し合えないのは経験済みである。

「……彼女は、僕に好意を向けている。変に優しい態度を取り、余計な期待もさせたくない。仕事がやりにくくなっては困る」

ジェラルドは三日前の出来事を思い出し、眉を寄せた。

昼食を食べ損ねたと、腹を鳴らせていたソフィア・ルーペをジェラルドは馴染みの料理店に誘った。

責任感ゆえの行動であったが、いらぬ期待をさせた可能性が高かった。

ソフィアは食事が運ばれてくる前、近くの席に座っていた恋人らしき男女を、チラチラと見ていた。

羨ましい、もしくは自分たちも恋人同士に見えるのだろうか、と想像し浮かれていたのだろう。

――幸せすぎて……明日、死んでしまうかもしれません。

頬を紅潮させ、目を潤ませながらソフィアはそう口にした。

あまりにも幸せそうな表情だったため、ジェラルドは気まずくなった。

(憧れているだけなら、害はないと思っていたのだが……)

もともと、ソフィアはジェラルドに憧れて、秘書官に志願していた。

最初からなのか、それとも実際にジェラルドと接し、会話をするようになったからなのか。死んでもよいと思うまでに自分に恋をしてしまっているようだ。

念のため『それほど、好きなのか？』と訊ねると、ソフィアは恥ずかしげに『それほど好きです』と答えた。

食事に誘ったことに他意はない。

もしも次を期待するような素振りを見せたなら、忠告しておこうかと思ったのだが……。

――このご恩は、一生忘れません。

ソフィアは満ち足りた微笑みを浮かべ、ジェラルドに礼を言った。

一生の思い出にする。そう告げてくる相手に思い出にするな、とは言いにくい。いくらその中にジェラルドがいようとも、他人の思い出に口を出す権利はなかった。

珍しく、どう返してよいか迷っていると、ソフィアはそんなジェラルドの気持ちを察してか、慌てた様子で別れの挨拶を口にし、その場を立ち去った。

（――食事に誘うべきではなかったな……）

食事後も、普通に顔を合わせている。

仕事ぶりは変わらないし、特別何かを言ってくることもない。

ただ……ジェラルドと目が合いそうになると、気まずそうに視線を逸らす。

目が合っただけで、恋心が溢れそうになってしまうのであろう。

「……あなたが従騎士の手続きを手間取ったせいだ」

「は？　俺？　お前の恋バナに俺は関係ないだろ。……というか、ソフィアちゃん、お前のこと好きなの？　そんなふうには見えないんだけど」

「ルーペ秘書官と呼ぶべきだ。……僕に対する微笑み方を見たらわかるだろう。あれは、どう見ても恋する乙女の微笑みだ」

「恋する乙女……いやいや、よく微笑む子だけどさ。あれは、ちょっと違う。あんまりよくない系の笑み方だぞ」

よくない系の笑み方――。

恋をするあまり、相手に執着し、歪んだ感情を向ける者もいる。

（僕への恋心が募り、病み始めているのか……）

愛と憎しみは表裏一体だ。ソフィアはジェラルドに、危うい感情を向け始めているのかもしれない。

「そうだな……。気をつけよう」

見るからにひ弱そうな女性だ。どれだけ油断していようが、刃物ならば対処はできる。

しかし毒は別だ。今のところ身体に不調はないので大丈夫だと思うが、彼女の淹れるお茶には注意を払わねばならない。

「うん。詳しいことは知らないが、気をつけてくれ。部下の気持ちを慮《おもんぱか》るのも、上に立つ者の役目だぞ」

「……努力はしよう」

精神状態の管理は難しいが、危うい行動が目立つようならば、医者を紹介したほうがよかろう。

（……過去にも問題を起こしたことがあるかもしれない……）

ソフィア・ルーペの経歴はひととおり知ってはいる。だが交際遍歴までは把握していない。

悪い噂も聞かないが、小競り合い程度なら内々で済ませている可能性がある。

「お前も最近お疲れ気味だろ。たまには羽目を外せよ。久しぶりに飲みに行こうぜ」

ゴベールが肩に手を置いてくる。

ジェラルドはその手を振り払った。

「断る。……そういえば、最近、腹が出てきたように見える。四十を過ぎたのだ。若い頃と同じような飲み方をしていては、あっという間に病気になるだろう。生活習慣を見直したほうがよい」

ゴベールのために忠告してやったというのに、彼の返事は「うるせー」であった。

◆　◇　◆

翌日。休日だったジェラルドは、朝食後、王都の中心部にある王立医療院へと足を向けた。

「あら、あらあらあら。ジェラくん！」

病室のベッドの上で半身を起こしていたムーラン・ファバが、ジェラルドを見て目を丸くする。

「どうしたの？　忙しいでしょうに！　お休みなの？」

「休日だ」

ジェラルドは答え、棚の上に果物の詰め合わせを置いた。

「花瓶はどこだ？」

手に花束を抱えたまま訊ねる。

「もうすぐ旦那が来るから、置いておいてくれればいいわ。ありがとう。可愛いピンクのガーベラ！」

「ガーベラの花言葉は前進だ」

花束を棚の上に置きながら言うと、「へぇ～物知りねぇ～」とムーランは感心する。

ムーランを見舞うのは今日で二度目だ。前回は見舞金と果物を持って訪れていた。

昨日はジェラルドの母が、見舞いに来ていたという。

母と彼女は友人だ。

しっかり者に見えて実はのほほんとした性格の母とは違い、ムーランは朗らかでおっとりした容姿とはうらはらに、優秀な文官だった。

騎士団長に就任したばかりの頃は、取り組まねばならぬことが山積みだった。

ムーランが細々とした業務をすべて引き受けてくれたからこそ、大きな失敗もなく切り抜けられたのだとジェラルドは彼女に感謝をしていた。

「ソフィアちゃんは、どう？　真面目だしいい子でしょう？」

どう切り出そうか考えていると、ムーランのほうからソフィアについて訊いてきた。

「今のところ、仕事ぶりに問題はない」

「仕事も丁寧だし、効率もいいし、頼んだことは絶対忘れないし、自分から進んで動けるのよね～。若いけど浮ついたとこもないし。人当たりもいいしね」

ムーランはよほど彼女を気に入っているのか、ソフィアの美点を挙げていく。

「むしろ、仕事が雑で非効率で、指示を忘れるうえに自ら考えることもできない、浮ついた文官がいたら困る」

「……まあ、それはそうなのだけど。でも、秘書官として申し分ないでしょう！」

「先ほども言ったが、今のところ、秘書官として不充分だとは感じていない」

ムーランほど手は早くはなかったが、そのぶん丁寧だ。

『人当たり』をジェラルドは重視していなかったが、騎士や外部の者たちへも、礼儀正しく、朗らかに対応していた。

「そうだ、ハーブティーはどうだった？」

「……ハーブティー？」

「ジェラくん好みの味になるよう、ハーブティーの淹れ方を教えたの。美味しかった？」

「……僕の好みを……彼女に訊かれたのか？」

「そう。ジェラくんに気に入ってもらえるよう、覚えてたほうがいいだろうって。真面目でしょう～」

そこまで自分に気に入られようと必死だったのかと、ジェラルドは眉を顰《ひそ》める。

「他にも何か助言を？」

「助言……？　そうねぇ……ああ！　ソフィアちゃん、笑顔が可愛いから。笑顔でいたら、ジェラくんも癒やされるわよって助言をしたわ。癒やされるでしょう？」

ジェラルドの脳裏に、ソフィア・ルーペの姿が浮かんだ。

――団長、お茶をお持ちしました。

トレーを手に、にっこりと朗らかに微笑んでいる。

邪な思いなどまったく感じられない、聖母のごとき微笑みだった。

(あれも、僕に気に入られるための演技だったのだな)

ジェラルドは呆れると同時に、なぜかわからないが裏切られたような気持ちになった。

「ソフィア・ルーペはどのような人物なのだ？」

「どのようなって？　経歴は見たんでしょう？」

「過去に男性と問題を起こしたことがあるのか？」

ジェラルドは回りくどい言い方をせず、はっきりと訊ねる。

「男性との噂は今まで耳にしたことないけど……いきなり、どうしたの？」

すべての物事が恋愛中心に回っていることを、恋愛脳と呼ぶ。

恋愛脳の者は、恋愛がすべてで恋愛を何よりも優先する。

ジェラルドに取り入ろうとしているソフィアも、恋愛脳なのだろう。

恋い焦がれるあまり恋愛脳になったのか、それとも生まれつき恋愛脳なのか。もしも生まれつき恋愛脳ならば、過去に問題を起こしているかもしれない。

今後の彼女への対応を決めるためにも、ソフィア・ルーぺについて調べておかなければならなかった。

「彼女について知らねばならぬのだ」

「知らねばならぬ？　……ソフィアちゃんのことが気になってるってこと？」

ムーランはハッとした表情を浮かべ、訊いてくる。

「気になる」

ジェラルドが頷くと、「え……？　本当に？」とパチパチと瞬きをした。

そしていつになく真面目な眼差しをジェラルドに向けてきた。

「ジェラくん。ソフィアちゃんって本当にいい子なのよ。男の人の話もまったく聞かないわ。でも……詳しくは私も知らないけれど、いろいろと複雑な事情があるみたい。だから……早く結婚して、落ち着いてくれたらいいなって思っていたの」

ムーランが溜め息交じりに言う。

「……結婚すれば落ち着く、複雑な事情が彼女にはあるのか？」

「結婚したら片づく問題ではないのかもしれないけれど……誰か傍で支えてくれる人がいるだけで違うでしょう？　ジェラくん、いいえ、フェレール団長。ソフィアちゃんのことが気になるなら、ちゃんと真面目に、向き合ってあげてね」

期間限定の代理秘書官だとはいえ、今はジェラルドの部下だ。いいかげんに扱ったり放置したりするつもりはなかった。

ムーランの願いに、ジェラルドは「当然だ」と即答した。


ムーランを見舞ったあと、ジェラルドは馴染みの本屋で書物を三冊購入して帰宅した。

「ジェラくん。おかえりなさい」

銀髪に、青い目をした淑女がジェラルドを出迎える。ジェラルドの母である。

母は今年で四十五歳になるが、若作りだ。化粧の技術で、三十歳くらいに見える。

「ムーラン、元気だった？」

「……昨日、見舞いに行ったのでは？」

「昨日は元気だったわよ。でも今日は元気ではないかもしれないじゃない？」

「元気そうにしていた」

「まあ、悪いのは足だけだものね。……暇を持て余しているって言ってたから、今度行くときは本を差し入れしようかしら」

ジェラルドが手にしている書物に目を留め、母が言う。

「悪いのは足だけとはいえ、頻繁に行くのは迷惑だろう」

「迷惑かどうかはジェラくんが決めることではないわ」

一理あると思ったため、反論はしない。

「医療院でいい人はいなかった？」

自室に向かっていたジェラルドは、意味不明の問いかけに足を止め、母を見下ろした。

「いい人、とは？」

「騎士団にはいい人がいないんでしょ？　なら、普段行かない場所でいい人と出会えるかもしれないじゃない？」

「療養中の者を、物色しろと？」

「物色しろとは言っていないわ。ひと目見ただけ、すれ違っただけで、胸がキュンとなるような相手もいるじゃない？　そういう人に出会った？　って、訊いているの」

「出会っていないし、胸がキュンという意味がまず理解できない」

「私はお父様の顔を見ると、いつも胸がキュンってなるの」

母はうっとりと目を細め、自身の胸に手を当てて言う。

「僕は父上を見て、胸がキュンとなったことは一度もない」

「当たり前でしょ。息子が恋敵だなんて、想像しただけで恐ろしいわ」

「母上。僕はこの書物を夕食までに読み切りたい。用件があるなら簡潔に話してほしい」

「お母様は早く孫の顔が見たいです」

率直に願望を伝えられ、ジェラルドは心の中で溜め息を吐いた。

「ジェラくん、最近忙しいって言って夜会に行かないし。お父様がこの前言っていた縁談も断ったんでしょう？　この子、結婚するつもりがないんじゃないの……って、お母様は不安になっています。それにお友達から孫の話を聞くたびに、お母様は羨ましくなるのです」

母は唇を尖らせて不満を訴えてくる。

ムーランにもすでに孫がいた。

「将来的には、結婚するつもりだ。フェレール家に生まれた以上、跡継ぎをつくる責任があるのは理解している」

「跡継ぎとか責任の話はしていません。跡継ぎは、いざとなれば養子を迎えたらよいのです」

「孫が欲しいのではないのか？」

「お母様は孫の子守がしたいのです！　おばあちゃま、と呼ばれたいのです。あとジェラくんのお嫁さんにお義母《かあ》様と呼ばれたい。義娘と一緒にお茶をしたり、お買い物に行ったり、旅行に行ったりしたい」

母は癇癪《かんしゃく》を起こした幼子のように身体を揺らしながら、矢継ぎ早に願いを口にした。

「暇ならば、何か趣味を見つければよい。僕の人生を母上の暇つぶしにしないでほしい」

母は一瞬、キツく眉を寄せたあと「それはそうね」と嘆息して頷く。

「でもね、ジェラくん。心から愛《いと》おしいと思える人が傍にいてくれるって、素敵なことよ」

素敵かどうかなど人それぞれだ。

だがジェラルドは両親は別として、心から愛おしいと思える人物に出会ったことはない。

否定も同意もできなかったので、ジェラルドは「そうか」と呟《つぶや》いた。


ジェラルドは二十七年生きてきて、今まで一度も挫折をしたことがない。

よく周りから『恵まれている』『天が二物も三物も与えた』などと言われるが、そのとおりだと思う。

生まれからして、ジェラルドは恵まれていた。

フェレール伯爵家は由緒正しい家柄だ。大叔母はアステーム現国王の祖母、つまり王妃であった人物で、王家とも縁《ゆかり》があった。

母親はかつては『銀色の薔薇《ばら》』と社交界を騒がせた辺境伯令嬢だ。

父親はアステーム王国一の秀才と呼ばれていたらしい。今はその優秀さを買われ、現国王の側近として、王宮に仕えている。

そんな二人の間に生まれたジェラルドは、父親譲りの頭脳と母親譲りの美貌をそっくりそのまま受け継いだ。

二歳の頃から流暢《りゅうちょう》に話をし始め、三歳の頃にはすらすらと文字を書き始めた。そして五歳の頃には、大人でも難しいとされる書物を読むようになった。

周りから『神童』と呼ばれ始めたのもその頃である。

挫折はしなかったが初めて悔しい思いをしたのは、十二歳のときだ。

『神童って、勉強しかできないじゃん。身体もひょろひょろだし、女みたい。剣持ったことある？　馬乗れるの？　っていうか、走れるの？』

王宮のお茶会に招かれたとき、侯爵家の令息に面と向かって嘲られたのだ。

確かに十二歳のときのジェラルドは身長こそ平均的だったが、体重は軽かった。ガリガリではないものの、細身でひょろりとしていて女顔であった。

剣を持ったことなどなかったし、乗馬の経験もなかった。室内で書物を読むのが好きだったので全速力で走った記憶もない。

事実を指摘され、ジェラルドは何も言い返せなかった。

侯爵家の令息の言葉を聞き、周囲の大人は『勉強ができればそれで充分だろう』とジェラルドを庇ってくれた。

けれどジェラルドは『勉強しかできない』事実が屈辱だった。

紳士ならば乗馬も習得しておくべきだ。しかし両親が厳しいのはマナーだけで、ジェラルドにあれこれしろとは言わなかった。

いろいろと疎《おろそ》かにしていると気づいたジェラルドは、馬術を習い始める。同時に剣術も習い、身体も鍛え始めた。

訓練を始め一年が経つ頃には、細かった腕や太股《ふともも》に筋肉がつき、引き締まった体つきになった。

一年後のお茶会で侯爵家の令息に再会したが、ジェラルドを見たとたん顔を真っ赤にし、口をパクパクさせていた。

十四歳になったジェラルドは騎士養成所に入った。

国のために働きたいという崇高な志があったわけではなく、当時は机に向かって学ぶよりも、身体を鍛えることにやりがいを感じていたからだ。

騎士には平民出身者が多く、有事の際は真っ先に危険に晒《さら》される。

フェレール家の当主になるのに、なぜ騎士養成所に入るのか。学院で学びながら、貴族たちとの交流を深めるべきだ。騎士になろうとしているのをなぜ止めないのか——など、親戚たちはしつこいほど父や母に助言をしていた。

しかし両親は、彼らの言葉に耳を傾けなかった。

『ジェラルドが決めたのなら反対するつもりはない』

『一度きりの人生なんだから、ジェラくんの好きにしたらいいわ』

悪くいえば放任主義ではあるのだが、両親はジェラルドの自主性を尊重してくれていた。

騎士養成所では挫折どころか、悔しい思いすらしなかった。

ジェラルドより身体的に恵まれている者はいたが、彼らより劣っていると感じたこともなかった。

騎士団に入団してからも同じだ。

ジェラルドは華々しい功績を次々と残していった。

熟練の騎士たちに負けている部分は、正直なところ『経験』だけだった。

マゼルセン戦役のときは、悔しいというか、不愉快な出来事があった。

同年代の団員たちに出仕命令が下る中、ジェラルドにだけ出仕命令が下されなかったのだ。

両親が頼んだのか、ジェラルドの身分を考え、上の者たちが決めたのかはわからない。

だが、ジェラルドは矜持《きょうじ》を傷つけられた気がして我慢ならず、半ば強引に出征した。

戦場では凄惨な光景も見たし、苦い経験もした。けれどもアステーム王国で何も知らずに過ごしているよりずっとよかった。

そうしてジェラルドは『英雄』と呼ばれるようになり、騎士団長という立場を得た。

取り立てて喜びもしなければ、やり遂げた満足感もなかったが、与えられた課題はきっちりとこなす性分だ。責任から逃げようとも思わなかった。

騎士団長としての役割にも、今はやりがいを感じている。

だが……騎士団長である前に、フェレール家の嫡子であるのも事実だ。

父は今のところ壮健だ。けれども、父の身に何かあれば自分が家を継がねばならない。

両親からは養子を迎えてもよいと言われてはいるが、子を成すのは、貴族の子として生を受けた者の義務である。

しかしながら、子どもはジェラルド一人では作れない。

子を産む母親が必要で、母親を得るためには結婚をせねばならなかった。

ジェラルドとて結婚願望がないわけではない。自身に相応《ふさわ》しい女性がいるならば結婚してもよいと思っている。

ただ相応しい女性がいない。それが問題だった。

まず、自分の横に立つのだ。容姿はそれなりに整っていなければならない。髪の色、目の色には拘《こだわ》りはないが、背は高すぎても低すぎても困る。体つきも同様だ。

もちろん身分も重要だ。フェレール家と釣り合う家柄の女性でなければならない。

そして何よりも、ある程度の知性が必要だった。フェレール伯爵家の女主人になるのだ。それにジェラルドは幼稚な女性が苦手だ。頭が悪いのは論外である。

性格は思いやりがあり、なおかつ控え目でなくてはならない。自己主張の激しい、我が儘な人間は不愉快だった。

常に前向きで、努力を怠らない女性が好ましい。

(あとはそうだな……声が汚い女性も駄目だ。胸は大きすぎず小さすぎず。マナーがなってない女性はあり得ない)

ジェラルドも、自身の理想が高すぎる、女性に求めるものが多すぎだとは自覚していた。

けれど一度だけ――理想どおりの女性だと、そう思ったことがあった。

十五歳のとき、ジェラルドは婚約者候補として同い年の少女と出会った。

少女は侯爵家の令嬢で、楚々《そそ》とした美しい容姿をしていた。

聞き上手で、頭の回転も速く、話が弾んだ。家柄も容姿も知性も性格も問題はない。何ひとつ欠点がなさそうだったので、ジェラルドは彼女とならば婚約してもよいと思った。しかし――。

『靴に汚れがあるじゃない！　なんで用意したときに気づかないのよ！』

正式に婚約を結ぶため父と訪れた侯爵家で、彼女が侍女に声を荒らげている姿をジェラルドは目撃してしまった。

眦《まなじり》をキツくさせて侍女を睨み続ける姿は、ジェラルドに見せていた態度とはまったく違った。

二面性のある者は信用できない。人生の伴侶にするなどもってのほかだった。

ジェラルドは父に、婚約を取りやめると告げた。

それ以来、婚約者選びに慎重になった。

言い寄ってくる女性もいたが、理想とはほど遠く、未《いま》だに婚約者はいない。

結婚を前提にしていない付き合いなど無駄なので、二十七年間、恋人もいなかった。

王都には金を払えば女性と閨《ねや》をともにできる娼館《しょうかん》があった。騎士たち、貴族紳士たちにも、娼館を利用する男は多くいた。しかしジェラルドは一度も利用したことがない。

もともと性欲が薄く、繁殖を伴わない性行為など意味がないと考えていたからだ。

そのため、ジェラルドは一度も女性と肌を重ねたことがない。――童貞であった。

(妥協せねばならないのか……いや、しかしフェレール家に相応しくない者を迎えるわけにはいかない。家柄は大事だ。見映えもある程度は必要なので、そこそこの容姿はなくてはならないし、頭と性格が悪い女はあり得ない)

自室の机に書物を置いて溜め息を吐いたとき、秘書官の顔が脳裏に浮かんだ。

最初に浮かんだのは、入院中のムーラン・ファバだ。

『ソフィアちゃんのことが気になるなら、ちゃんと真面目に、向き合ってあげてね』

その言葉のあとに、ソフィア・ルーペの姿が浮かぶ。

秘書官への配属を打診された際、ソフィアの経歴には目を通していた。

学院では品行方正で、文官試験にも優秀な成績で合格していた。

文官になってからも大きな失敗はなく、仕事ぶりは真面目で、上官からの評価も高かった。

身長は高くもなければ低くもない。体つきは細身だが、ガリガリというほど痩せ細ってはいなかった。

亜麻色の長い髪はいつもひとつに纏めている。化粧は薄め。全体的に清潔感があった。

茶色い双眸《そうぼう》は穏やかで、目を引くほどの美人ではなかったが、ほどよく整った顔立ちをしていた。

どちらかといえば好ましい容姿をしている。

（性格は――）

控えめで落ち着きがある。陰気でもなく、話しかければ朗らかに返事をする。

気を引こうとジェラルドに対し過剰に微笑みを振りまいてはいるが、団員たちへの人当たりもよい。二面性があるのではなく、ジェラルドに振り向いてもらおうと必死なだけだろう。

声は高すぎず低すぎず、大きすぎも小さすぎもしない。心地よい声音をしている。

食事をともにしたとき、落ち着きなく視線を彷徨《さまよ》わせたり、頬を紅潮させて恍惚《こうこつ》の笑みを浮かべていたりと、かなりジェラルドを意識し浮かれていた様子だったが、マナーはしっかりしていた。

よくよく考えてみれば物足りなくはあるものの、ソフィア・ルーペは一点を除けば理想の女性に近かった。

（ルーペ男爵家か……）

男爵家でも名声があればよい。しかしルーペ男爵家はまったくの無名だった。フェレール家とは釣り合わない。

いくつかの美点はあるものの、身分という欠点を補うほどの価値はソフィアにはなかった。

（余計な期待をされるのも困る。はっきりと言っておいたほうがよいな）

複雑な事情が何なのかは知らないが、彼女は家の事情か何かで結婚を焦っているらしい。

変に期待を持たせるのも残酷である。ジェラルドは自分の気持ちを、はっきりと彼女に伝えることにした。

◆　◇　◆

『個人的な話がある』

ソフィアは出仕してすぐ、ジェラルドから仕事を終えたら本部を出る前に団長室に立ち寄るように、と言われた。

（もしかして……食事代のことかしら……）

ジェラルドにご馳走になってからというもの、食事代を請求されるのが恐ろしく、ソフィアは彼に対しぎこちない態度を取ってしまっていた。

(あれから五日過ぎたし……もう大丈夫かと思ってたけど……。今更、払えなんて……。今はお金がないわ。今じゃなくても、ないのだけれど……)

高級料理店に来るのは初めてなのだと、あのとき告げてある。

見栄を張っても仕方がない。自身の金銭的事情をもっと詳しく話せば、ジェラルドも請求を思いとどまってくれるであろう。

それでも駄目なら分割にしてもらえるよう、頼もうと決める。

(タダより怖いものはないって、こういうことね……)

けれど、あの日食べた高級料理の味は最高だったので、後悔はしていなかった。

その日はなぜか、ジェラルドからお茶も淹れなくてよいと言われていた。

水分を控えたいのか、何か別の理由があるのか。

ソフィアは落ち着かない気分で一日過ごし、勤務時間が過ぎてから団長室へと足を向けた。

ノックをし、返事を待って入室する。

いつもはドアを開いたままにしているのだが、ジェラルドから閉めるように言われた。

(お金を請求する姿を誰にも見られたくないのかしら。それとも、部下の女性に奢ったことがマズかったのか……)

ジェラルドはこれからする話を第三者に聞かれたくないようだ。

「ソフィア・ルーペ秘書官」

ジェラルドは机の上で手を組み、前に立つソフィアを見上げた。

ソフィアは身構えながら、彼の言葉を待つ。

「君に、言っておきたいことがある」

「……はい」

「君も知っていると思うが、僕はフェレール伯爵家の嫡男だ。騎士団長という立場であるが、父にもしものことがあれば、伯爵家を継がねばならない身分にある」

「…………はい」

「昨今は、身分や階級に拘った政略結婚は時代遅れだという風潮がある。しかし釣り合わぬ相手との婚姻には困難が伴うのも事実だ。困難を乗り越えるには、信頼関係、愛情が必要なのだろう」

相槌《あいづち》を打つものの、ジェラルドが何を言いたいのか、ソフィアはさっぱりわからなかった。

「日は浅いが、君の仕事ぶりには満足している。秘書官として信用もしているが……人として、女性としては特に信頼はしていないし、愛情は抱いていない。将来的にそのような感情を抱くこともなかろう」

秘書官として認めてくれているのは嬉しい。けれど、なぜ人として、女性として信頼していないと否定的な言葉を言われねばならないのか。

褒められているのか貶《けな》されているのかわからず、ソフィアは「……はい」と小さく返した。

「そのため、君とは結婚できない」

ジェラルドはアイスブルーの双眸でソフィアを見据え、きっぱりと言った。

「――あの……それは、どういう意味でしょうか？」

ソフィアは恐る恐る訊ねる。

明瞭な声だった。言葉の意味もわかる。けれど、なぜそんなことを言われなければならないのかが、わからなかった。

ジェラルドはわざとらしいほど、大きな溜め息を吐く。

「何度も同じことを言わせるな。君とは結婚するつもりはないと言っているのだ」

結婚するつもりはない。それは、そうであろう。ソフィアもジェラルドと結婚するつもりなどない。

「結婚、ですか……？」

何か言い間違えているのかと、ソフィアは聞き返す。

「そうだ。僕にどれほど好意を向けても、無駄だと言っているのだ。君はまだ若く、それなりに容姿も整っている。君に相応しい男性は他にもいるだろう」

初対面のときも、憧れを抱いていたと誤解をされていた。

今は、どうやら結婚したいほどジェラルドに恋心を抱いていると思われているようだ。

「あのっ……私、結婚など望んでおりません」

ソフィアは慌てて否定をする。

「結婚ではなく、愛人でよいと？」

ジェラルドは眉を顰めて訊いてくる。

「あ、あいじん……いえ、私は」

「確かに、貴族の中には愛人を持つ者もいる。しかし、僕は愛人を持つほど暇ではない。君も自身の将来を真剣に考えたほうがよい。愛人という不確かな関係を結ぶよりも、身の丈に合った相手と家庭を築くべきだ」

ジェラルドに窘められるまでもなく、いくらお金を積まれても愛人になどならない。……たぶん。おそらく……絶対。

「も、もちろんです」

「弁《わきま》えているならば、これ以上言うことはない。最後に――ソフィア・ルーペ、これからも秘書官として働けるか？」

「え……。も、もちろん、働けますけど」

「僕と顔を会わすのが気まずくないのならば、今までどおり秘書官を務めてもらう」

どうやらジェラルドは、振られたソフィアの気持ちを慮ってくれているようだ。

傲慢だけれど、そういう配慮はできるのね、と少しだけ驚く。

（いえ……それより、そもそも、なぜ振られたことになってるの）

「あの、団長……私……」

あなたのことは好きではありません。むしろ嫌いというか、苦手です……そう正直に言ってよいものだろうか。

上官だし、普通の人ならば誤解を指摘しても怒りはしないと思うが、ジェラルドは高圧的で傲慢な性格をしている。己の間違いを認めず怒り出したら……と、ソフィアが躊躇《ちゅうちょ》していると、ジェラルドは鬱陶しげな眼差しをソフィアに向けてくる。

「何だ?」

「…………いいえ、何でもありません」

威圧感のある眼差しに、ソフィアは力なく首を横に振った。

口が立つジェラルド相手に、上手く釈明できる自信がない。

それに、誤解から交際を迫られているならば困るが、振られたという状況になっているだけだ。異動になるわけでもない。

今までどおり秘書官として働くのは変わらないのだし、正直ジェラルドに何と思われていようがどうでもいい。あれこれ言って話を長引かせるほうが面倒だった。

「ならば話は終わりだ。帰りたまえ」

「はい。失礼いたします」

ソフィアは一礼して、踵を返す。

「そうだ。今後は僕にお茶を淹れないようにしてくれ」

ドアノブに手をかけたところで、ジェラルドが思い出したかのように指示してくる。

ソフィアと顔を合わす機会を少なくしたいのかもしれない。

ソフィアとて好んでお茶を淹れているわけではない。ムーランがそうしたほうがよいと言っていたから淹れていただけだ。

仕事が少なくなるのは喜ばしかった。

「君を信用していないわけではないが……妙な薬を混入されては困るからな」

入れるわけないじゃない！　と怒鳴りたくなるのを必死で我慢し、振り返る。

「わかりました。では失礼いたします」

ソフィアは薄《うっす》らと笑みを浮かべ、部屋をあとにした。

(そうだわ……おかしな誤解をされては困るもの。もう微笑んで、彼のご機嫌を取るような真似《まね》はやめましょう)

これ以上誤解をされても困る。できるだけ無感情でジェラルドに接しようとソフィアは決める。

食事を奢ってもらい少しだけ上がっていたジェラルドへの好感度は急降下し、初対面のとき以上に不愉快で腹立たしい気持ちになっていた。

第二章

「団長。先ほど王太子殿下の使いの方から、書簡をお預かりしました」

ノックのあと入室してきたソフィアが、机の前まで歩み寄り、書簡を差し出してきた。

「それから、意見書を纏めましたので、こちらもご確認をよろしくお願いいたします」

ジェラルドが受け取ると、今度は脇に抱えていた書類の束を差し出してくる。

ジェラルドは「ああ」と頷き、それも受け取る。

「それでは失礼いたします」

ソフィアは一礼をし、踵を返すと足早に退室していった。

(――僕に振られて、堪《こた》えているのか……)

入室してから退室するまでの間、ソフィアはずっと無表情であった。

ジェラルドがソフィアに己の気持ちを伝えたのが三日前。それ以降、ソフィアは微笑まなくなった。それどころか常に無表情なうえ、声にも抑揚がない。

食堂で見かけたときは今までとさほど変わった様子はなく、微笑を浮かべ騎士たちと談笑していた。どうやら無表情なのは、ジェラルドの前でだけのようだ。

振られた相手を前に、平静でいられないらしい。

(まあ……無表情であろうとも問題はない)

仕事さえしてくれれば、ソフィアがどんな態度を取ろうが構わない。しかし――。

『団長、お茶をお持ちしました』

にっこりと笑むソフィアの姿が脳裏に浮かび、落ち着かない気分になる。

ジェラルドは頭の中のソフィアを追い払うため、軽く頭を振った。

ペーパーナイフを取り出し、書簡の封を切る。

「………」

ちくりと痛みが走った。

ペーパーナイフの先が指を掠《かす》め、血が滲んでいた。

ジェラルドは書簡に血を付着させぬよう、ハンカチーフを出して指を押さえる。

(こんな失敗をするなど……)

ジェラルド・フェレールらしくない。

気もそぞろなのは、ソフィア・ルーペの落ち込んでいる姿に責任……いや、罪悪感を抱いているからなのだろうか。

いくらソフィアが落ち込もうとも、彼女の想《おも》いに応えることはできないのだし、勝手に好意を持たれただけだ。自分に非はない。ソフィアのあの、あからさまに落ち込んでいる態度のほうが悪い。

だが彼女を落ち込ませている張本人のジェラルドが、あれこれ言っても余計に彼女を落ち込ませるだけであろう。

失恋は時間が薬だという言葉がある。時が経ち、ソフィアがジェラルドへの想いを吹っ切るのを待つしかなさそうだ。

ジェラルドは書簡と書類に目を通す。

明日は協議に参加するため王宮に行かねばならなかったが、今日は一日団長室で事務仕事だ。

口を潤し、休憩したくなる。

しかし自らお茶を淹れに行くのも億劫《おっくう》だし、団長室を出ればソフィアと出くわすかもしれない。

面倒な女に惚《ほ》れられたものだ――と、ジェラルドは溜め息を吐いた。


仕事を終えジェラルドが本部を出ると、辺りはすっかり薄暗くなっていた。

日が落ちるのが早く、風も冷たくなってきた。夏ももう終わりだ。

秋の気配を感じながら、ジェラルドは通り慣れた道を歩く。

フェレール伯爵家の屋敷は本部からさほど離れていない距離にあり、馬車を使用するほど遠くもなかったので、ジェラルドは徒歩で通っていた。

ときおり道行く人からチラチラと視線を向けられることもあったが、声をかけてくる無作法者は一年に一人か二人いる程度だ。

馴染みの料理店に差しかかったとき、料理店の前に見知った人影があるのに気づいた。

ソフィア・ルーペである。

彼女は自分よりも先に仕事を終え、本部を出ていた。

見慣れない薄手の上着にスカート姿。手には籠を下げている。その格好からして、帰宅途中ではなく、一度家に戻り着替えてから外出したようだ。

極力関わりたくないが、無視して通り過ぎるのもおかしかろう。

「何をしている」

ジェラルドが声をかけると、驚いたのかビクリと肩を震わせる。

ソフィアは目を丸くして、ジェラルドを見上げた。

「だ、団長……こんばんは。今、お帰りですか」

「ああ。こんなところで立ち止まっていては邪魔だ。店に入るなら、さっさと入りたまえ」

「いえ、あの……入るつもりで、ここにいたわけではないので」

「ならばなぜ店の前に立っているのだ。迷惑だろう」

「そ、そうですね。おっしゃるとおりです」

なぜ店の前に立っているのか、という質問に答えていない。

問い詰めようかと思ったが、ソフィアは気まずげな様子で視線を揺らしている。

(……………僕と食事をともにした、その思い出に浸っていたのか)

あのときソフィアは、一生忘れないと言っていた。

ソフィアのひたむきな愛情に、胃がギリッと痛んだ。

「あの、では……暗くなってきましたし、帰りますね。失礼いたします」

ソフィアは頭を下げ、その場を立ち去ろうとする。

「待て」

ジェラルドはソフィアを呼び止める。

おずおずと振り返ったソフィアの顔を見て、呼び止めたのは失敗だったと思う。

彼女は何か期待するような眼差しを、ジェラルドに向けていた。

(だが、薄暗くなっている)

王都の治安はよい。しかし夜に女性が一人歩きをしていてよからぬ者に襲われた……という事件は、過去に何度もあった。

ソフィアの住まいがどこにあるのか知らないが、送っていったほうがよかろう。

「暗くなってきた。家まで送ろう」

「いえ、そんな。すぐ近くなので大丈夫です」

「すぐ近くならば時間も要さない。ここで別れ、君に何かあったら僕も寝覚めが悪い。君のためではない。僕のためだ」

「ですが……ご迷惑でしょうし」

「こうしてモタモタしているほうが、迷惑なのだが」

じろりと見下ろすと「……はい」と小さな声が返ってくる。

「こんな時間に女性が外に出るのは感心しない」

並んで歩きながら、ジェラルドはソフィアに注意をする。

「……買い忘れたものがあったので、つい……」

「それはすぐに必要なものだったのか？」

チラリと窺うと、ソフィアが手に提げた籠の中に野菜の葉のようなものが覗いていた。安全と引き換えにしてまで、野菜が食べたかったのだろうか。

野菜が嫌いではないが、特に好きでもないジェラルドにはわからない衝動であった。

「すぐに、というわけでは……あの、この通りを行けばすぐなので、ここで大丈夫です」

「家の前で襲われたという事例があった。家の前まで送ろう」

「いえ、でも……」

「ルーペ秘書官、何度も同じことを言わせるな」

「……はい」

大通りから外れ、脇道へと入っていく。

ジェラルドは横にいるソフィアを一瞥する。

（……僕が結婚、あるいは婚約でもすれば……彼女も諦めがつくかもしれないな）

そうすればさすがにソフィアも身の程を弁え、ジェラルドへの想いを断ち切るはずだ。

忙しさから長らく社交界の行事に参加していなかった。理想の結婚相手と巡り会うため、夜会に参加するのも考えねばならない。

——心から愛おしいと思える人が傍にいてくれるって、素敵なことよ。

ジェラルドは母の言葉を思い出す。

両親はときどき喧嘩《けんか》をするものの、仲睦《なかむつ》まじい夫婦だった。

貴族男性の中には何人もの愛人を囲っている者もいたが、父にそのような素振りはない。

どこかに一泊することなどほぼなかったし、休日にはよく両親は手を繋《つな》いで庭を散策していた。

(誰かがずっと傍にいるなど鬱陶しいと思うが……愛する者ならば別なのだろうか)

愛がどういう感情なのか、ジェラルドは体験したことがないのでわからない。

愛を知り、人が変わる者もいるという。

自分ももしかしたら、理想の女性——運命の女性に会えば、価値観やら思考やらが変わるのかもしれない。少々怖くもあるが、どのように自分が変わるのか興味もあった。

「団長、ありがとうございました」

愛について思いを馳《は》せていると、ソフィアがレンガ造りの住宅の前で立ち止まった。

「ここか?」

「はい。では失礼いたします」

ソフィアは礼をしたきり、動こうとしない。

「……何をしている。早く入りたまえ」

ソフィアに家に入るよう促す。

「いえ……団長はお帰りください。見送りますので」

「なぜ君が見送るのだ。家に入るまで僕が見届けるのが筋であろう」

「………あの、実は……家はもう少し先にあるのです……」

ソフィアが小声で言う。

どうやらここは彼女の家ではないらしい。

「…………君は僕を揶揄っているのか？　それとも僕に家を知られるのが嫌なのか？　僕が君に付き纏い、家に押しかけるようになるとでも？　あいにく僕は君にそのような感情は抱いていない」

強い恋愛感情、もしくは執着心から相手の家を見張ったり、付き纏ったりする者がいると耳にしたことがある。

そういう変質者と同類にされているのかと、ジェラルドは不愉快に感じた。

「いえ、付き纏われるなどという心配はしてません。あの……こっちです」

ソフィアは足早に歩き始める。

互いに黙ったまま、通りを歩く。そうしているうちに、比較的古びた建物が多くなってきた。

「あの……ここです」

ソフィアが足を止めた。

ジェラルドは色褪《いろあ》せ、ところどころヒビが入った建物を見上げ、眉を寄せた。

「……集合住宅に見えるが」

「集合住宅です。ここの二階の一室を、借りています」

「君は、男爵令嬢ではないのか？」

地方出身だとしても、貴族令嬢ならば身の安全のため遠戚か知人の家に身を寄せるはずだ。

「その……男爵家ではありますが、あまり裕福ではない家でして……」

「だとしても、給金があるだろう。なぜこんな場所に住んでいるのだ」

集合住宅、それも見るからに家賃が安そうな建物だ。

文官の給金はかなりよい。もっとよい場所に住めるはずだ。

「こんな場所って……外観は少し年季が入っていますけど、中はわりと綺麗なんです」

「文官の給金があればもっとよい場所に住めるだろう、と僕は訊いているのだ」

「…………いろいろ事情がありまして、安い家賃の住宅に住むしかないのです」

「いろいろとは？」

ソフィアはジェラルドの質問に押し黙った。

そういえば以前、ムーランがソフィアには複雑な事情があると言っていた。

「言えないような事情なのか……借金か？」

「……………借金…………そうですね。借金のようなものです」

気まずそうにソフィアが答える。

ジェラルドは『借金』によい印象がない。

借りた金を返さないのは不誠実だし、金を借りるという行為は計画性がなく、いいかげんだ。

真面目な女性だと思っていたソフィアに借金がある。その事実にジェラルドは驚きと落胆、そして裏切られたような気持ちになった。

「国に仕える文官が借金か……」

低い声で溜め息交じりに言うと、ソフィアは目を伏せた。

「僕に取り入ろうとしたのも、金目当てか？　悪いが借金があるような金に意地汚い人間を僕は軽蔑していてね。念のため言っておく。僕は金に不自由はしていないが、どれだけおねだりされようとも君に貸し与えることは絶対にない」

ひたむきな態度も、全部『金』のためだったのかと思うと腹立たしくなる。

ジェラルドは感情のまま、いつもより厳しい口調で彼女に警告をした。

「…………おねだりなんて、してないし……するつもりも、ありませんけど」

長い沈黙のあと、ソフィアが口を開いた。

しまった……と、思ったのは彼女の声が震えていたからだ。

自分の発言は間違ってはいない。撤回するつもりはなかったが、少々言い方がキツかったかもしれない。

泣いているソフィアに、どう接しようかと躊躇《ためら》っていると——。

「私、あなたにお金を貸してくださいって言いました？　言ってないですよね。借金があったら……貧乏だったら、文官になるべきじゃないって言いたいんですか？　文官採用規定に借金があったら駄目って書いてあります？」

俯《うつむ》いていたソフィアが顔を上げ、早口にまくし立てる。

初めて見る彼女の態度に、ジェラルドはたじろぐ。

「いや……規定にはないが……」

「そうですよね。ないですよね。規定にないのに、なんでいちいち借金があるからって、団長に意地汚い、とか軽蔑するとか言われないといけないんですか？　別に軽蔑するなら軽蔑してくれたって、全然、まったく、構いませんよ！　どうぞ勝手に軽蔑なさってください！」

「……ソフィア・ルーペ秘書官。とりあえず声量を下げたまえ」

大声で話す内容ではない。

借金があるなど、近所の者に聞かれたくない話のはずだ。

彼女のためを思って注意したのだが、ソフィアはなぜか「うるさいっ！」と唸《うな》るように叫んだ。

そして、手にしていた籠をジェラルドに投げつけてくる。

タマネギが籠から飛び出し、地面にコロコロと転がった。

「いくら困っていたって、絶対……絶対、あなたになんて頼りませんから！」

ソフィアは怒鳴り、集合住宅へ向けて歩き出した。

しかし建物に入る寸前で立ち止まると、くるりとこちらを向いた。

そして据わった目つきで、ジェラルドのほうへと歩いてきた。

戦場ですら怯《おび》えた経験はほとんどない。だというのに、ドスドスと大股に歩み寄ってくるソフィアに、ジェラルドは恐怖を覚えた。

身構えていると、ソフィアはジェラルドの前に落ちている籠を拾った。

どうやら籠を取りに来ただけのようだ。

安堵したジェラルドは、地面にタマネギが転がっているのに気づく。

「…………そこに、タマネギも落ちている」

立ち去ろうとしているソフィアに教えてやる。

ソフィアはまるで歴戦の戦士のような凄《すさ》まじい速さでタマネギを拾うと、古びた集合住宅の中へと消えていった。

◆　◇　◆

乱暴に部屋のドアを閉め、鍵をかけた。

キッチンの流し台に野菜の籠を投げ捨てるように置く。

お腹は空いているが、とてもじゃないが料理を作る気持ちにはなれなかった。

ソフィアは大股で部屋の奥へと向かい、ベッドに倒れ込む。

「……最低」

シーツに顔を埋《うず》めながら、独り言を零《こぼ》す。

送らなくてよいと言ったのに、強引についてきて、人の住居に対して『こんな場所』。

ソフィアだけではない。ここに住んでいる人たちみんなに対し失礼である。

いくら英雄で、騎士団長で、由緒正しい家の嫡男だとしても、人を階級で見下すなど最低だ。

けれど――ソフィアは唇を噛む。

ソフィアもジェラルドと同じだった。この集合住宅を『こんな場所』だと思っていた。だから、彼にここに住んでいると知られたくなかったのだ。

ジェラルドの傲慢な態度に苛立つ。

ソフィアの事情など何も知らないくせに、なぜ『軽蔑する』とまで言われねばならないのか。

ジェラルドに取り入ろうとなんてしていないのに、どうして『金目当て』だと思われねばならないのか。腹立たしく不愉快だ。

――……おねだりなんて、してないし……するつもりも、ありませんけど。

自身が先ほど口にした言葉を思い出すと、胃が重くなった。

おねだりなどしていない。していないが、ソフィアは高級料理店の前でジェラルドに『待て』と呼び止められたとき、つい期待をしてしまった。

奢ってもらえるのだろうかと――。

またあの、美味な高級魚料理が食べたいと思ってしまったのだ。そして、違うと知り、落胆した。

――僕は金に不自由はしていないが、どれだけおねだりされようとも君に貸し与えることは絶対にない。

ジェラルドから侮蔑のこもった言葉を向けられ、己の浅ましさが見透かされた気がした。

腹立たしく、不愉快だった。けれど、それと同じくらいソフィアは恥ずかしかった。

だから、いつになく感情を高ぶらせてしまい、声を荒らげたうえにジェラルドに野菜の入った籠を投げつけてしまった。

「本当に……最低……」

呟くと同時に、お腹がぎゅるぎゅると鳴る。

ジェラルドに遭遇したのは夕食の食材を買い出しに行った帰り道だった。そのため夕食はまだだ。生きているのだから空腹になるのは当然だし、腹が鳴るのも仕方がない。けれども、こんな状況でもお腹を空かせている自分が惨めで情けなかった。

（………とりあえず、何か食べましょう）

しばらく自己嫌悪に陥っていたが、空腹に耐えきれなくなってきた。

ベッドから身を起こし、キッチンへと向かい、ふとテーブルの上に置いてある封筒が目に入る。

今朝届いたのだが、バタバタしていて読むのを後回しにしていた。

父からの手紙だ。学院時代よりは回数が減ってはいたが、たまに近況を窺う手紙が来ていた。

食事の前にザッと目を通しておこうと、ソフィアは封を切る。

挨拶から始まり、最近腰を痛めたのだという父の近況、ソフィアの近況を訊ねる言葉が続く。

そのあとに『さて本題なのだが』という前置きがあり――。

『お前も年頃だ。仕事もいいが、そろそろ結婚を考えねばならない。よい縁談があるのだ。パトリス・オドラン男爵だ。男爵からも前向きな返答があった。申し分ない相手だ。近いうちに顔合わせをし、今年中に婚儀を挙げる予定だ。仕事はその前に辞めるとよい。お前には寂しい思いをさせてきた。ようやく、父としての責任を果たせる日が来たのだと嬉しく思っている――』

手紙はまだ続いていたが、読み続けるのが苦痛になってきた。

（仕事を辞めろ……？　今年中に婚儀って……。それにパトリス・オドランは……）

義母の遠縁にあたる男性だ。幅広く事業を展開していて、金回りがよいと耳にしたことがあった。

身分だけ見ればよい縁談なのだろう。

けれど、確かオドラン男爵は五十歳を超えている。

妻帯者で子どももがいたはずだ。詳しくは知らないが年齢的に孫だっているかもしれない。

（………そんな相手に嫁げと……？）

オドラン男爵は父と同じくらい……いやおそらく年上だ。

父は本当に良縁だと思っているのか。

父としての責任、という文字が薄ら寒く感じた。

（この手紙を見なかったことにしたい……）

心の底から思うが、放置するとソフィアの知らぬ間に結婚話が進んでしまいそうだ。

いや、今年中に婚儀を挙げると書いてあるのだ。すでに両家の間では結婚話が纏まっているのかもしれない。

何にせよ、ソフィアは結婚をするつもりも、仕事を辞めるつもりもなかった。

（手紙じゃなくて、会いに行って直接断ったほうがいいわよね……）

手紙だと無視されるかもしれないし、ソフィアの気持ちが正確に伝わらない可能性もある。

うやむやに返事をせずにいたせいで、結婚せねばならない状態に陥いるのだけは避けたかった。

早めに会いに行き、断わらねばならない。けれど――。

ソフィアは億劫で憂鬱な気分になり、重い溜め息を吐く。

王都からルーペ家の領地であるラドへは、馬車でだいたい二日はかかる。往復だと四日だ。

ちょうど明日と明後日《あさって》は休みだったが、残りの二日、いや三日は休みをもらわねばならなかった。

乗合馬車の運賃も、今のソフィアにとって痛い出費だ。

それに、ラドへは学院を卒業したときに一度戻ったきりだ。五年ほど足を向けていない。

父に会うのはともかく、義母や義妹と顔を合わすのだと思うと、気が重くなった。

(……とりあえず、何か食べましょう)

明日からラドに向かうのならば、傷んだらもったいないので、今日買ったばかりの野菜を食べておいたほうがよかろう。

いつもより豪華な野菜料理を食べたあと、ソフィアは旅の準備を始めた。


翌日。

ソフィアは空が白ばむ前に騎士団本部に向かい、臨時休暇届を提出した。

嘘を吐くのは気が引けたが、理由には『実父が急病のため』と書く。

ジェラルドと顔を合わせづらかったが……幸いまだ出仕していなかったので、宿直室にいた副団長に休暇届を預けた。

第三章

馬車がラドに着いたのは、王都を出てから二日後の正午であった。

夜には休憩を取っていたが、乗合馬車が満席だったのもあってひどく疲れてしまった。帰りもまた乗らねばならないのだと思うと、うんざりする。

人の行き交いが多い通りで、馬車が停《と》まる。

長居するつもりはないので荷は少ない。ソフィアは小さな鞄《かばん》を片手に、馬車を降りた。

ルーペ家の屋敷は通りからかなり離れた場所にあった。

ソフィアは背伸びをしたあと、屋敷を目指して歩き始める。

家屋が建ち並ぶ通りを過ぎると、長閑《のどか》な田園風景が広がる。柔らかな風が、稲穂とソフィアのスカートを揺らした。

疲労感はあるものの、馬車の中で狭苦しかったのもあって歩くのは気持ちよかった。

しばらく歩いていると、レンガ造りの優美な屋敷が見えてくる。先々代の当主が建てたものだ。

屋敷は五年前と何ら変わりはなかった。

ソフィアは門を潜《くぐ》り、玄関へと向かう。

庭は以前見たときより、荒れているように感じた。五年前は義母の好みに合わせ色とりどりの花が咲いていたが、今は常緑樹があるだけだ。花壇はあるものの、そこには何も植えられていなかった。

(前に来たのは春だったわね。夏場は管理が大変だから、植えていない、とか？　……それより、お父様はいるのかしら……)

ソフィアがここで暮らしていた頃は、父は日中よく出かけていた。

しかし今の父の日常を、ソフィアは知らない。

「何のご用ですか？」

玄関前で声をかけられる。

庭で掃除をしていたのだろう。振り返ると、見慣れない若い使用人が箒《ほうき》を持って立っていた。

ソフィアは名乗り、この家の長女だと言う。

ルーペ家ではソフィアの存在はなかったことになっているらしい。若い使用人は、長女がいると初めて知った様子だった。

訝しがりながらも、家令に取り次いでくれる。

五年ぶりに顔を合わした家令は、ソフィアの知っている彼よりずいぶん年老いて見えた。

父は自室にいるという。

淡々とした態度の家令に客間に通される。しばらく待っていると父が現れた。

「ソフィア。いったい、どうしたんだい？」

その姿にソフィアは一瞬声を失った。

父と会うのも五年ぶりだが……父は家令以上に、年老いていた。五年前までは黒かった髪は白くなり、すらりとした体つきは、病的なほどにガリガリになっていた。

顔色も健康的な日焼けとは違う、土気色だ。

(腰を痛めたって手紙にはあったけれど……)

腰ではなく、何か病を患っているのだろうかとソフィアは心配になった。

「お父様、お久しぶりです。お変わりありませんか」

変わりはあるのだが「ご病気ですか？」と訊ねるわけにはいかない。

「変わりはないよ。ソフィア。お前も元気そうで何よりだ」

父は微笑んで答えた。

容貌の変化は病気が原因ではなく、老化なのかもしれない。気になるが、そうだとしたらしつこく問い質《ただ》すのは失礼だ。

「お義母様も、アリッサも、お変わりありませんか？」

「ああ、二人とも変わりないよ。アリッサは結婚が来年に決まって、今は花嫁修業で大忙しだが」

「伯爵家のご子息と婚約をなさっていましたね」

義母の連れ子、ソフィアよりふたつ年下のアリッサには婚約者がいた。

「いや、その婚約は破談になったのだ。相手方に問題があってね。子爵家の三男と婚約したのだが、ちょうどよかった。お前も跡継ぎ問題を案じていただろう？　彼とアリッサに、ルーペ男爵家を任せようと思っているのだ」

男爵家の跡継ぎ問題を案じたことなど一度もない。正直なところ、まったく興味がなかった。

「そうなのですか……あの、お父様」

「これでお前も気兼ねなく嫁げるだろう」

ソフィアが話を切り出す前に、父が微笑みながらそう口にした。

「ここだけの話……私としては、アリッサよりも先に、姉のお前に結婚をさせてやりたかったのだ。良縁が見つかってよかった」

ソフィアが断ると想像もしていないような態度だ。

言い出しづらくなるが、断るためにわざわざ休みを取り、時間とお金をかけてラドまで来たのだ。

「お父様、その件……オドラン男爵と私の婚約の件なのですが、お断りしたいと考えています」

「……何だと？」

父の顔がとたんに険しくなる。

「少々年齢はいってはいるが、お前には過ぎたお方だぞ。前妻とは死に別れ、子どももすでに成人している。男爵家夫人として、気楽に過ごせるだろう。いったい何が不満なのだ」

少々の年の差ではないし、後妻に入るのはともかく、すでに成人の子どもがいるのは嫌だ。

けれどそれ以上に、ソフィアは今の生活を捨てたくなかった。

「オドラン男爵が不満というよりも……私は文官を辞めてまで、結婚したいとは思っていません」

「なぜだ？　結婚すれば働かずとも暮らしていけるのだぞ」

「文官の仕事にやりがいを感じています」

「やりがい？　そんなものに何の意味があるのだ。男爵夫人になれば安い給金でこき使われずに済むというのに」

呆れたように父は溜め息を吐いた。

――安い給金。

文官は女性の仕事としては給金がよいほうだ。

それにソフィアは文官になってからというもの、学費の返済として給金の半分を父に送っていた。ソフィアにとっては決して少なくない金額である。

ソフィアは複雑な気持ちになった。

「とにかく、責任もありますし、辞めるのは無理です。王都から離れるつもりもありません。結婚はしませんので、どうかお父様。今回のこの話はお断りくださいませ」

「お前は二十三歳になるのだろう？　ソフィア、自分の人生をしっかり考えなさい」

「ご心配には及びません。しっかり考えております」

「いや、お前はわかっていない。結婚し、子どもを産む。それが女性として一番の幸せなのだ。跡継ぎにはできないが、男爵はお前に子どもを産ませてやってもよいとおっしゃっている」

父の言葉に、不快感が湧いてくる。

「お父様、とにかく私は何を言われても結婚はしません。先方にはそのようにお伝えください」

反論したくなる衝動を抑え、ソフィアはきっぱりと言った。

「ソフィア……私はお前のことが心配なのだ。家庭を持ち、幸せになってほしいのだ。それに私も年だ。いつ、マリアのもとに行くかわからない……アリッサは私の実の娘ではない。私に孫の顔を早く見せてはくれないか？　マリアも……お前が家庭を持ち、結婚することを願っているはずだ」

マリアというのは、ソフィアの亡くなった母の名だ。

眉尻を下げ、真摯な眼差しでソフィアを見つめてくる父の姿は『娘を案じる父親』のように見える。

再婚してからの父は、義母とアリッサに気を遣いながらも陰ではソフィアに温かな言葉をかけてくれた。

男爵家を出てからも定期的に手紙をくれ、ソフィアを案じてくれていた。

義母に逆らえないだけ。正しいか間違っているかは別にして、父の言葉は本心だと、自分を大切にしてくれているのだと、そう思いたい気持ちもある。

けれど、こんなときに母の名を出す父を卑怯《ひきょう》だとも感じてしまう。

（お母様の名前を出せば……私が逆らえないとでも思っているのかしら……）

父に対し暗い感情を抱きそうになり、ソフィアは唇を噛んだ。

「今日は、縁談のお話をお断りするためにこちらに出向きました。私の気持ちは伝えましたので……失礼いたします」

とりあえず、結婚しないという意思は伝わったはずだ。

さすがに結婚する気がさらさらないソフィアを、強引にオドラン男爵のもとへ連れて行きはしないだろう。

ソフィア、と呼び止める声を無視し、足早に部屋をあとにした。

このまま誰にも会わず屋敷から立ち去りたいと願っていたのだが、運はソフィアに味方をしてくれなかった。

玄関前に停まっていた馬車から御者の手を借り、紫のドレスを着た女性が降りてきた。

ドレスと同色の帽子を被《かぶ》った女性は、ソフィアを見ると目を丸くした。

「あら、村娘が物売りにでも来たのかと思ったら……お久しぶりね。お元気だったかしら？」

義母が真っ赤な唇に笑みを浮かべ、問いかけてくる。

父や家令と違い、彼女は五年前と変わっていない。少々化粧が濃くなったくらいだ。

「……ご無沙汰しております」

ソフィアがぎこちなく礼をすると、義母の背後から「あら」という声がした。

「あら、あら、あら？　もしかして、ソフィアお義姉《ねえ》様？　ふふっ」

義母に続き、真っ赤なドレスを纏った年若い女性が馬車から降りてきた。

義母に似た華やかな面立ちの女性は、義妹のアリッサだ。

彼女は少女らしさのあった五年前とは違い、背も伸び大人っぽくなっていた。

「ふふふっ。婚約の準備に帰っていらしたの？　ふふふ」

アリッサは何がおかしいのか、唇に手を当て声を立て笑っている。

「まさか、あなたうちに滞在するおつもりなの？」

義母が眦を吊《つ》り上げて問うてくる。

「いえ……私は」

「ふふふ。オドラン男爵、もうお義姉様のお部屋を用意してるっておっしゃっていたわ。結婚前だけれど、あちらで暮らしたらどうかしら？　ふふふ」

「そうね。アリッサ、名案だわ。結婚前だけど、向こうは再婚だし醜聞はそう立たないでしょう。この子をオドラン男爵邸まで送り届けなさい」

義母が御者に命じる。

オドラン男爵の屋敷にソフィアを連れて行こうとしている。それも恐ろしいが、オドラン男爵がソフィアの部屋を用意しているという情報も恐怖である。

「いえ、私は王都に帰りますので！」

ソフィアは慌てて言う。

「あら、まだ結婚の準備が済んでいないの？　のんびりしているのね」

「いえ……先ほどお父様に結婚するつもりはないと……そうお断りしました」

「まあ！　何ですって！」

義母がソフィアを睨みつけながら、甲高い声を上げる。

「断る？　そんなことが許されると思っているの！　オドラン男爵からは結婚資金をいただいているの。今更、断れるわけがないでしょう」

「……………結婚資金」

「そうよ。結婚資金として援助していただいているの。破談になったら、返せって言われるわ。あなたそんなお金があるの？」

結婚資金として援助していただく、という意味がわからない。

「……………結婚資金をお返しすればよいのではありませんか」

ソフィアの言葉に、義母は大きく溜め息を吐いてみせた。

「家を出て自由気ままに過ごしてきたあなたは知らないでしょうけれど、あなたのお父様、多額の借金を抱えているの。私もアリッサも、あなたのお父様のせいで、慎ましい生活を強いられているのよ。この家の長女であるあなたが責任を持つのが当然でしょう」

まるでソフィアが自由を求め、進んで家を出たように言っているが、当時、義母も自分を家から追い出したがっていた。

それに二人は見るからに高級そうなドレスを着ているし、義母の手には大粒のアメジストの指輪。義妹の首からはルビーのネックレスがぶら下がっている。

とてもじゃないが、慎ましい生活をしているようには見えない。

「うふふ。少々年齢が上で、見かけがあれだけど、行き遅れるよりはいいでしょう？　うふふ」

「アリッサの言うとおりよ。私たちがあなたに、わざわざ良い縁談を見つけてあげたの。あなたは、大人しくオドラン男爵に嫁げばよいのよ」

義母が『良い縁談』をソフィアのために用意するとは考えられない。

彼女らから勧められれば勧められるほど、オドラン男爵が悪人に思えてくる。

「詳しい事情はわかりませんが、とりあえず私の気持ちはお父様に伝えてありますので」

二人とこのまま話をしたところで、不愉快になるだけだ。

ソフィアは早口に言い、門へと向かう。

「お母様、お義姉様行っちゃうけどいいの？」

「結婚はまだ先だもの。自分の娘なのだから、あの人が何とかするでしょう。してくれないと困るわ」

「それはそうね。うふふ。ふふふ」

アリッサの耳障りな笑い声は屋敷から離れても耳にこびりつき、なかなか離れなかった。


王都に向かう乗合馬車がラドを発《た》つのは夕方だ。

まだ時間に余裕があったので、ソフィアは屋敷近くにある集合墓地へと向かった。

真新しい墓石もあれば、古く色褪せた墓石もある。

ソフィアは周りが雑草で生い茂っている墓石の前で立ち止まる。

一年、いやもっとだろうか。墓には誰も来ていないらしく、酷く荒れ果てていた。

屋敷と集合墓地はさほど離れていない。だというのに、父は母の墓へは参っていない。使用人に手入れすら、させていないようだった。

（お父様に多額の借金があるって言っていたけれど……本当かしら……）

義母の言葉を思い返す。

父の顔色が悪く、痩せ細っていたのも借金のせいなのだろうか。

(オドラン男爵と結婚をさせようとしていたのも……)

義母の言葉どおり『お金』が必要だったからなのか。

(なら……正直に、そう言えばいいのに……)

お金に困っているのでオドラン男爵と結婚してほしい。応じるかどうかは別にして、正直に頼んでくれたら真剣に悩んでいただろう。

母が亡くなる少し前――。

『ソフィアをよろしくね……』

『もちろんだ。お前のぶんも、必ずソフィアを幸せにする』

床についた母の手を握り、涙を流しながら父はそう言っていた。

ソフィアが物心つく頃には、母方も父方も、祖父母はすでに他界していた。そのため父は、ソフィアのたった一人の肉親だった。

父を信じたい気持ちもある。

けれど、ソフィアが心配だと、幸せになってほしいという父の言葉は空《むな》しく胸に響いている。

とりあえず少しでもと、ソフィアは墓の周辺の雑草を抜く。

そうしているうちに日が落ち始めた。

「お母様……ごめんなさい。今度、長期の休みをもらったら……ちゃんと綺麗にしに来るからね」

ソフィアはそう約束し、墓をあとにする。

見ると、草取りで手がすっかり汚れてしまっていた。

ソフィアはハンカチーフで拭うが、皮膚にこびりつき爪の中に入り込んでしまった泥は落とせなかった。

◆　◇　◆

「長くお休みしてしまい、申し訳ありませんでした」

五日間休んでいたソフィア・ルーペが団長室に姿を見せ、頭を下げた。

五日のうち二日はもともと休みで、臨時の休暇は三日。理由は『実父の急病』であった。

「……お父上の容体は？」

「……おかげさまで、復調いたしました」

「そうか」

「はい……ご迷惑をおかけしました」

「迷惑をかけられた覚えはない。君が三日休んでいた間の業務は、急ぎ以外はそのままにしてある」

「……そうでございますか。では、失礼いたします」

ソフィアはそう言うと、足早に団長室を出て行った。

パタンと音を立て閉まったドアを一瞥し、ジェラルドは眉を寄せる。

（一度も目が合わなかった……）

ジェラルドと話している間、ソフィアは微妙に視線をずらしていた。

（……………向こうから謝るのが筋ではないのか……）

野菜の入った籠を投げつける、などという暴力行為を働いたのだ。当たり所が悪ければ、怪我をしていた可能性もある。

（…………謝罪をするつもりだったが日が空き気まずくなったのか…………それとも、もしや……怒っているのか……）

ソフィアとの一件を思い返し、ジェラルドは心の中で溜め息を吐く。

身分や地位、性別や年齢で人を差別するつもりは決してない。

しかしソフィアはまだ若く、未婚の女性で、そこそこ給金のよい文官という職についている。もっと安全な場所に住むべきだと、そう考えるのは当然だ。

借金にしても、間違った発言はしていない。

返す当てもないのに無責任に金を借りるのは愚かで意地汚い。

ジェラルドは金と異性にだらしない人間を軽蔑していた。

己の言葉を撤回するつもりはなかった。だが、彼女を『金目当て』だと決めつける発言は、確かに言いすぎだった……かもしれない。

あの日、ソフィアと別れたあと、ジェラルドなりに反省をした。

彼女が己の暴力行為を謝罪してきたら、自分の言葉もすぎていたと謝ってもよいかもしれない。

そう考えていたのだ。

しかしソフィアは仕事を休んだうえに、休みが明けても休んだことを謝るだけで、己の暴力行為については黙《だんま》りだった。

(怒っている……いや、僕に嫌われたと思い、落ち込んでいて謝る元気すらないのか)

そういえば、五日前よりも顔色が悪く見えた。

目の下にも、化粧で隠しきれないのかくっきりと隈ができていた。

(それとも……復調したと言っていたが……お父上の病状が酷いのか……)

五日前のジェラルドとの一件を忘れるほどに、父親を心配しているのかもしれない。

(いや、たんに僕の気を引くためなのでは?)

ジェラルドをこうして悶々《もんもん》とさせるための、演技の可能性もある。

だとしたら、彼女の策に嵌《は》まるわけにはいかない。

考えるのはやめだ、とソフィアをジェラルドは頭の中から追い払った。


正午前。ゴベールがノックもせず、団長室に駆け込んできた。

「おい、ジェラルド！　大変だ！　ソフィアちゃんが、倒れた！」

仕事中に自分を呼び捨てにするのもだが、ソフィアを『ちゃん』づけで呼ぶのも問題だ。

騎士団内での差別的な行為をなくすため、団長に就任してすぐジェラルドはお互いを『さん』もしくは、階級や役職で呼ぶよう規則を作っていた。

本来なら厳しく注意せねばならなかったが、『倒れた』という言葉のほうが気になった。

「倒れた、だと？　ルーペ秘書官が、か？」

「書庫で倒れていたらしい。今、医務官を呼びに行かせている」

「演技ではなく、本当に倒れているのか？」

「なんで演技で倒れるんだよ。そういや朝見かけたとき、顔色が悪かった……まさか、休みを取ったのは父親の病気ではなく、彼女自身の病が原因なんじゃないのか」

「……彼女自身の病……。今はどこにいるのだ？　医務室に運んだのか」

「いや、意識もないし、こっちの判断で動かさないほうがいいだろ。書庫にいる」

ジェラルドは急いで書庫へと向かう。

（倒れるほどの……病があったというのか……）

そういえば顔色が悪いだけでなく、五日前に会ったときよりもげっそりしていた。

胸の奥がざわざわと落ち着かなくなる。

病人の彼女に対し、もっと気遣ってやるべきだったのではないか。

失恋が原因で病が進行したのではないか。

罪悪感のせいだろうか。ソフィアが心配で、胃が吐きそうなほど痛くなる。

書庫に駆けつけると、すでに医務官が到着していた。

床に膝をついた医務官の傍には、仰向《あおむ》けに倒れているソフィアの姿があった。

「君たちは、自分の仕事に戻りたまえ」

心配げに様子を見守っている騎士たちに命じながら、ジェラルドはソフィアの傍に跪《ひざまず》く。

「大丈夫です……少し、フラついただけですので」

ジェラルドに気づいたのか、薄らと目を開けていたソフィアが身体を起こそうとする。

（……意識は、ある……）

弱々しいが、きちんと話もしている。

ジェラルドは胸を撫で下ろしながら「じっとしていろ」と口にする。

「頭痛などはないのですね」

「はい」

医務官の問いかけに、ソフィアは頷く。

「ならば、とりあえず、医務室に行きましょう。歩けますか。歩けないようなら、私が運びましょう」

医務官がソフィアの肩に手を置く。

止めなければ、と思った。

医務官は細身の男性だった。成人女性を運ぶには、少し心許《こころもと》なく見えた。

「いや、僕が運ぼう」

ジェラルドは彼を押しやる。

ソフィアの背と膝裏に手を回し、彼女の身体を引き寄せた。

「……っ」

「医務室に運ぶだけだ。じっとしていろ」

ジェラルドはソフィアを抱えたまま、立ち上がる。

ソフィアの身体は温かく、そして驚くほどに軽かった。

（なぜこんなに軽いのだ……。やはり……大病を患っているのか）

ソフィアに今現在の体重を訊ねたくなる。

しかし病の進行具合を確かめるためとはいえ、女性に対し失礼な質問だ。

「あ、あの……団長、私、歩けますので」

腕の中にいるソフィアの声には答えず、ジェラルドは医務室へと向かった。

医務室には女性医務官二人と、初老の男性医務官の姿があった。

書庫に駆けつけた医務官が、状況を他の者たちに伝えている。

「こちらに」

部屋の奥、カーテンで仕切られた先のベッドに寝かせるよう促される。

ジェラルドは清潔なシーツの上にソフィアの身体を下ろした。

「……あの、ありがとうございました」

ソフィアがそわそわと視線を揺らしながら、小声で礼を言う。

「騎士団長として、当然のことをしたまでだ」

騎士団を率いる立場にいるのだ。瀕死《ひんし》の騎士がいれば、救助する責務がある。騎士だけでなく、秘書官、何なら民間人でも同じだ。

診察が始まるというので、ジェラルドは彼らにソフィアを任せ、医務室を出た。

（あとは彼らの仕事だ）

ジェラルドができるのは救助までで、その後の処置は専門家たる医務官の仕事だ。ジェラルドが責任を持つ必要はない。

団長室に戻ろうと思い、踵を返すが、数歩歩いたところで足を止める。

（――いや……特に、急ぎの仕事もない。慌てて戻らずともよかろう）

それに、ちょうど昼休憩の時間だ。

診察にどれくらいの時間がかかるのかはわからないが、ソフィアの病状が気になる。少しくらいならば、待ってみるのもよかろう。

ジェラルドが医務室のドアの前で腕を組み待っていると、しばらくしてドアが開いた。

「……っ！　団長、何をしておられるのですか」

出てきたのは、書庫に出向いていた痩せ型の男性医務官だった。

「診察が終わるのを待っていた」

「え、ずっと今まで待っていたのですか⁉」

「そうだが。何か問題でも？」

「いいえ、もうお帰りになったのかと思っていましたので……。一応、報告にと、団長室へ向かうところでした」

「彼女の病状がわかったのか？」

「ええ……おそらく――」

医務官はチラリとドアのほうへと目をやり、少し言いにくそうに言葉を止めた。

死に病を告げられるのかと、ジェラルドはぎりっと奥歯を噛みしめる。

「疲れと睡眠不足、栄養失調かと」

「……栄養……失調……だと？」

「はい。脈拍や体温、聞き取りでの診断になるのですが……。彼女は騎士団に異動してきたばかりですね。過度な労働に心当たりはありませんか？」

「過度な労働は強いていない。勤務時間も、規律どおりだ」

それとも自分が知らぬ間に――届けを出さずに、仕事をしていたのだろうか。

ジェラルドが眉を顰めると、医務官は慌てた様子で首を横に振った。

「一応、念のために訊ねただけですので。ルーペ秘書官も、仕事ではなく私用が原因だと。遠方に住むご家族に会いに行ったらしいですね。乗合馬車での往復だったので、眠れず疲れが溜まっていたとか」

ジェラルドはソフィアが休暇届を出していたことを医務官に伝えた。

「すぐに意識も回復したようですし、立ちくらみのようなものだと思われます。あと、成人女性の平均体重よりもかなり軽く、栄養状態も悪いように見受けられます。食事制限をしているのか、精神的なものなのか。何らかの理由で栄養が取れていないのだと思われます」

心が弱ると、食事ができなくなる者が一定数いるという。

(僕への恋心で……食事ができなくなったのか)

失恋で心が弱まったというのか。それともジェラルドを振り向かせるため、痩せようとしているのか。いや、やはり重い病を患っているのかもしれない。

医務官を信用していないわけではないが、詳しく検査をせねばわからぬこともある。

「とりあえずこちらで少し休んでから、今日はこのままお帰りになり、ご自宅で休まれたほうがよいかと思います」

ソフィアの住んでいる集合住宅が脳裏に浮かんだ。あのような場所に一人で帰るなど危険極まりない。一人暮らしならば尚更《なおさら》だ。

体調が悪化し、倒れてしまったら……。誰にも助けられず、一夜が明ける。

出勤しないソフィア。ソフィアの安否確認に向かう自分。床の上で、冷たくなった彼女――。

想像し、背筋がゾッと冷たくなった。

「僕が責任を持って送り届ける」

「……え？　団長が、ですか？」

「そうだ。彼女を引き留めておくように」

ジェラルドは医務官にそう命じ、足早に団長室に戻った。

「……は？　早退？　お前が……いや、団長が早退なんて珍しいですね。というか、ソフィアちゃ……ルーペ秘書官の容体はどうなんですか？　いきなり抱き上げて運びだしたから、見てた騎士たち、俺も含めてビックリ仰天でした」

一度、家に戻ると伝えると、ゴベールから取り留めのない言葉が返ってくる。

「早退ではなく一度帰るだけだ。すぐに戻ってくる。ルーペ秘書官が倒れたのは疲労らしい。とりあえず――家に連れて行き、フェレール家が世話になっている医師にも診せてみる」

フェレール伯爵家には、懇意にしている医師がいた。王家との関わりの深い医師で、アステーム王国有数の名医だ。医務官だけでなく、彼にも一度診てもらったほうがよい。

「家に連れて行くって……いつの間にそういう仲になったの？」

「おかしな誤解はしないでくれたまえ。……ルーペ秘書官は一人暮らしだ。一人きりにして、倒れでもしたら大変だろう」

「一人暮らしだから家に連れてく？　女の子を？　お前が？　倒れたら大変だからって、心配して？」

ジェラルドの真意を確かめようとでもしているのか、ゴベールがじっと見つめてくる。

「家には僕の両親もいるし、使用人も大勢いる。二人きりになるわけではない。彼女は……ファバ秘書官の紹介で、僕の秘書官になったのだ。僕には、彼女の面倒を見る責任がある」

「そういや、ファバ秘書官はお母さんのお友達だったな」

「そうだ。母からも……ファバ秘書官から、彼女を頼まれたので、僕にしっかり面倒を見るように言われている。体調の優れぬ彼女を放っておくわけにはいかぬだろう」

母からソフィアについて何か言われたことなど、一度もない。

嘘は嫌いだが、ゴベールにあれこれ詮索されるのが面倒になり、適当な『言い訳』を口にした。

「そうか〜。なら、まあ、うん。……一瞬、規律にうるさいお前が職権濫用するのかって思ったよ」

「……職権濫用？」

「ソフィアちゃんが病気で倒れたのをいいことに、彼女を家に連れ込んで、距離を縮めて、男女の関係に持ち込みたいのかなって」

「この僕が、そんなふしだらな考えをするわけがないだろう。それに僕も好みというものがある」

「でもお前、何かいつもじろじろソフィアちゃん見てるし。ああいう癒やし系が好みなのかなって」

「僕の好みは、容姿も頭脳も性格も家柄も、僕に釣り合う完璧な女性だ」

ジェラルドはおかしな誤解をするゴベールを鼻で嗤った。

「それは好みの女じゃなく、理想の結婚相手なだけだろ」

「……理想の結婚相手も、好みの女性も、意味は同じだろう」

「違う。理想の結婚相手というのは頭で考えるものだが、好みの女は身体が求めるものだ」

「……身体が求める……？」

「そうだ。胸の大きな女、尻のでかい女、足がエロい女……好みの女を前にすると、頭で考えるよりも、いちもつが反応する」

「…………………持ち場に戻れ」

真面目に聞いて損をした。ジェラルドはゴベールを団長室から追い出した。

◆　◇　◆

ソフィアは医務室のベッドの上で項垂《うなだ》れていた。

今回の帰郷は精神的にも肉体的にも苛酷だった。

行きだけでなく帰りの馬車も満席で、そのうえ車輪に不具合が発生し、修理に時間がかかった。行きよりも長時間馬車の中に拘束され、王都に着いたのは深夜過ぎ。自身の部屋のベッドで横になれたのは、もう少しで早朝という時間帯であった。

疲れは取れていなかったが、さすがにもう休むわけにはいかないと出勤した。

(だからって……無理して倒れちゃったら意味がないわ)

みなに迷惑をかけてしまった。

書庫で倒れているソフィアに気づき団員たちが駆けつけてくれたし、医務官の人たちにも迷惑をかけた。それに――。

ソフィアが重く長い溜め息を吐いたときだ。

「カーテンを開けるが、構わないか?」

ちょうど脳裏に浮かんでいた男の声がした。

「ふぁっい……はい、大丈夫です」

驚きのあまり変な声になったので、慌てて言い直す。

カーテンが勢いよく開き、眉間に皺が寄り、機嫌の悪そうな顔つきをしたジェラルドが現れる。

ソフィアはラドへ向かう前の、ジェラルドとの一件を思い出す。

（……謝らないと、いけないわよね）

ジェラルドのあのときの態度に、思うところはたくさんある。けれども言葉で言い返すだけならまだしも、野菜の入った籠を投げつけてしまったのはやりすぎだった。

それにジェラルドは上官だ。今後仕事がやりづらくなっても困る。

本当は今朝顔を合わせたとき、急遽《きゅうきょ》休みを取ってしまった詫《わ》びとともに野菜を投げつけた件も謝ろうと考えていた。だが……いざ顔を見ると、胃がムカムカしてきて謝罪を口にできなかった。

それくらい、まだジェラルドに腹を立てているのだと思ったのだが……もしかしたらたんに空腹で胃がムカムカしていただけかもしれない。

「……具合はどうだ？」

「おかげさまで、今は何ともありません。あの……ご迷惑をおかけしてしまい、大変申し訳ありませんでした」

ソフィアはジェラルドに頭を下げる。

「謝るくらいならば、体調管理を徹底したまえ」

おっしゃるとおりだ。ソフィアは素直に「はい」と頷く。

（ついでに、野菜投げつけの件も謝っておこう）

けれどソフィアが口を開くより先に、ジェラルドが先に問いを投げかけてきた。

「まだ、ここで休息を取りたいか？」

「いえ、もう大丈夫です」

医務官には午後からの仕事には就かずこのまま帰るよう言われていたが、ジェラルドの考えは違うらしい。

休暇明けだし、早退するのはソフィアも気が引ける。彼が望むならば従うつもりだった。

（……食堂で何か口に入れたら、大丈夫そうだし）

ソフィアはラドに出立してからまともに食事をしていなかった。

倒れてしまった原因は疲労だけでなく、空腹も原因だろう。

「とりあえず、食堂に行って……少し、休憩します」

「なぜ食堂に行くのだ」

医務室で休憩はしたので、食堂に行く必要はないと言いたいのか。

お腹が空いている。何か口にしないと午後から働くなど無理だ。そう訴えたいけれど、ジェラルドにお腹を空かせていると知られるのが恥ずかしい。

無理をして倒れてしまったと反省している。ジェラルドから体調管理を徹底しろと言われたばかりだというのに、見栄を張りたくなってしまう。

「そ、そうですね……でも、あの……」

お昼を食べていませんし……とソフィアが続けようとすると、ジェラルドから意外な言葉を告げられた。

「送っていく」

「…………え」

「馬車を待たせてある。もしも君がまだベッドで休みたいならば、御者に遅れると伝えねばならない。起き上がるのが苦痛でないのならば、馬車へすぐに向かいたい」

「いえ、あの……」

「歩けないのか？　ならば、僕が運ぼう」

先ほど抱き上げられたのを思い出し、ソフィアは慌てて首を横に振った。

「いえ、歩けますので」

「歩けるのなら早くしろ。僕も暇ではないのだ」

厳しい眼差しで見下ろされ、ソフィアはベッドから下りる。

「あの、団長。馬車をお借りせずとも、一人で歩いて帰れます」

「帰路で倒れぬ自信があるのか？　君が倒れ、死に至ったら、君を一人で帰らせた僕の責任になるのだ。君は僕の人生の汚点になりたいのか」

「いいえ。あの……ならお言葉に甘えて、馬車で帰らせて……いただきます」

ソフィアはベッドから立ち上がる。一瞬頭がくらりとしたが、すぐに治まる。

歩き出そうとし、目の前に骨張った手が差し出されているのに気づいた。

彼の意図がわからず見上げると、アイスブルーの瞳がソフィアを冷たげに見下ろしていた。

「一人で、歩けるのか？」

どうやら手を貸してくれるつもりのようだ。

「大丈夫です。一人で歩けますので……」

ジェラルドが手を下ろし歩き始めたので、ソフィアは彼のあとをついていく。

医務室を出る前、足を止め、ソフィアは頭を下げた。

「お世話になりました。また改めてお礼に来ます」

医務室には書庫に駆けつけてくれた医務官と、女性の医務官がいた。

「お大事に」

口々にそう返してくる彼らは、興味津々とばかりに目を輝かせていた。

（あの目は……団長のせいかしら……）

ジェラルドはあくまで上官としての責任感から、ソフィアを医務室まで迎えに来たのだ。

おかしな誤解をしていなければよいけれど……とソフィアは憂鬱な気持ちになりながら、前を歩くジェラルドを見る。

（――私に合わせて……ゆっくり歩いてくれているのかしら）

ジェラルドは、奇妙なほどにゆっくりとした速度で歩いていた。

そういえば先日家まで送ってくれたときも、ソフィアの歩幅に合わせてくれていたような気がする。

ジェラルドは冷たく、傲慢だ。けれど――自分勝手なだけな人ではない。たぶん。

本部の外に出たところで、ジェラルドが足を止める。

見ると、箱馬車が停まっていた。

騎士団の所有する馬車にはアステーム王国の国章と騎士団の紋章があるのだが、その箱馬車には見慣れぬ紋章があった。

「乗りたまえ」

訝しんでいると、ジェラルドが馬車のドアを開き、乗るよう促してくる。

ソフィアは「はい」と返事をし、馬車に乗った。

（うわぁ……高級馬車だわ）

木板はむき出し状態ではなく、紺色の壁紙が貼られている。座席にはふわふわの白い座布団が敷かれていた。

乗合馬車とはまったく違う内装に目を奪われていると、なぜかジェラルドまで馬車に乗り込んでくる。

「奥に詰めろ」

「え……？　あ、はい」

ソフィアとジェラルドを乗せた馬車がゆっくりと走り出す。

（……なんで、団長まで馬車に？）

送る、と口にしていたが、あれは騎士団が馬車を出してくれるという意味ではなかったのか。

馬車に乗って家に帰るだけなのだから、ソフィアが途中で体調が悪くなったとしても、御者に任せればよい。ジェラルドが同乗する必要はないはずだ。

(……どこかに行く用があって、そのついでに私を送り届けるつもりなのかしら)

おそらくそれだ、と納得すると同時にお腹がぎゅるるるると音を立てた。

隣に座るジェラルドがソフィアの腹に視線を向ける。

「………すみません……あのお昼を食べていないので……」

「異様なほど腹が鳴るのは、病の兆候だと耳にしたことがある」

「……いえ、お腹が空いているだけです」

そういえば、食堂に行けなかった。

家に帰ってもまともな食材がないし、財布の中にはごくわずなお金しかない。

ラドへの馬車代でかなりの出費があった。次の給金日までの食事事情を考えると憂鬱になった。

(……それに)

父たちには結婚の意思がないとはっきりと言ったが、彼らは納得していなかった。

この先何もなければよいけれど、とそちらのほうも気がかりだ。

「…………やはり、腹に病を抱えているのでは？　鳴りすぎだろう」

思案している間も、ソフィアの腹は間隔を置きながらもぎゅるぎゅると鳴り続けていた。

「そういえば！　鞄を本部に置いたままです」

馬車内が静かだから、腹の音がジェラルドに聞こえてしまうのだ。

ソフィアは大きな声で話を変えた。

「鞄は僕があとで届けよう」

「……団長が、ですか？」

ソフィアの部屋までジェラルドが届けてくれるというのか。

自分の生活を彼に知られたくない。

「僕に触れられたくないのか？　鞄の中身は決して見ないと約束するが」

「いえ、触れられたくないとかではなく……ご迷惑かと。特に入り用のものは入っていないので、そのままで大丈夫です。明日出勤したときに持って帰りますので」

「明日？　君はしばらく、そうだな最低でも三日は休養を取るべきだ」

「三日！」

「医務官が言うには、君が倒れた原因は疲労だそうだ。無理して働かせてこちらに苦情が来ても困る」

「そんな……」

休むのは心苦しいし、休んでいる間の給金がどうなるのかも気になる。

それに、食堂で食事ができないのも非常に困る。

「迷惑でないのなら、君の鞄は僕が持って帰る」

「……持って帰るって、あの」

「着いたな。降りるぞ」

なぜジェラルドが自分の鞄を持って帰るのか──。

困惑しているソフィアに構わず、ジェラルドは馬車を降りる。ソフィアも彼に続いて、馬車を降りた。

（…………え？　ここ、どこ……？）

着いた場所は、集合住宅近くの通りだとばかり思っていた。しかしソフィアの目の前には、レンガ造りの立派な屋敷があった。

色とりどりの花々が植えられた花壇。その間に石段があり、玄関ポーチへと続いている。

「あ……あの、団長……ここは？」

「僕の家だ。急いでいるのだ。早く中に入りたまえ」

なぜ、ジェラルドの家に入らねばならないのか。

わけがわからないが、厳しい眼差しで促されソフィアは慌てて石段を上った。

屋敷に入ると、すぐに侍女服姿の女性がジェラルドを出迎える。

続いて家令らしき男性が現れた。

ジェラルドはソフィアを連れてきた経緯について、家令に説明した。

ソフィアが騎士団の秘書官であること。仕事中に倒れたこと。一人暮らしなので、こちらで面倒を見ること。至急医師を呼び、彼女の診察をしてほしいこと。

ソフィアの腹が頻繁に鳴るということまで、ジェラルドは口早に家令に話した。

意味がわからない。いや、言葉の意味はわかるが意図がわからない。

ポカンとした顔でジェラルドを見上げていると、アイスブルーの双眸がこちらを向いた。

「僕は本部に戻る。何か要望があれば、遠慮せず家の者に言えばよい」

「え？　いえ……あの、待ってください……。なぜ？　いえ、その……団長にお世話になるわけには……」

「一人暮らしの君が倒れ、そのまま息絶えたら僕の管理不行き届きになる。僕に迷惑をかけたくないのならば、大人しく僕に従いたまえ。……あとは頼んだぞ」

「お任せください」

未《いま》だ困惑しているソフィアを置いて、ジェラルドは颯爽《さっそう》と屋敷を出て行った。

「ソフィア様、客室にご案内いたしますので」

家令が優しげにソフィアに微笑みかけたときだ。

「あら、お客様？」

玄関ホールの先にある階段から、紺色の品のよいドレスを纏った女性が下りてくる。

ソフィアはひと目で、彼女がジェラルドの血縁者だとわかった。

銀色の髪に、アイスブルーの双眸。冷たげだけれど美しい顔立ちが、彼によく似ていたからだ。

「今、ジェラくんの声がしたと思ったのだけれど」

「戻られましたが、先ほどまた出て行かれました」

「……そちらの方は？」

女性が首を傾げる。

ソフィアが名乗る前に、家令がソフィアの名前と、ここに来た経緯を女性に話し始めた。

家令の話が進むにつれて、女性の眼力が増していく。

(来たくて来たわけじゃないんです。無理やり……でもなかったけれど、説明もされず、連れてこられたんです)

じっと食い入るように見つめられ、心の中で言い訳をする。

「まあ、まあ、まあ！」

カツカツと靴の音を響かせながら、女性がソフィアに近づいてくる。

——すみません。すぐにお暇《いとま》します。

ソフィアが口にする前に、滑らかな両手に手を取られた。

「ジェラくんが女の子を連れてくるなんて！　ああ、こんな日が来るなんて……。歓迎するわ！

これからも、末永くよろしくね」

女性は興奮した様子で、そう口にした。


家令の案内で二階の客室らしき一室に案内された。

薄茶色の落ち着いた色合いの壁紙に、同色の絨毯《じゅうたん》。中央にはソファーとテーブル、奥にはベッドがあった。

簡素な造りだが内装は品がよく、掃除も隅々まで行き届いていた。

ソフィアの今住む部屋はもちろんのこと、幼少の頃に使っていた男爵家の部屋よりも広く綺麗だ。

「どうぞ、こちらをお使いください」

ソフィアが恐縮していると、一緒についてきた女性――ジェラルドの母、フェレール伯爵夫人が背後から口を挟んできた。

「もっと陽当《ひあ》たりのいいお部屋のほうが、よくないかしら？」

「陽当たりがよすぎると、お休みになれないでしょう」

「それは、そうね……あら」

そのとき、ぐうっとソフィアのお腹が鳴った。

こんなときでも鳴ってしまう自分の腹が恨めしい。

「すみません」

ソフィアは赤面し、腹を押さえた。

「お昼時ですものね。軽いものならば口に入れられるでしょう」

「用意して参ります」

家令が頭を下げ退室する。

食事をしたいのは山々だが、いただけない。

「そういえば……ムーランから、少しだけあなたのこと聞いているの」

フェレール伯爵夫人が優雅に微笑み、ソフィアを見る。

「ムーランさん、からですか？」

ムーランは騎士団長に就任した友人の子を案じ、騎士団の秘書官になっていた。

つまりムーランと伯爵夫人は友人ということだ。

「とっても優秀で、気立てがよくて優しい子だって言っていたわ。一度、私も会ってみたいって思っていたの。ソフィアさん……いえ、失礼でなければ、ソフィアちゃんって呼んでもいいかしら」

冷たげな美人だが、フェレール伯爵夫人は息子とは違い、朗らかな性格のようだ。

「はい。もちろんです」

「私のことはお義母様って呼んでくれて構わないわ」

「……いえ……、フェレール伯爵夫人とお呼びしてもよろしいでしょうか」

「まあ、水くさいのね」

夫人は拗《す》ねたように唇を尖らせた。

ジェラルドは二十七歳。彼の母なのだからそこそこの年齢のはずだ。しかしとてもじゃないが四十を超えているようには見えない。姉と言われたほうが、しっくりくるくらいの若々しさである。

「でも、無理やり呼ばせるのはおかしいものね。ソフィアちゃんがお義母様って呼んでくれる日を楽しみに待っているわ」

目を細め、優しげな眼差しを向けられる。何やらおかしな誤解をされている気がする。

ジェラルドも思い込みが激しい。そういう家系なのかもしれない。

「……あの…………一応、誤解があったらいけないので、念のためなんですけれど……団長、ジェラルド・フェレール団長とは近しい間柄ではありません。私的なお付き合いはまったくなく、今回の件も、私の家庭の事情からあくまで団長として……案じてくださっただけでして」

「そうなの。ふふ。なら、そういうことにしておきましょう」

夫人は優しげな眼差しのままだ。

まだ誤解は解けていない。どう言えば信じてもらえるのか考えていると、夫人が眉尻を下げ、小さく溜め息を吐いた。

「どんなお付き合いでもよいから、末永く仲良くしてあげてほしいわ。ジェラくん……ジェラルド、恋人はおろか、友達もいないみたいなの。ほら、あの子、性格が悪いから」

我が子を『性格が悪い』と言い切った夫人に、ソフィアは驚く。

「でもね、悪気はないというか……悪人ではないのよ。法を犯しもしないし、倫理観もしっかり持っているわ。ただ、性格に難があって、態度がすこぶる悪いだけなの」

そうですね、と同意もできない。ソフィアは曖昧に笑みを返す。

「のびのびとした子になってほしい。できるだけ叱らず、長所を伸ばしましょうって。そう夫と約束をして、子育てをしたの。子どもの頃から、ジェラルドの意思を尊重して……そのせいかしらね。ずいぶんと偉そうな子になってしまって」

「……団長は、素晴らしい方だと思います」

悲しげな表情の夫人を慰めたくなり、ソフィアはジェラルドを庇った。

態度が悪くともジェラルドが『英雄』なのは事実だし、多くの騎士たちから尊敬もされていた。

「団長……ジェラルド団長が騎士団長に就任されてから、騎士の待遇がよくなったそうです。誰よりも真摯に働いていらっしゃいますし、みなさん団長を信頼し、感謝しております」

ソフィアの言葉に、夫人は驚いた顔をする。

「ありがとう、ソフィアちゃん。欠点もあるけれど……私たちにとっては、大事な、自慢の子なの。そう言ってくれると、嬉しいわ」

夫人はジェラルドと同じ色合いの双眸に涙を溜め、微笑んだ。

——ソフィアは、僕たちの大事な、自慢の娘だ。

息子を自慢だと言う夫人の姿に、古い記憶の中にある父の姿が重なる。

ソフィアは懐かしく、同時に寂しい気持ちになった。

◆
◇
◆

フェレール家の呼び出しに、医師はすぐに応じてくれたらしい。

帰宅したジェラルドは、ソフィアが医師の診察を受けたと家令から報告を受けた。

「疲労と栄養失調だとのことです」

「……腹が頻繁に鳴っていることについては何と言っていた?」

「たんに空腹だったからだろうと……」

ソフィアの実家、ルーペ男爵家は王都から丸二日ほどかかる距離のラドにある。

往復だと四日かかり、その間慌ただしくしていて食事を取れていなかったと、ソフィアは医師に説明していたという。

どうやら重病を抱えていたせいでも、ジェラルドへの恋心を拗《こじ》らせたせいでもなかったようだ。

「いくら忙しくとも、食事くらいできるだろう。まぎらわしい……」

「お父君が心配で食事が喉を通らなかったのかもしれませんし」

「家族が病のときに、自分が倒れるなど愚かにもほどがある。そういうときこそ、気を強く持つべきだ。とりあえず、何か栄養のあるものを用意してやってくれ」

「ああ、それでしたら――」

家令の言葉にジェラルドは眉を顰め、食堂へと向かった。

「ははは、そうか。ソフィアくんの話を聞いて安心した！」

食堂に近づくと、朗らかな話し声が聞こえてきた。

「ジェラルドは偏屈なところがあり、協調性が皆無だからな。……騎士団には屈強な御仁が多い。いじめられてはいないかと……内心、案じていたのだ」

「騎士団でのジェラくんのお話を聞けて嬉しいわ～。ソフィアちゃん、遠慮せずに召し上がって」

「おいおい、ソフィアくんは病み上がりだろう。肉は胃に負担がかかる。こちらの魚料理は、あっさりしていて食べやすいと思う」

「まあ、あなた。お肉が一番栄養になるのよ」

「いや、魚のほうが栄養がある」

騒がしい食堂を覗くと、テーブルに両親が並んで座っていた。そしてその両親の向かい側に、ソフィアの姿がある。

両親はソフィアに浮かれた口調で食事を勧めていた。

はじめに入口に立つジェラルドに気づいたのはソフィアだった。

目を丸くさせ、気まずそうな笑みを浮かべる。ソフィアのその様子から、両親もジェラルドの存在に気づいた。

「あら、ジェラくん、おかえりなさい」

「おかえり、ジェラルド」

「…………なぜ、食事をしているのだ?」

ジェラルドが低い声で問うと、母は「なぜって、夕食の時間でしょう。ね、ソフィアちゃん、どんどん食べて」と言う。

父は母の言葉を補足するように「心配せずとも医師の許可はある。むしろ食事をしたほうがよいと言っていたのだ。なあ、ソフィアくん」と口にした。

(ソフィアちゃん……ソフィアくん……)

ソフィアを親しげに呼ぶ両親を、ジェラルドは睨みつける。

「……なぜ三人で食事をしているのか、と訊いているのだ。ルーペ秘書官は病人なのだ。食事ならば彼女の部屋に運べばよい。わざわざ食堂に出てこさせる必要はなかろう」

「だって一人で食事するなんて寂しいでしょう。お医者様も動いてよいって、おっしゃっていたわ」

「ジェラルド、お前も夕食はまだだろう。一緒に食べよう。食べないならば自分の部屋に戻りなさい。そこで立っていると我々は食事しづらい」

和気あいあいと食事をしていたところを邪魔されたとばかりに、両親はジェラルドを呆れ顔で見返してくる。

ジェラルドは心の中で舌打ちしながら、ソフィアの隣に座った。

帰宅と同時に準備を始めていたのだろう。すぐにジェラルドのぶんの食事が運ばれてきた。

ちらりと横を見ると、ソフィアは緊張と戸惑いが入り混じった表情で俯き、食事をする手を止めていた。

「ルーペ秘書官」

「は、はい」

「栄養を摂取したいならばまず野菜を取るべきだ。このサラダを食べたまえ」

肉や魚もよいが、健康のためには野菜をまず摂取したほうがよい。

「野菜じゃ、栄養になんてならないわよ。肉が一番元気になるわ。ソフィアちゃんは肉を食べるべきよ！」

「いや、魚だろう。特に白身魚は消化がよいという。病み上がりには最適だ」

両親が再び肉と魚を勧め始める。

ジェラルドは二人に対し、負けじと野菜の素晴らしさを語った。

「あの！　野菜も、お肉もお魚も好きなので……。どれもいただきます」

言い争う自分たちを止めたかったのか、ソフィアはそう言うと、野菜と肉と魚をパクパクと口に運び始めた。

病み上がりなのにそれほど食べて大丈夫かと心配になるほどの、食べっぷりだった。


食事後、ジェラルドはソフィアとともに、彼女の部屋へと向かった。

フェレール家の屋敷には十数室、客人用の寝室があった。

ソフィアは二階の隅の客室を使用しているようだ。

「もっと陽当たりのよい部屋があるのだが……」

「陽当たりがよすぎると、ゆっくり休めないだろうと配慮してくださいました」

「それは、そうだ」

納得して頷くと、ソフィアはふふっと小さく噴き出した。

「……何だ？」

「いえ……フェレール伯爵夫人も、同じことをおっしゃっていたので」

ソフィアは指を口に当て、微笑んでいる。

彼女は初対面のときから、よく笑みを浮かべていた。

朗らかに笑う姿を見るのは初めてではない。だというのに、なぜかその笑みに目を奪われる。

「……すみません」

黙って彼女を見下ろしていたので怒っているとでも思ったのか、ソフィアが謝罪を口にした。笑みも消える。

「別に謝らずとも……怒っているわけではない」

釈明するが、消えた笑みは戻らなかった。

そうこうしているうちに、部屋に着く。

未婚の異性だ。お互いのためにも密室に二人きりになるべきではない。ジェラルドはドアを開けたままにし、部屋に入った。

「明日から三日間、休むように」

「ただの疲労です。三日も休みをいただかなくとも大丈夫です」

「疲労と栄養失調なら、なおのこと身体を休め、体力をつけるべきだろう。馬車の中でも言ったが……半端な状態で働かれて、再び倒れるほうが迷惑なのだ」

「…………わかりました」

ソフィアは俯き、頷いた。

「今日は、本当にお世話になりました。ご迷惑をおかけするだけでなく、お医者様にも診ていただけるよう手配していただき、そのうえ、お食事まで。申し訳なく思っています。……明日の朝、家に戻ります」

「……明日の朝だと？　何を言っている」

「そうですね。特に病気でもありませんでしたし……今すぐ、お暇いたします」

ソフィアはそう口にしながら、不安げな顔で窓をチラリと見た。

外はすでに暗くなっている。

（今すぐ、だと？　こんな時間帯に僕が追い出すと思っているのか）

「君は早とちりがすぎる。こんな夜中に僕が出て行けなど言うわけがなかろう。……しっかり休養させるべく、僕は君を連れてきたのだ。三日間は家に戻らず、医師とうちの侍女の管理のもと、ここで過ごすべきだ」

ソフィアは「いえいえいえ」と首を横に振った。

「団長にも団長のご家族にも、これ以上ご迷惑をかけられません」

「何度も同じことを言わせるな。半端な状態のまま働かれるほうが迷惑なのだ。また今日のように倒れて、みなの世話になりたいのか？　君がすべきなのは安全な場所でしっかり休養し、体調を回復させることだ」

厳しく言い放つと、ソフィアは小声で「はい」と答えた。

反省しているのか表情が暗い。

間違った発言はしていないが、病人に対し厳しすぎたかもしれない。

ジェラルドは今まで大きな病気も怪我もしたことがない。そのため、弱っている者に対する配慮が疎かになりがちだった。

しかし発言を撤回するつもりもない。

「反省しているならばそれでよいのだ。ゆっくり休みたまえ」

気持ち語気を弱めて言うが、ソフィアの表情は冴《さ》えないままだ。

「……君の鞄を家令に預けていた。あとで持って来させよう」

居心地が悪くなってきたのでそう言い残し、部屋から出ようとしたときだ。

「あのっ……！」

ソフィアが呼び止めてきた。

「……何だ？」

「先日は……失礼な態度を取ってしまい申し訳ありませんでした」

ソフィアが頭を下げる。

先日、というのは彼女が休む前、ソフィアの住む集合住宅に送っていったときの件であろう。

「いや、僕も……君は一度も僕に金の無心などしていないというのに、失礼な発言をしたと思う。だが、借金があるだけで、人は君に疑いの目を向ける。どのような理由で借金を作ったのかは知らぬが、早く返済したほうがよい」

「……そうですね」

「君の身内は君が借金していることを知っているのか？」

「え……ええ」

「ならば身内に相談して、借金を肩代わりしてもらえばよい。身内から借りるほうが外聞はよかろう。どうしても身内に相談するのが恥ずかしいというならば……」

――僕が肩代わりしてもよい。

思わずそう口にしそうになり、ジェラルドは慌てて言葉を止める。

ジェラルドは肉親であろうとも、個人資産をよほどの事情がない限り、貸し与えることはしないと決めていた。なのに他人であるソフィアに金を貸すなどあり得ない。

「法の専門家に相談するとよい」

ジェラルドが言うと、ソフィアは「そうですね。そのときはそうします」と薄く微笑んだ。

その笑みは、先ほどジェラルドが見た笑みとは、どこか違って見えた。


翌日――。

両親、特に母はソフィアをいたく気に入ったようで、朝昼晩の食事だけでなく、午後のお茶のときまで彼女を付き合わせていた。それどころか、部屋にも頻繁に入り浸っているらしい、と家令から教えられる。

これではゆっくり休養ができない。

ジェラルドは母に注意をした。しかし……。

『ソフィアちゃんも寂しいでしょうし。私といるほうが元気になれるんですって』

まったく聞く耳を持たない。

ソフィアから言ってもらうしかないと、ジェラルドは夕食後、彼女の部屋を訪ねた。

「母が迷惑をかけ、すまない。君も相手が伯爵夫人だからといって遠慮せずともよい。付き合うのは嫌だと、はっきり言ってくれ。母は鈍感なので言葉にしないとわからない。だが、まあ……根に持つ性格ではないので、君が何を言おうが君に対し酷い態度は取らないであろう」

「迷惑だとは思っていないので。本当に、とてもよくしてくださって……お話していると、元気をもらえます」

ジェラルドの言葉にソフィアは首を横に振り、朗らかな表情で続ける。

「伯爵も……立派な方なのに、お優しく、偉ぶったところがまるでなくて。団長のご両親は……お二人とも素敵な人ですね」

「まあ、そうだな……騒がしいところはあれど、母はああ見えて聡明《そうめい》で、社交界での評判もよい。父も家では気が緩んでいるのか、頼りない姿を見せはするが仕事ぶりは真面目で国王陛下からも信頼されている。身内のひいき目ではなく、客観的に見て伯爵夫妻として優秀だ。――息子としても……いつも僕を信頼し、後押しをしてくれた。何の申し分もないよき両親だ」

二人とも、いつもジェラルドの意思を尊重してくれた。

ときどき鬱陶しく感じるときもあるが、自慢の両親だし、感謝もしていた。

「自分が年を取れば親も老いていく。親孝行できる期間は短い。君もご両親を大事にしたまえ」

彼女の父親が病だったのを思い出し、忠告する。

容体は回復したと言っていたが、まだ気がかりなことがあるのだろうか。ソフィアは目を伏せ、どこか寂しげに『はい』と頷いた。

そうしてソフィアはフェレール家の屋敷で療養し、三日目の夕方、馬車で集合住宅へと戻った。

「どうしてかしら……寂しいわね」

「そうだな……寂しい」

夕食時、両親は溜め息を吐きながら、寂しい寂しいと言い合っている。

数年一緒に暮らした者がいなくなったのなら寂しいというのもわかる。しかし彼女はたった三日いただけだ。だというのに、何が寂しいのか。

呆れるが――隣の席には誰も座っていない。

嬉しげに食事を口に運ぶ姿を思い出し、ジェラルドもまた、何かが足りないような、何か大事なものを失ったような、なぜかそんな感傷を抱いてしまった。

第四章

騎士団で働き始めてそう日数が経っていないというのに、休暇を取ったうえに、さらに三日間も休んでしまった。

さすがに心証が悪かろうと気が重かったのだが、休み明けに出仕したソフィアをみな温かく迎えてくれた。

それはありがたいし、嬉しくはあるのだが――。

『お元気になられてよかったです。団長も安心ですね』

『無茶をしたら駄目ですよ。団長のためにも』

微笑みを浮かべながら、口々にそう言われた。

それだけではない。本部内を歩いていると、チラチラと視線を感じたし、食堂で食事をしているときは、ヒソヒソと『あれが団長の』などという声が聞こえてきた。

どうやらジェラルドとの関係を疑われ、噂されているらしい。

休んでいる間、フェレール伯爵家にいたのが知られてしまったのかと焦ったが、幸いそちらはバレていないようだ。

書庫で倒れたとき、ソフィアはジェラルドに抱き上げられ医務室に運ばれた。その様子を目撃した者たちにより、おかしな噂が広まってしまっているらしい。

（はっきりと訊いてくれたら、誤解だって言えるんだけど……）

みな思わせぶりな眼差しと遠回しな言葉、そしてヒソヒソと噂するだけで、ソフィアに直接問い質してくれない。何も訊かれていないのに『団長とはそういう関係ではありません』とは言いにくかった。

（あの人も……どうしてあんなに誤解されるようなことをするのかしら……）

団長としての責任があるとはいえど、ジェラルドの行動は改めて考えるとやりすぎな気もする。抱き上げて運ぶ、のはまだわからなくもない。けれど自身の家に招くのはさすがにどうかと思う。もしもソフィアが本当にジェラルドに恋愛感情を抱いていたら、彼に特別扱いされていると浮かれていただろう。

（……フェレール伯爵夫妻も、誤解してたみたいだし……）

まるで、ジェラルドの恋人に接するような態度だった。

（あの方々には、団長が誤解を解いてくれるわ……たぶん）

何にせよ、ソフィアがフェレール伯爵家の人たちと会うことはない。釈明する機会もないので、ジェラルドに任せるしかなかった。

フェレール伯爵家で過ごした三日間をソフィアは思い返す。

綺麗で清潔な部屋。次々と運ばれてくる豪華な食事。まるでお姫様になったかのような生活であった。

そして――ジェラルドの客人というのも理由なのだろうが、フェレール伯爵家の人たちはみなソフィアに好意的であった。

家令や侍女たちはソフィアに常に礼儀正しかったし、ジェラルドの両親はソフィアに優しく接してくれた。

貴族、それも高位貴族の屋敷なのだ。厳しい規律があり、どこか殺伐とした雰囲気なのかと勝手に想像していたがまったく違った。

(伯爵夫妻が……ああいう方たちだからかしら)

フェレール伯爵は身分や立場が上の者が見せる横柄さなどまるでなく、穏やかな紳士だった。フェレール伯爵夫人は冷たげな容姿とはうらはらに、朗らかでよく喋《しゃべ》る淑女であった。

(規則正しい家、厳しい両親に躾《しつ》けられたから、あの人はあんな性格なのかと思っていたけど)

逆だった。愛され、いつも両親から認められていたから、自己肯定感が高まりあのような傲慢な性格になったのだろう。

ソフィアは少しだけ、少しだけだけれど彼の傲慢さが羨ましくなった。

(体調も回復したし……団長には感謝しないと)

改めてお礼を言い、受け取ってくれるかはわからないが、お礼の品を贈ったほうがよいのかもしれない。

どちらにしろ今はお金がないので、先になるけれど……。

「ルーペ秘書官、人事の方がお見えになっています」

贈り物ならば何がよいか考えながら書庫で書類の整理をしていると、若い女性の騎士がソフィアを呼びに来た。

『人事の方』がいったい自分に何の用があるのか。何だか嫌な予感がする。

来客用の一室で待っているというので、ソフィアは重い足取りでそちらへと向かった。

部屋には女性の人事官がいた。

挨拶をし、互いに名乗り合ったあと、人事官は言いづらそうに口を開いた。

「無理を承知で頼みに来たのですが……ファバ秘書官が復帰されるまで、待ってはもらえませんか？」

「……待つ？　何をでしょう？」

「退職です。結婚の予定を遅らすのは、さすがに難しいでしょうけれど……」

嫌な予感は的中してしまった。

ソフィアは動揺と怒りで、声を荒らげてしまいそうになるのを必死で耐え、人事官に事の経緯を訊ねた。

昨日、人事院にソフィアの退職届が送られてきたという。

退職理由は結婚。送ってきたのはルーペ男爵……ソフィアの父だった。

結婚するつもりはない。文官を辞めたくない。父にはそう伝えたが、やはり聞き入れてはくれなかったらしい。

主導しているのが父なのか義母なのかはわからない。しかし彼らは、ソフィアの気持ちを無視し、事を進めようとしていた。

ソフィアは人事官に退職はしないと伝える。

「こちらとしてはありがたいのですが……ご結婚を遅らせても、問題ないのですか？」

「私は結婚をするつもりがないのです。家の者が勝手に結婚話を進めているだけでして……」

再びルーペ男爵家から退職届が出されても、無視してほしいとお願いする。

「ご家族との間に、どのようなご事情があるのかはわかりませんけれど……困っているのでしたら、親族との縁を切り、権利を守る方法もあります。専門家にご相談されてはいかがですか？」

ソフィアの身の上を案じ、人事官が助言をしてくれる。

かつてアステーム王国では貧しい親が金欲しさに子を売る、という人身売買が多発していた。痛ましい事件もあり、国は人身売買を厳しく取り締まった。それとともに子どもの権利を守る法も制定した。

ソフィアもそういう法があるのは知っている。

「…………とりあえず、もう一度、話し合ってみます」

ソフィアは少しの沈黙のあと、そう答えた。


仕事を終え家に戻ったソフィアは、父に手紙を書いた。

退職届は父が出したのかと訊ね、結婚もしないし仕事を辞めるつもりもない、と書き連ねる。

――私の将来は自分で決めて、選んでいきたいのです。お父様、どうか、私を信頼し後押ししてはくれませんか。

最後に願うように書いて、封をした。

父から返事が来たのは、それから十日後のことであった。

◆◇◆

ジェラルドが『その話』を知ったのは、新しく従騎士を受け入れたのに伴い団員の配属先が変わり、その届けを提出するため人事院を訪れたときであった。

「そういえば……秘書官の退職届を受け取りました」

顔馴染みの人事官の言葉に、ジェラルドは眉を顰める。

ムーランもそこそこな年齢になる。怪我をきっかけに、秘書官を辞めることにしたらしい。

旧知の仲なのだ。辞めるならば相談してほしかったが、親しいからこそ言いづらかったのかもしれない。

(ならば引き留めるのは止めておいたほうがよかろう。……仕事にも慣れてきたようだし、彼女が承諾するならば――)

ソフィアに正式な秘書官になってもらいたい。そう思ったのだが……。

「一応、新しい秘書官を探してみますが……ファバ秘書官が復帰されるまで、退職を待ってはもらえないか、訊ねていただけませんか？」

「…………ファバ秘書官？　まさか……退職届を出したのは、ムーラン・ファバ秘書官ではなく、ソフィア・ルーペ秘書官のほうなのか？」

「ええ。そうです。どうやらご結婚なさるみたいです」

結婚。思いも寄らぬ言葉にジェラルドの頭は真っ白になった。

「あ、すみません。その件はひとまず保留になりました。報告が遅れてしまい、申し訳ありません」

奥にいた別の人事官が話を聞きつけ、口を挟んでくる。

「昨日、本人に会って確かめました。今のところ退職するつもりはないようです」

「そうなのか。ならば、問題はないですね。今のお話はお忘れください」

一度耳にした話を忘れるなど、いくらジェラルドでも無理だ。

「ルーペ秘書官が結婚するという話は？　いったい、どこから出てきたのだ」

「……退職届はご家族の方からでした。事情があるようで……ルーペ秘書官は結婚に前向きではない様子でした」

「事情とは？」

「詳しいことはわかりません。ご家族とお話をされるともおっしゃっていたので、ご本人に訊いていただいたほうがよいかと」

確かに人づてより本人から訊いたほうが正確だ。

ジェラルドは頷き、人事院をあとにした。


本部に戻ったジェラルドは、ソフィアがいる書庫へと足を向けた。

ソフィアは棚の前に立ち、書類の整理をしていた。

「ルーペ秘書官」

呼びかけると振り返り「はい」と答える。

配属されたばかりの頃のような、朗らかな笑みは浮かべていない。しかし一時期、見せていた無表情とも違う。ソフィアはごく普通の、自然な表情を浮かべていた。

（…………僕への想いを吹っ切った……ということだろうか）

だから、結婚退職を決めたのか。

（いや、本人はまだ結婚を迷っていると人事官が言っていた）

ジェラルドへの深い想いゆえに、結婚に踏ん切りがつかないのかもしれない。

「どうかされましたか？」

じっと見下ろしたまま黙っていると、ソフィアが訝しみ首を傾げた。

「いや……手が空いたら、そこの棚を拭きたまえ。埃《ほこり》が溜まっている」

「ああ、はい。わかりました」

棚の隅が埃で白くなっていた。指差して指摘すると、ソフィアは目を細め、頷く。

ジェラルドはソフィアを一瞥し、書庫を出た。

――結婚という話を耳にしたのだが、君は結婚退職するつもりなのか。

今後のためにも彼女の意思を訊いておかねばならなかった。

確認するつもりで書庫に寄ったのだが……寸前で質問をするのを躊躇ってしまった。

(結婚をするか迷っている――彼女がそう口にしたら……)

ムーラン復職よりも前に退職されては困る。引き留めねばならない。

しかし引き留めたことにより、ジェラルドへの未練を募らせる可能性があった。

(結婚するよう、後押しするべきなのかもしれない)

だが……。焦燥感に似た不安が胸の中に広がる。

ジェラルドは優柔不断ではない。多少、逡巡《しゅんじゅん》することはあるが、効率を重視しているので迷うのは時間の無駄だと考えていた。

けれどそんな自分にしては珍しく、ソフィアの結婚について、どう行動するのが正しいのか答えが出せない。

そうして、訊ねられないまま数日が過ぎてしまった。

◆　◇　◆

「ねえ、ジェラくん。ソフィアちゃんのお休みの日っていつ？」

フェレール家の屋敷に戻ると、母がジェラルドの顔を見るなり訊ねてきた。

「なぜ教えねばならない」

「お休みの日、うちでお食事会をしましょうって、誘ってほしいの」

「なぜ、食事会に彼女を誘うのだ？」

「あれから結構日数が経ったでしょう？　ソフィアちゃん、ちゃんと食事しているのかしらって心配だもの」

「昨日食堂で見かけた。一般的な女性よりも多く、まんべんなく食事を取っていた」

ソフィアが療養を終え仕事に復帰してから、ジェラルドは可能な限り彼女の休憩時間に合わせて昼休憩を取っていた。

食堂でソフィアがどれほどの量を食べているか、見張るためである。

昨日はわりと大きめのパンをふたつ食べていた。主菜以外にも、副菜の皿を三皿、デザートの皿も取り、残さず完食していた。

朝食と夕食の食事状況はわからないが、顔色は良いように見える。

（……表情は冴えないが……）

ときおり、ぼんやりとした表情で溜め息を吐いていた。

おそらく結婚について悩んでいるのだろう。

「でも、やっぱり心配じゃない？　美味しい焼き菓子も取り寄せる予定なの。ソフィアちゃんと一緒に食べたいのよ。ソフィアちゃん、そのままうちに泊まってもらってもいいし。というか、そのままずっとうちで暮らせばいいと思うの。一人暮らしなんでしょう？　そのほうがずっといいわ」

浮かれた様子の母をジェラルドは睨みつけた。

「――母上、何度も何度も、僕に同じことを言わせないでほしい」

「わかっているわ。何度も何度も、なん～ども、聞いたもの。ソフィアちゃんはただの秘書官。恋人でも何でもないって言うんでしょう。今はもしかしたら、そうかもしれないけど、未来は誰にも、ジェラくんにだってわからないじゃない」

母が唇を尖らせて言う。

「確かに未来はわからないが……僕は結婚を前提にした交際以外するつもりはない。彼女を結婚相手に選ぶことはないのだ」

「ソフィアちゃんの何が気に入らないのよ」

「家柄だ。ルーペ男爵家は、我が家に相応しくない」

「相応しくない!?　それを言ったら、ソフィアちゃんのような優しくて明るい子に、ジェラくんみたいに陰険で態度が悪くて傲慢で、人の気持ちがわからない男なんて、もったいないわよ」

自分の息子によくそこまで言えるな、と感心しながら、ジェラルドは反論する。

「母上や父上は身分など大した問題ではないと思っているのかもしれないが、どれだけ避けていても付き合いというものはある。身分の違う者に嫁いで、引け目を感じ苦労するのは彼女本人だ」

「そんなの、ジェラくんが支えて、守ってあげればいいだけじゃない。ジェラくんともあろう人が、愛している女性を守る自信がないの？」

守れる自信がないわけではない、と言いかけ、ジェラルドは首を横に振った。

「そもそも僕は彼女を愛してなどいない」

「でも、今は、でしょう？　これから愛するかもしれないじゃない。まあ、今はジェラくんの気持ちなんて関係ないの。お母様がソフィアちゃんと会いたいの。とりあえずお食事会に誘ってくれるかしら」

誘う、誘わない、の問答を続けたが、結局母のしつこさに負け、ジェラルドはソフィアを食事会に誘うと約束してしまった。


翌日、ジェラルドは書類を届けに団長室に顔を見せたソフィアに、「個人的な話になるのだが」と前置きし、用件を伝えた。

「ルーペ秘書官、母主催の食事会に参加してはくれないだろうか」

「……伯爵夫人主催の食事会に私が……ですか？」

「主催というのは、大げさだな。君以外に招待されている者はいないので、気を遣わずともよい。母がたんに君と食事をしたいだけなのだ」

「…………招いてくださるのは嬉しいのですが……その、迷惑ではありませんか？」

ソフィアがジェラルドの表情を窺うように訊いてくる。

「招待しているのは母だ。僕は伝言を頼まれただけで、何の関わりもない。僕に近づくために、食事会に来るつもりならば迷惑だが、母の招待に応じるだけならば迷惑ではない」

「もちろん、団長に近づきたいとは思っていません！」

ソフィアは眉を寄せ、首を横に振った。

「ならば来ればよい。母は君の休みに合わせると言っている。君は明後日が休みだ。その日は空いているのか」

「あ、明後日は……すみません。父が急遽王都に来ることになりまして。会いに行かねばならないのです。申し訳ありません」

「……予定があるならば仕方がない。…………君のお父上は確か、ラドに住んでいたな。そんな遠方から、なぜ王都に？」

ジェラルドの問いに、ソフィアは落ち着きなく視線を揺らした。

「その……いろいろ事情がありまして……」

「いろいろ、とは？」

「家庭の、事情です」

以前、人事官が『事情があるようで』と口にしていたのを思い出す。

――君の父親は結婚について話し合うために来るのではないのか。君はご両親から結婚を勧められているのか。結婚するべきか迷っているのか。結婚をするつもりなのか。

問いかけたい言葉が頭の中でぐるぐると回る。

「またの機会でも、よろしいでしょうか？」

「………そうだな。母にはそう伝えておこう」

ソフィアは「すみません。お母様によろしくお伝えください」と言い、軽く頭を下げた。


団長室へ戻ったジェラルドは、椅子に座り悶々と考え込んでいた。

(わざわざ遠方から父親が会いに来るのだ。相応の理由があるはずだ)

だとしたらやはり『結婚』しか考えられない。

迷っているソフィアを説得しに来るのか、あるいは……。

(顔合わせ……か)

結婚相手と引き合わせるつもりなのかもしれない。

ジェラルドは落ち着かない気持ちになり立ち上がる。机の周りを一周し、再び椅子に座った。

(顔を合わせてから結婚を決めるのか、それとも結婚の意思が決まったから、顔合わせをするのか……)

——もちろん、団長に近づきたいとは思っていません!

先ほど放ったあの言葉は彼女の本心で、ジェラルドへの気持ちを本当に吹っ切ろうとしているのだろうか。

ジェラルドは再び立ち上がり、机の周りを一周し、椅子に座る。

(先の見えない恋に見切りをつけたのだ。それでよい。だが……秘書官を辞められるのは困る。それに……）

ジェラルドへの気持ちを吹っ切るため、好きでもない相手と結婚をしようとしているのだとしたら。

仮にその男がろくでもない輩《やから》だったら。ソフィアに暴力を振るうような男だったら。借金まみれだったら。あるいは浮気性の男だったら。

苦労をし痩せ細り、死に至るソフィアを想像し、ジェラルドは勢いよく立ち上がった。そして心を落ち着かせるため、机の周りを三周し、椅子に座り直した。

自分が振ったせいで自棄《やけ》になったソフィアがろくでもない男と結婚したあげく、不幸になったら……。

責任を感じてしまいそうだった。

（彼女の結婚相手がどのような人物なのか、見定めなければならない）

幸いジェラルドも明後日は休みであった。

（もしも相手が好青年だった場合は……）

ジェラルドはいたたまれなくなり、勢いよく立ち上がった。

「…………おい、お前……さっきから、何をしているんだ」

声が聞こえてくる。見るとドアの前でゴベールが眉を顰めて立っていた。

「何もしていない」

「いや、怖いって。机の周りをぐるぐる回っていただろ」

「ゴベール副団長。あなたの、私服を借りたい」

「……は？　俺の私服？」

「あいにく、僕はひと目で貴族とわかる仕立ての良い服しか所有していないのだ。あなたの私服……いつも着ている薄汚れた安物の平民服が必要だ」

「悪かったな、薄汚れた安物の平民服で……。っていうか、なんで平民服が必要なんだ？　おとり任務でもあるのか？」

「似たようなものだ」

ジェラルドはゴベールから薄汚れたシャツと茶色いズボン、上着を借りる。あと、つばの広い帽子と、なぜ所持しているのかわからないが、変装用の髭《ひげ》を持っていたのでそれも借りた。

身長はそう変わらない。しかしゴベールのほうが恰幅《かっぷく》がよい。

ぶかぶかではあったが、ベルトで締めつければ何とかなりそうだった。


翌々日の早朝。

ジェラルドはゴベールに借りた服を着て、ソフィアの住む集合住宅の前にいた。

（父親に会うだけで、結婚相手の姿がない場合もあるが……まあ、それはそれでよい）

ソフィアは、王都に来ることになった父親に会いに行くと言っていた。

集合住宅に訪ねてくるのではなく、どこかで待ち合わせをしているのだろう。

ジェラルドは身を潜め、ソフィアが集合住宅から出てくるのを待った。

◆　◇　◆

――将来を自分で決めたいという、お前の気持ちはわかった。強引に進めて悪かったと思っている。今度王都に行くので会って話したい。

ソフィアのもとに届いた父の手紙には、そう書かれていた。

日時と、待ち合わせ場所も書かれている。

指定された日は、ちょうど休みだった。

（無視されるかと思ったけれど……）

説得するために『会って話したい』のかもしれないが、強引に進めて悪かったとも書いてある。

父はようやくソフィアの気持ちを理解してくれたようだ。

（直接会って、私に謝りたいのかしら……）

それとも王都に来る用があって、そのついでにソフィアに会いたいだけかもしれない。

どちらにしろ王都で父に会えるのはソフィアも嬉しかった。

ここには義母や義妹はいない。父と二人きり、腹を割って話せる気がしたのだ。

ソフィアは当日、少し浮き立った気持ちで待ち合わせ場所である王都の広場へと向かった。

（そういえば……団長のお母様からお食事会に誘われたけど……）

フェレール家の食事はどれもが絶品だったが、食事の味以上にジェラルドの両親のことが心に深く残っている。

伯爵夫妻はときおり言い合いをしながらも、ソフィアに優しく話しかけてくれた。

まるで母が生きていた頃のような……両親と三人で食事をしていた頃を思い出し、ソフィアは懐かしくなった。

(あの方たちに会いたいのは山々なんだけれど……)

彼らはジェラルドの両親なのだ。

特にフェレール伯爵夫人は、ジェラルドと自分の仲を誤解している。

あまり近づきすぎるのは、自分にとってもジェラルドにとってもよくない。

(団長のご両親でなかったらよかったのに……)

そもそもジェラルドの両親でなければ、知り合うこともなかったのだが、ついそんなことを考えてしまう。

(団長のご家族のことはとりあえず忘れて……今日は……お父様に会えるのだから、二人で食事しましょう)

給金が入ったばかりなので、今日は多めにお金を持ってきていた。さすがに高級料理店は無理だけれど、大衆食堂ならば父にご馳走してあげられる。

どこの食堂がいいかしら、と考えているうちに広場へと着いた。

親子連れの姿があるものの、人は疎《まば》らだった。

「失礼します。ソフィア・ルーペ様、でいらっしゃいますか？」

ベンチに座り父が来るのを待っていると、物腰の柔らかそうな中年男性が声をかけてきた。

「はい、そうですけど」

「旦那様が、馬車でお待ちです」

旦那様、ということは父の使いだろうか。父は馬車で王都まで来ているらしい。

（でも……こんな使用人いたかしら……）

ルーペ男爵家の屋敷を出てからずいぶん経つ。見覚えのない使用人がいても不思議ではない。

ソフィアの名前も知っているし、身なりも綺麗だ。

人さらいではなさそうだ、とソフィアは男性のあとをついていった。

広場を出て少し歩いた先に馬車が停まっていた。

同じ箱馬車であるが、ラドに戻ったときに見た義母たちが乗っていた馬車とは色もかたちも違う。

嫌な予感がして、ソフィアは馬車の前で立ち竦《すく》む。

中年男性が馬車のドアを開けると、聞き覚えのない男の声がした。

「おお、連れてきたか」

馬車の中には、見るからに高級そうな紳士服を着た恰幅のよい男の姿があった。

「行き遅れの文官だと聞いていたから、よほど酷い容姿なのかと思っていたが……悪くないじゃないか」

ソフィアにねっとりとした眼差しを向け、男が言う。

年の頃は父と同年代くらいだ。男の話す内容から、見知らぬ男が誰なのか思い当たった。

なぜこの男がここにいるのか……その理由もすぐにわかった。

けれどソフィアは、問わずにいられなかった。

「あの……父は……？　私は父に呼ばれて来たのですが、父はどちらにいるのでしょう」

馬車の中には男しかいない。

父の姿がないのはわかっている。けれど、父の姿を探してしまう。

「お父上がいるわけがなかろう。ルーペ男爵は、私とお前が二人で会えるよう取り計らってくれたのだ」

男は呆れたように言った。

――将来を自分で決めたいという、お前の気持ちはわかった。

父の手紙にはそう書かれていた。

ソフィアの気持ちを無視し、強引に結婚を進めて悪かったと、書かれていたのだ。

だというのに、なぜソフィアとこの男、パトリス・オドランを会わせようとするのか。

「文官の職に固執して、結婚に尻込みしているらしいな。わしに会えばお前の気が変わると思ったのであろう」

オドラン男爵の太く短い中指には、大粒のダイヤの指輪があった。

人差し指にはエメラルド、薬指にはルビーがある。

男は指輪をソフィアに見せつけるように、手をひらひらさせた。

キラキラと輝く宝石を見たところで、心は晴れない。沈んでいくばかりだ。

「仕事先にはわしから断りを入れてやろう。心置きなく、わしの妻になるとよい」

「父が……父が、あなたにここに来るよう言ったのですか？」

ソフィアはじっとオドラン男爵を見据えて訊く。

「ルーペ男爵が取り計らってくれたと言ったであろう？　いや、正確には奴《やつ》のほうから娘と直接会い、説得してくれないかと頼まれたのだ。このままだと娘は行き遅れになってしまう、娘の将来が心配なのだと、案じていらしたぞ。娘思いのよき父親ではないか？」

娘思いのよき父親という言葉がソフィアの心に突き刺さる。

義母たちのいない王都ならば、親子で腹を割って話せるかもしれない、そう思っていた自分を嗤いたくなった。

（いえ……でも、……これは、本当は義母の企《たくら》みなのでは……）

だが待ち合わせ日時や場所を指示してきた手紙の筆跡は、間違いなく父のものだった。

義母に頼まれて書いたのだろうか。

父は義母に頭が上がらないから、仕方なくソフィアを騙《だま》したのかもしれない。

「いつまでモタモタしている。わしも暇ではない。さあ、早く馬車に乗るのだ」

立ち竦んだままでいると、オドラン男爵が馬車から身を乗り出してくる。

広場から馬車への案内役だった中年男性が、ソフィアの背を押した。

「やめてください！」

「頑《かたく》なな性格だから強引な手を使ってくれても構わない、とお父上も言っていた」

不快を露《あら》わに叫んだソフィアを、オドラン男爵が鼻で嗤った。

ソフィアの脳裏に、ジェラルドの母親の姿が浮かぶ。

ジェラルドの母は息子のことを性格が悪い、態度がすこぶる悪いと言っていた。

けれどそう口にしながらも、ジェラルドと同じアイスブルーの双眸には呆れと同じくらいの愛情があった。

ジェラルドの父も『仕方ない子』だと言っていたが、その目は優しかった。

彼の両親がジェラルドに向ける眼差しは慈愛に満ち満ちていた。

父の眼差しはどうだっただろう。

幼い頃、母が亡くなる前の父の姿ははっきりと思い出せるのに、先日ラドに戻ったときの父の顔は靄《もや》がかかったようにぼやけている。

「わしに手間をかけさせるな」

馬車の中から伸びてきたオドラン男爵の手が、ソフィアの腕を摑《つか》んだ。

振り払おうとすると、ぎりっと強く摑まれる。

背後にいた中年男性がソフィアを囲い込むように距離を詰めた。

王都では治安のために騎士がときおり巡回している。大声で叫べば、誰かに気づいてもらえるかもしれない。

ソフィアが息を吸い、全力で助けを呼ぼうとしたときだ。

背後で物音がした。

◆　◇　◆

「おい、何だ、貴様は！」

オドラン男爵がソフィアを……いやソフィアの背後を睨みつけ、声を上げた。

ソフィアはハッとし振り返る。

長身の男性が、中年男性の腕をねじり上げている。

（え……何……？）

様子がおかしいのを察して騎士が駆けつけてくれたのかと思ったが、長身の男性は騎士服を着ていなかった。

長身の男性は薄汚れた衣服に色褪せた帽子を被り、長い髭を蓄えている。風貌からして騎士には見えない。どちらかといえば浮浪者に見えた。

「ソフィア・ルーペ秘書官。僕の目には、君が馬車に連れ込まれそうになっているように見えた。実際はどうなのだ？　強要されているのか、合意のうえなのか？」

低く、よく通る声が響いた。

知っている声だが見かけが違う。

わけがわからず、ポカンと口を開けていると「馬車に乗りたいのか、乗りたくないのか、答えたまえ！」と厳しい声で言われる。

「……の、乗りたくありません！」

「そうか。ならば、合意なき連れ込みは犯罪だ。彼女の腕を離したまえ」

「犯罪だと!?　わしは、この女の夫だぞ！」

「……夫、だと……？」

アイスブルーの双眸が驚いたように見開かれる。

「ち、違います。夫じゃないです。結婚もしていませんし、婚約にも同意していません！」

「夫となるわしに逆らうつもりか」

オドラン男爵が唾を飛ばしながら、ソフィアの腕を引いた。

前に倒れそうになったとき、小汚い格好をした髭の男――ジェラルドの手がソフィアを支えた。

「腕を離せと言っているだろう。僕に何度も同じことを言わせるな」

ジェラルドは冷たく言い放ち、オドラン男爵の手首に手刀を落とした。

「うおお」

オドラン男爵が手を離す。

同時に背後からジェラルドが、ソフィアを抱き寄せた。

「き、貴様……このわしに暴力を振るうなど……っ！　ただで済むと思うなよ！」

オドラン男爵が己の手首をさすりながら怒鳴る。

「先に彼女に乱暴を働いたのはそちらであろう。そもそも、合意なく女性を馬車へと連れ込むのは

犯罪だ」

「その女はわしの妻になるのだぞ！　合意もクソもあるか！」

「彼女は妻にはならないと言っている。それに配偶者であろうとも、乱暴な真似をすれば罪に問われる。五十代か六十代に見えるが……男尊女卑がまかり通っていた時代生まれのご老人なのか？」

「ろ、老人……わ、わしはオドラン男爵だぞ。このわしにそのような口をきくなど、不敬であろう！」

「敬うに値する人柄なら敬う。男爵だろうが王族だろうが、下劣な者は敬わない」

「げ、下劣だと……」

二人の激しい言い合いに呆気《あっけ》に取られていたソフィアだったが、だんだんと不安になってきた。

なぜジェラルドがここにいるのか。それも騎士服ではなく、平民服を着て髭をはやしているのか。

おとり捜査や追跡調査など、任務中で変装していたならば――騒ぎになるのはマズい。

オドラン男爵に騎士団長が暴力を振るったと噂になるのも困る。

ソフィアの事情にジェラルドを巻き込みたくなかった。

「あの……」

ソフィアはジェラルドの手に指を這《は》わせ、背後にいる彼を見上げる。

アイスブルーの瞳と目が合う。ソフィアが止めようとしているのを察したのか、ジェラルドは目を眇《すが》めた。

髭が恐ろしく似合っていない、とソフィアは状況にそぐわない、どうでもよいことを思った。

「……貴様ら、知り合いなのか？」

目配せに気づき、オドラン男爵が訊いてくる。

「いえ、ちが」

「彼女の恋人だ」

否定しようとしたソフィアの声に被せるように、ジェラルドが言い放つ。

「こ、恋人、だと……」

「そうだ。恋人……いや、婚約者と言っても過言ではない。僕の婚約者に二度と近づかないでくれたまえ」

「……ルーペ男爵は生娘ではない女を、このわしに寄越そうとしていたというわけか！　話が違うぞ！　この売女《ばいた》め。婚約は破棄させてもらうぞ！　援助金だけでなく、違約金も払ってもらうからな！　そこの男にも！　暴力に対する慰謝料を払ってもらうぞ！」

オドラン男爵は大声で怒鳴り散らすと、馬車のドアを閉める。

馬車がカタカタと音を鳴らしながら走り始めた。

置いて行かれた使用人が「お、お待ちくださいませ」と叫び、小走りにその馬車を追った。


オドラン男爵の馬車が去り、ソフィアはジェラルドとともに広場へと移動した。

広場の片隅にある休憩所の四阿《あずまや》で、木製のテーブルを挟んで向かい合って座る。

「あの……どうして、その……変装しておられるのですか？　おとり捜査……追跡調査か何かですか？」

事情を聞きたい、と言ったのはジェラルドだった。

だが彼の質問に答えるより前に、どうしてもジェラルドの格好が気になったのでソフィアは先に質問する。

「そうだ。追跡調査のようなものだ」

追跡調査中、馬車に連れ込まれそうになっているソフィアに気づき、駆けつけてくれたらしい。

「なら、任務に戻ってください。私はもう大丈夫ですので。事情はまた後日にでも」

「いや任務は終わった。問題ない。それより君は同意していないと言っていたが、あの男は君を婚約者だと言っていた。いったい、どういう経緯で馬車に連れ込まれそうになっていたのだ」

「すみませんでした。慰謝料の話もありましたが……団長には迷惑をおかけしないようにしますので」

あの剣幕だ。謝って、許してもらえるかはわからない。慰謝料や違約金、援助金のことを考えると、気が遠くなった。

オドラン男爵を追い払うためにジェラルドは『恋人』と口にしたのだろうが、その件も父や義母の耳に入るはずだ。今回の一件だけでなく、ジェラルドについても父たちに説明せねばならなくなるかもしれない。

何にせよ、これ以上ジェラルドに迷惑はかけたくなかった。

「慰謝料など、どうでもよい。僕は経緯を訊いているのだ。あの男は、ルーペ男爵……君のお父上が寄越した、などと言っていたな。そういえば退職届を家族の者が出したとか」

退職届の件をジェラルドは知っていたらしい。

ソフィアは今まで自身の家庭環境について他人に話したことがなかった。学院時代、親しくしていた学友にも話さなかった。

隠し事のせいでよそよそしくなってしまったためか、ソフィアの性格が問題なのかは定かではないが、学友はいたが親友はできずじまいだった。

文官になってからも誰にも言わなかった。

同僚にも、信頼しているムーランにさえも明かさなかった。

けれど……今日の出来事は、ソフィアの心を傷つけ、弱くさせてしまっていた。

相談したいわけじゃない。誰かに、ただ話したかった。

母の死後、父が再婚したこと。家には負債があり、それを義母が肩代わりしたこと。そのせいで、父は義母に頭が上がらないこと。義母たちとソフィアの関係が上手くいっていないこと。文官になり学費を返却するように言われ、給金の半分を渡していること。

ソフィアの知らないところでオドラン男爵との婚約が進んでいたこと。婚約するにあたり援助を受けているらしいこと。

父と二人きりで会うはずが、なぜか呼びだされた先にオドラン男爵がいたこと。

自身の身の上を、ソフィアは淡々とジェラルドに話した。

ジェラルドは口を挟まず、静かに耳を傾けていた。

「以前、借金があると言っていたのは……学費の返済のことだったのか？」

すべてを話し終えたソフィアに、ジェラルドが訊いてくる。

「はい」

「それは借金とは言わないし、そもそも君に払う義務はない」

「ですが……学費を払ってもらっていたのは事実ですし」

「子どもの学費を親権者が払うのは義務だ。もちろん、金銭的理由から学費を払えない親もいるが……君はどうしても学院で学びたかったのか？　のちのち学費の返済をするという取り決めを親権者と交わしていたのか？」

「いいえ、学院に通うよう勧めてきたのは父ですし、そのような取り決めはしていません」

「ならば君が払う必要はない。君は、君の父親に搾取されている。婚約の件もだ。金欲しさに君は利用されている」

ジェラルドが厳しい声で言い連ねた。

「父は……義母に頭が上がらないのです。だから」

「だから、だまし討ちのようにあの男と君を会わせたというのか？　そもそも本当に君を思っているならば、学費を返却しろなどとは言わないし、あんな下劣な年老いた男を娘の結婚相手に選びはしない」

ソフィアは俯き、唇を噛んだ。

ジェラルドの言うとおりだった。

ソフィアだってちゃんと本当はわかっていた。わかっていたけれど……考えないようにしていただけだ。

「なぜ今まで父親に言われるがまま、学費を返却していたのかも理解不能だ。君はもっと早くに……文官になったときに、親子の縁を切るべきだった。そうすれば無駄な金を使わずに済んだし、集合住宅などではなく、もっと治安がよく清潔な場所で安全かつ豊かな生活ができたであろう」

集合住宅で暮らし始めた頃、どこからか黒光りする虫が入り込んでいて、涙目で退治した。

スープにすると、普通に野菜を食べるよりお腹がいっぱいになる気がした。

青果店の店主と顔馴染みになり、格安の野菜を譲ってもらえるようになり喜んだ。

奮発して可愛いお皿を買ったら、いつもより食事が美味しく感じた。

小さな幸せを積み重ねながら、ソフィアはこの五年間暮らしてきたのだ。

それが『間違い』だったと突きつけられ、ソフィアの胸が軋《きし》む。

「君が世間知らずのご令嬢ならまだ理解できる。しかし君は学院で学び、文官として独り立ちしているではないか。ただ足を引っ張るだけの父親など、君の人生にとって邪魔にしかならない。君の優しさは美徳なのだろうが、その優しさが相手をつけあがらせているのだ」

厳しい眼差しでジェラルドが諭すように口にする。

正論だった。ジェラルドの言葉は正しい。

父が本当にソフィアを大切に思ってくれているならば……何も言わず、突然再婚なんてしなかったはずだ。

父がソフィアに与えてくれたのは、薄っぺらい言葉だけ。

義母の顔を窺ってばかりで、何もしてくれなかった。

学院に行くように言われたときから気づいていた。

ジェラルドの言うとおり、学費を返すように言われたときに、はっきりと断るべきだったのだ。

父と縁を切って、一人で生きていくべきだった。

(わかっている。でも……)

胸の奥から苦いものが込み上げてくる。

「団長に、私の何がわかるんですか?」

ソフィアは声を震わせながら、ジェラルドに訊ねる。

「……何だと?」

「父親を信じたいと思うのは、そんなにおかしいことですか?」

「……信じた結果、君はあの下劣な男に誘拐されそうになったのではないのか? 幼子でもないのに、父親を盲信し続ける君の気持ちが、僕には理解不能だ」

「わかるわけありませんよ。だってあなたには、素敵なお母様と優しいお父様がいらっしゃるじゃないですか。理解のある立派なご両親がいて、おうちは裕福で、食べるものに困ったこともない。頭も顔もよくて神童だって、みんなからちやほやされて育ったんでしょう? そんな……恵まれたあなたに、私のこと、あれこれ、わかったふうに、言われたくないです!」

ソフィアは声を荒らげ、ジェラルドを睨みつける。

高ぶった感情を抑えきれず、涙が溢れ頬を伝った。

見返してくるジェラルドの双眸が、驚いたように見開かれた。

ジェラルドの言葉は正しい。

だがいくら正しくとも、恵まれた環境にいるジェラルドから、あれこれと指図されたくなかった。

ソフィアは立ち上がり、足早にその場をあとにする。

ジェラルドはソフィアを呼び止めもしなかったし、追いかけても来なかった。

第五章

声を荒らげ、ソフィアが足早に広場をあとにする。

まだオドラン男爵がうろついていないとは限らない。追いかけ、送っていかねばと思うが、立ち上がることができなかった。

茶色い双眸に涙が浮かび、頬へと流れていく。

ソフィアの泣き顔に、ジェラルドは激しく動揺していた。

（なぜ、泣くのだ……）

ソフィアはジェラルドへの恋を諦めようとしていたわけでなく、父親から結婚を強要されていた。事情があると聞いていたが、彼女の境遇はジェラルドが想像していた以上に酷かった。

オドラン男爵は下劣極まりない男だ。彼女の義母も話を聞く限り性根が腐っている。

同様に、彼女の父親も卑怯で狡猾《こうかつ》な男であった。

娘を守るどころか利用している。

いくら再婚相手に借金の肩代わりをされ頭が上がらないにしても、娘を不幸にしてよいわけがない。家から追い出し学院に入れるだけならまだしも、独り立ちしたソフィアから給金を毟り取るのはやりすぎだ。

再婚相手の言いなりで守れないのならば、彼女を手放すべきである。彼女の父親は自身の利得のために、ソフィアを犠牲にしていた。

ソフィアは自立した女性だ。親に頼らずとも生きていける。

そんな親などさっさと捨てて、自由に生きたほうがよいに決まっている。

ジェラルドは間違った発言はしていない。

ソフィアのために忠告してやったのだ。

間違っているのは、未だ父親に見切りをつけられない彼女のほうだ。

自分は悪くないと思うのだが――。

――恵まれたあなたに、私のこと、あれこれ、わかったふうに、言われたくないです！

ソフィアの泣き顔と、震えた声で放たれた言葉が頭から離れなかった。


翌日。

出仕してきたソフィアは無表情でジェラルドに頭を下げた。

謝罪をしてくる素振りはない。それどころか目も合わなかった。

(父親とはどうするつもりなのだ……。縁を切るつもりはないのか？　オドランとやらは、援助金や違約金と言っていた。縁を切らないのなら金はどうするのだ)

オドラン男爵に詫びて、婚約を再び結ぶつもりなのでは。

心配になるが、当の本人に『あれこれ言われたくない』と言われているのだから、これ以上、関わらないほうがよいのだろう。

だが、あの下劣な男は彼女を『売女』と罵っていた。そんな奴の傍にソフィアがいるなど、あり得ない。

想像するだけで、腹立たしく、吐き気をもよおしてきた。

(あんな男を婚約者にしようとする父親はどうかしている。そんな父親を庇う彼女もどうかしている)

まったく理解できない。

彼女の言っていたとおり、ジェラルドは恵まれていた。だが仮に自分がソフィアのような境遇だったとしても、父親を庇いはしなかったであろう。

相談もなく再婚された時点で、父親に見切りをつけていたはずだ。

ジェラルドは彼女の気持ちがわからなかった。

(彼女がおかしいのだから、わからなくて当然だ)

ソフィアの人生なのだ。好きにすればよい。いくら上官でも、個人の人生に口出しする権利はないのだ。

自分には関係ない。だから彼女のことはもう考えない。

そう決めるが……ソフィアの泣き顔が頭にチラつき、仕事にならなくなってしまった。

悩んだ末、ジェラルドは副団長室へと足を運んだ。

ゴベールは人生経験が豊富で、社交的で交友関係も広く、若い団員たちからも慕われている。

彼ならば、なぜソフィアが父親に心酔しているのかがわかるかもしれない。

参考までに、ゴベールの意見を聞いてみたかった。

「ゴベール副団長、少しよいだろうか」

ドアが半分開いていたが、ジェラルドは一応ノックをして、声をかけた。

室内からバタンと何かが落ちるような音がしたあと「え？　あ、ああ、なんだ」と、ゴベールの声が返ってきた。

もしかしたら居眠りをしていたのかもしれない。

入室すると、ゴベールが慌てた様子で立ち上がりジェラルドを迎える。

団長室と副団長室の部屋の広さはそう変わらないが、副団長室のほうが圧倒的に狭く見える。

理由は大きな棚があるうえに、ソファの上には衣服が散乱し、床には箱やらよくわからない置物やらが所狭しと置いてあるからだ。

「いいかげん、片づけたまえ」

室内を一瞥し言う。

「それ言うために来たのかよ。片づけないといけないのはわかってるから。いちいち注意しなくてもいいぞ」

「わかっているのならば、なぜ片づけない。片づけない、ということはわかっていないと同義だ」

「はいはい」

「はい、は一回でよい。何度も言うと、適当に答えているように聞こえる」

「わかりました。近日中に片づけるよう努力いたします」

近日中と努力、という言葉が気になるが、片づけを促しに来たわけではないので追及するのはやめる。

「片づけはすべきだが、用件はそれではないのだ。手が空いているならば、意見を聞かせてほしい案件があるのだ」

「…………それって、今じゃないと駄目なのか?」

ゴベールが棚のほうにチラリと目をやりながら訊いてくる。

「手短に話そう」

「まあ……じゃあ、手短に頼む」

「とある人物に助言をしたら、泣き出してしまった。僕の助言は、おそらく誰が聞いても正しいものであった。だが、そのとある人物は、恵まれた人生を歩んできた僕に、あれこれ言われたくないそうだ」

「……あれこれ言われたくないって言ってるんなら、あれこれ言わなくていいだろ」

「だがこのままだと……とある人物は不幸になる。……とある人物は、実父から虐待のような扱いを受けている。しかしとある人物は実父を庇うのだ。幼児ならわかるが、とある人物は成人している。実父と距離を置くのが正しいと僕は思うのだが……ちなみに、あなたはどう思う？」

ゴベールは眉を寄せ「虐待を受けてるなら、まあそりゃあ、離れたほうがいいだろう」と答えた。

「そうであろう。だというのに、とある人物は僕がそう助言すると、泣いて怒ったのだ。意味がわからない」

「嫌いな奴にあれこれ偉そうに言われて、腹が立ったからだろ」

「僕は嫌われていない。むしろ好意を抱かれている」

「そうなの？　まあ……別にいいけど。っていうか手短に、っていうわりに長いんだが……とある人物からはあれこれ言うなって言われてたんだろ。ならお前の助言は余計なお世話ってことなんだろう。放っておいてやれよ」

「放っておけない。僕は――」

ソフィアを救いたい。彼女を不幸にしたくない。彼女の愚かさを正したい。

自分の助言を聞き入れ、従ってほしい――。

（いや……違う……）

――恵まれたあなたに、私のこと、あれこれ、わかったふうに、言われたくないです！

声を震わせ、泣いていたソフィアを思い出す。

「僕は……彼女の気持ちを理解したいのだ」

呟くように言うと、ゴベールは目を瞠《みは》った。

「僕は今まで挫折をしたことが一度もない。記憶力がよく、書物を読めばだいたい理解ができる。学問で躓《つまず》いた覚えもない。体力もあるし、瞬発力も優れている。何かに取り組み、挫折した経験がないのだ」

「…………そうか」

「背は平均より高く、髪は大して手入れしなくとも艶やかだ。肌荒れをしたこともない。フェレール伯爵家は名門で、幼い頃から欲しいといえば何でも与えられた。もちろん食事に困ったことなどない。ああ、あと歌も上手だし、視力もよい」

「…………何で急に、自慢話を始めたんだ？」

「自慢ではない。事実を述べている。僕は恵まれている。恵まれているからこそ、恵まれない者の気持ちがわからぬのだろう」

「……はあ」

　ゴベールは気の抜けた相槌を打った。

「あなたもどちらかといえば、恵まれない部類の者だ」

　ゴベールは平民で、孤児院出身だった。

「…………馬鹿にしてんのか？」

「馬鹿になどしていない。事実を言っている」

「だからさ、そういうところ。お前のそういう態度に、とある人物とやらは泣いて腹を立てたんじゃないの？　事実ならば、何を言ってもいいわけじゃない。正論が正しくないときもあるんだよ」

「正論は……正しいだろう」

「正論で、傷つくこともあるってこと。正解を知りたくないときだってあるんだよ」

「僕は正論を言われても傷つかない。正解は知りたくないと思ったことなど一度もない」

「だからさ、そのとある人物は、お前じゃないし、お前は、とある人物じゃないだろ。人それぞれなんだよ。みんな、それぞれ感情があって、考えがあるんだ。みんながみんな、それこそお前みたいに恵まれているわけじゃないし、強いわけでもない」

確かにゴベールの言うとおりだ。

性別によって身体能力に差がある。性別が同じでも、背が高い者もいれば低い者もいるし、体力も筋力も人それぞれだ。

肉体だけではない。性格や考え方も人によって様々だった。

ジェラルドもそれは理解していた。

だというのに、思い返してみれば、ソフィアに対し自分の考えを押しつけてしまっていた気がする。

人それぞれ。

ソフィアの気持ちはソフィアのものなのだから、ジェラルドが口を出してはならないのだろう。

だが――。

「精神が弱い相手への接し方を教えてほしい」

「……は？」

「それでも僕は、彼女が間違っていると思うのだ。口を出すなと言われても無理だ。彼女を正しい方向へと導きたい」

「お前……傲慢っていうか、普通にウザい男になってるぞ。……まあ、いいか。俺も虐待のような扱いを受けているなら、たとえ実父であっても離れたほうがいいと思うし」

ゴベールはなぜか棚のほうをチラチラと見ながら続ける。

「とりあえず、上から目線で正論を言うのはやめろ。正解はやんわりと教えてやれ。あとウザいと拒まれたら、潔く諦めろ」

「………参考にしよう」

最後の潔く諦めろ、にはあまり自信がなかったが、ジェラルドは頷いた。

「手間を取らせてしまった。感謝する」

礼を言うと、ゴベールは目を瞬かせ「誰かのために変わろうってするのは、いいことだと思うぞ」と微笑んだ。

◆◇◆

それより、少し前――。

ソフィアはゴベールに書類を届けるため、副団長室を訪れていた。

「ソフィアちゃん、何かあった？」

書類を受け取りながら、ゴベールが訊いてくる。

「別に、何もありませんよ」

昨日、かなり泣いてしまったが、目は少しだけ腫れているものの、パッと見ではわからない程度である。

どうしてわかったのだろうと、ソフィアは取り繕うように笑みを浮かべて答える。

「朝、ジェラルドに挨拶してなかったでしょ」

「……会釈はしましたけれど」

「いつもは、おはようございます、って言ってるのに会釈だけだし、何かあいつも、異様なくらい青ざめてたし。もしかして……あいつ、何かマズいことやらかした？」

ゴベールは険しい顔つきで訊いてくる。

昨日の今日だ。ジェラルドと顔を合わせづらくて、変な態度を取ってしまった。

（……彼はマズいことなどやらかしていない……むしろ）

ジェラルドは馬車に連れ込まれそうになっているソフィアを助けてくれた。

彼が駆けつけてくれなければ、どうなっていたか……想像するのも恐ろしかった。

「マズいことなんてされていませんよ。ただ……」

「……ただ？」

続く言葉を促される。

「ゴベール副団長、少しよいだろうか」

どう話してよいものか迷っていると、トントンというノック音とともに、ジェラルドの声がした。

ソフィアは驚き、棚の後ろに隠れ、うずくまる。

隠れてから、別に隠れる必要などないと気づく。

けれど今更出て行けない。

(早く、出て行ってくれないかしら……)

小言が始まり長くなりそうな気配にうんざりしていると、ジェラルドはとある人物について、ゴベールに相談し始めた。


「行ったぞ」

ゴベールに声をかけられ、ソフィアは立ち上がり、棚の陰から顔を出した。

ジェラルドの姿はない。

「すみませんでした」

「なんで謝るんだ？　あいつが勝手に相談してきただけだろ。ソフィアちゃんは悪くないよ」

ジェラルドは名前を出さなかったが、ゴベールは『とある人物』がソフィアだと気づいたようだ。

「詳しいことはわかんないけどさ……一応、庇っておくと、ジェラルドは確かに恵まれているけど、恵まれているからこそ、他人には理解できない苦労もあったと思うぞ」

ゴベールは穏やかな口調で続ける。

「伯爵家のお坊ちゃまだって、慇懃《いんぎん》無礼な態度を取られてるのも何度も見たし、あの容姿だろ。見かけがいいから、上官に優遇されてるっておかしな噂を立てられてたこともあった。それに……あいつが英雄と呼ばれるきっかけになったマゼルセン戦役のとき、最初はフェレール伯爵家の嫡男だからって、同期の中でジェラルドにだけ出仕命令が下されなかったんだ。危険な目に遭わずに済んだと、他の奴らはあいつを羨ましがっていた。でもあいつにとっては屈辱だったのか止めるのも聞かず、強引に出征した」

騎士団長になってからも、家柄のおかげだとやっかむ者もいたという。

それを実力で黙らせてきた、とゴベールは言う。

「本人は挫折したことはないって言ってるし、恵まれているのも事実だけどさ。あいつはあいつなりに、他人にはわかんない苦労があるんじゃないかな。っていうか、不平等だから、あいつも苦しんでいてほしい」

茶化すように付け足し、ゴベールは肩を竦めてみせる。

ジェラルドが騎士団長になった経緯はソフィアも知っていたし、秘書官になってからは彼の働きぶりを傍で見てきた。

恵まれているからといって、何もせず遊んでいたわけじゃない。彼なりに努力をしたからこそ、騎士団長の立場を得て、団員たちから慕われているのだ。

「まあ、明らかに恵まれた環境にいる奴から上から目線で助言されたら、腹立つのもわかるけど」

ゴベールの言葉に、ソフィアは目を伏せる。

偉そうに助言をされ、腹が立った。私のことなんて何も知らないくせにと悔しくなった。

彼の両親と、自分の父親を比べてしまい……僻《ひが》んでしまった。

「腹が立ったというか……団長が私のことを心配して助言してくれたことも、彼の言葉が正しいのも、わかっているんです。でも……間違いだったって認めたら、今までの私が全部否定される気がして……。空しくて、悔しくて、団長が羨ましくなって、八つ当たりしたんです」

恵まれた環境にいるジェラルドが羨ましかった。

そして――ジェラルドの傲慢なほどの強さも羨ましかった。

彼ならば、たとえソフィアと同じ立場になったとしても、違う選択をしていただろう。とっくの昔に父をきっぱり見切っていたはずだ。

ソフィアのように流され、なあなあにしたまま暮らしはしない。

「八つ当たりして気が晴れるなら、いくらでもジェラルドに当たり散らせばいいさ。でも……えっとさ……ジェラルドみたいに、余計なお世話的なこと言いたくないし、人の私生活には口を出さない主義なんだけど……お父さんから虐待されてるってのは……本当なの？」

ゴベールが言いづらそうに訊いてくる。

「虐待っていうほどのことでもないんですけど……。父……家のことは、ちゃんとします」

人と争うのは苦手だ。できるだけ平穏に暮らしたいし、意見するより従ったほうが楽だった。

流されやすい性格だし、どちらかというと寛大なほうだ。けれど、だからといってどんなことでも許せるほど心は広くない。

「本当に？　困ったことがあるなら周り……いや、それこそジェラルドを頼れば？」

「さすがにこれ以上団長に迷惑をかけるわけには……団長にはあとで謝罪します」

そういえば、助けてもらったお礼も、きちんと言っていない。

「迷惑どころか、頼られたら尻尾振って喜びそうだけど……まあソフィアちゃんのほうが迷惑だったら、はっきりウザいって言ってやって」

頼ると、なぜ喜ぶのか。

冷淡そうに見えるけれど、ジェラルドは意外にも世話好きで頼られたい性格なのかもしれない。

（そういえば……お魚料理を奢ってくれたし、暗くなってきたからって家まで送ってくれたのよね。倒れたときも……）

フェレール伯爵家で静養させてくれた。

傲慢だけれど、優しいところもあるのだ。傲慢だけれども。

盗み聞いた様子では、ジェラルドは昨日の一件をかなり思い悩んでいるようだ。いくら面倒見がよいからといって、これ以上彼を煩わせてはならない。

ソフィアはジェラルドに早く謝ってしまおうと、副団長室を出たその足で団長室へと向かった。

しかし、団長室に行ったが彼の姿はなかった。

どうやらゴベールに会ってすぐ、騎士養成所へと出向いたらしい。

ソフィアが仕事を終える時間になっても、ジェラルドは戻って来なかった。

ソフィアは青果店に立ち寄り、いつもの激安野菜クズと、安売りしていたニンジンを購入し、家に帰った。

（明日は……ちゃんと謝らなくちゃ）

鍋で野菜を煮込みながら、ソフィアはジェラルドの言葉を思い返す。

――それでも僕は、彼女が間違っていると思うのだ。口を出すなと言われても無理だ。彼女を正しい方向へと導きたい。

（そんなに私、危うく見えるのかしら……まあ、見えるわよね……）

ぐつぐつと煮えていく野菜をかき混ぜながら、今後について思案していたときだ。

トントンと、ドアを叩く音がした。

夜に……いや、部屋に訪ねてくる者にソフィアは心当たりがなかった。

（もしかして、オドラン男爵との話が耳に入って、お父様が……？）

ラドから王都まで二日はかかる。耳に入るのも駆けつけるのも早すぎだ。さすがにない……と思いたい。

何にせよ、ドアを開けるのは怖い。

ソフィアは恐る恐るドアの向こうの相手に向けて「どちら様ですか？」と訊ねた。

「ジェラルド・フェレールだ」

思いもよらぬ声と名に、ソフィアは驚く。

慌ててドアを開くと、騎士服姿のジェラルドが立っていた。手には大きな袋を提げている。

「どうされたんですか……？」

「昨日の件について、君と話しに来た」

「……こんな時間に、ですか？」

「無礼なのは承知している。だが急を要する案件だと判断した。まずは……君に謝罪をしよう。君の気持ちを考えず、いらぬ助言をしてしまい、すまなかった」

ジェラルドはソフィアに深く頭を下げた。

まさかこんなふうに謝られるとは思っていなかった。いや、謝れる人なのだと思わなかった。

「や、やめてください。団長、頭を上げてください。……昨日のことは、私が悪かったのです」

激しく動揺しながらソフィアが言うと、ジェラルドは頭を上げ、険しい眼差しをソフィアに向けた。

「……自責思考か……」

「じせきしこう……？」

「すべての出来事が、自分のせい、自分が悪いと考えてしまうのだ。そこも改善せねばならぬのだろうが……とりあえず、これを読みたまえ」

ジェラルドは手に提げていた袋の中から、一冊の本を取り出し、ソフィアに渡した。

『お父さんと僕』という題名の本であった。

「これは実体験を元に書かれた物語だそうだ。対象年齢は十歳。一晩あれば読めるであろう」

「……はあ」

「その次は、これを読みたまえ」

さらに袋から本を取り出す。

先ほどより少し分厚い。表紙には『よい親になるために』と書かれていた。

次はこれだ、とジェラルドは『親子関係に悩んだときに読む本』をソフィアに渡してくる。

（……袋に入っているの、全部本なのかしら？）

結構な量が入っているように見える。

「あの、団長……」

「これは体験談だ」

さらに『親の束縛からの解放』という本を渡された。

――正解はやんわりと教えてやれ。

確かゴベールがジェラルドにそう助言していた。

ソフィアに本を読ませ、やんわりと正解を教えたいのかもしれない。

「団長、お気持ちは嬉しいのですが」

「無理に読めと言っているわけではない。ただ……視野を広げてみないか。人それぞれだ。人それぞれ感情があって、考え方があるのだ」

聞き覚えのある言葉をジェラルドが口にする。

「それは、そのとおりなんですけど」

言いかけたとき、カチャという音とともに隣の部屋のドアが開いた。

隣人の若い男性が部屋から出てくる。

夜に仕事に行き昼前に帰っているらしく、隣人と顔を合わせたのは数える程度だ。

騎士服姿だからか、目立つ容姿をしているせいか。その男性はジェラルドをジロジロ見ながら、階段を下りていった。

「彼は何者だ」

「何者って……隣人です。何をされている方なのかは知りません」

「……僕を睨んでいた……」

「睨んでいるというか、驚いたんだと思います」

「僕が君と一緒にいたからか？　僕に嫉妬したのだろうか」

「嫉妬？　いえ、団長が目立つからだと思いますけど。……団長、その……中に入りますか」

「……中、とは？」

「部屋の中です」

夜だし、近所迷惑にもなりかねない。

ジェラルドを部屋に招くのには抵抗があるが、ここで立ち話はしたくなかった。

だからといってソフィアを案じ、大量の本を持参してきたジェラルドを追い返すのも、躊躇われる。

（昨日のお礼とお詫びも言わなくちゃならないし……あと）

ジェラルドにもう余計な心配はしなくてよいと、伝えねばならない。

「君は危機感が足りない。異性を一人暮らしの部屋に招くなど、おかしな真似をされたらどうするのだ」

「団長はおかしな真似などなさらないでしょう」

ソフィアも一応は女性だし、本来なら異性を部屋に招きはしない。

しかしジェラルドは騎士団長だ。『英雄』であり伯爵家の嫡男でもある。

容姿も優れているし、女性に不自由はしていないだろう。

それにかつてソフィアに対して――。

――人として、女性としては特に信頼はしていないし、愛情は抱いていない。将来的にそのような感情を抱くこともなかろう。

と、言っている。そんなジェラルドが、自分におかしな真似をするとは到底思えない。

「もちろん、僕はおかしな真似などしないが……」

ジェラルドは惑うように視線を揺らした。

集合住宅の部屋に足を踏み入れたくないのか。

それとも逆に、密室に二人きりになったのをよいことに、ソフィアのほうがジェラルドに迫るのではと不安に感じているのかもしれない。

「部屋に入るのに抵抗があるなら、話の続きは明日にしてください。ここで立ち話は困るので」

「…………いや、抵抗はない。お邪魔しよう」

「どうぞ」

ジェラルドは部屋に入ると、周囲を見回す。

「狭いですし、綺麗ではありませんが」

「狭いが、外観から想像していたよりは汚くはない」

返答に少しイラッとしつつも、ソフィアはジェラルドに椅子に座るように言う。

この部屋に人を招いたのは初めてだが、椅子は二脚あった。

普段使っていないほうは鞄置きになっている。鞄を退《ど》かし、手にしていた本をテーブルに置く。

ソフィアはテーブルを挟み、ジェラルドと向かい合うかたちで座った。

(用件だけ話して、早く帰ってもらいましょう)

ソフィアが話を切り出そうとすると、匂いがしたのだろう。ジェラルドが「食事中だったのか?」

と聞いてくる。

「食事中というか、野菜スープを煮込んでいました」

「……見せたまえ」

「……は?」

「君が普段どんなものを口にしているのか、知りたい」

「……ごく普通のものを食べていますよ」

「また栄養失調で倒れられたら困る」

「もう大丈夫です。ちゃんと食べていますので」

「見せられないようなものを食べているのか？」

「……そういうわけでは」

「なら、なぜ見せるのを拒むのだ」

言い合いするのが面倒になってくる。

ソフィアは立ち上がり、野菜スープを皿によそってテーブルの上に置いた。

「野菜スープです」

「他のものも見せたまえ」

「……他のものはありません」

「まだ作っていないのか？」

「いえ、これが私の夕食です」

ジェラルドはもうソフィアの事情を知っている。

変に見栄を張るのをやめ、ソフィアは正直に明かした。

「スープしかないが」

「野菜は栄養があると、団長もおっしゃっていたでしょう？」

「……確かに野菜には栄養がある。だが……これはあまりに」

ジェラルドは深刻な眼差しで野菜スープを凝視し、何か言いかけやめる。

いつも無神経な発言をする彼にしては珍しく、躊躇って口を噤《つぐ》んでいる。

それほどまでに質素な食事に見えたようだ。

「美味しいですよ。団長、召し上がってみます？」

同情されるほど酷い食事ではない。味は抜群、いや……そこそこ美味しい。

（あ、でも私の手料理なんて、食べたくないわよね）

勧めてから、以前、妙な薬を入れられても困るのでお茶を淹れるなと言われたのを思い出す。

ソフィアが淹れたお茶が嫌なのだから、当然手料理なんて口にはしないだろう。

「あ、じょうだ」

「いただこう」

冗談です、とソフィアが言い終わる前に、ジェラルドが答えた。

「え？　あの、召し上がるんですか……？」

「そういえば、今日は朝から何も食べていない」

「いえ……あの、団長が召し上がるほどのものでは……」

「僕が口にできないようなものを君はいつも食べているのか？」

「そういうわけでは……」

「先ほど君のほうから勧めてきたのに、なぜ拒むのだ？」

彼の言うとおりだ。己の失言を悔いる。

「…………わかりました。とりあえず、温め直します」

熱々ならば多少の味は誤魔化せそうだ。

ソフィアはいったん皿を下げ、スープを温めた。

ジェラルドはフェレール伯爵家の料理人による豪勢な食事をいつも食べているうえに、高級料理店まで利用している。

野菜クズを煮込んだスープなど、口に合わなくて当然だ。

厳しめの反応が返ってくるだろうと身構えていたのだが、ジェラルドの第一声は意外なものだった。

「美味しい」

野菜スープを口にしたジェラルドは、真剣な顔つきで言った。

「本当ですか？　お世辞でも嬉しいです」

「僕は世辞は言わない。マズければマズいと言うし、そもそもマズいものは口にしない。味は薄めで上品な味付けだ。細かく刻んである野菜も舌触りがちょうどよい」

本当にお世辞ではなかったようで、ジェラルドはあっという間にスープを完食した。

「……まだ、召し上がりますか？」

どこか物欲しげな目で鍋を見ていたため、一応声をかけてみる。

「いただこう」

遠慮という言葉を知らぬのだろうか。それとも、それほど空腹だったのか。ジェラルドは当然とばかりに答えた。

（…………私の野菜スープ……）

結局ジェラルドに、ほとんど食べられてしまった。

手料理を美味しいと喜んでくれ、おかわりまでしてくれるのは嬉しいが、ソフィアは夕食を食べていなかった。

鍋の中に僅かに残った野菜スープを、ソフィアは切ない気持ちで見つめた。

「そういえば……団長、よく私の部屋がわかりましたね」

皿を片づけ、椅子に座ったソフィアは気を取り直してジェラルドに訊ねた。

集合住宅の前まで送ってくれたことがあったが、彼はソフィアの部屋は知らないはずだ。

「急を要するので、住居届を調べた」

「あの……なぜそんなに、急いでいらっしゃるのですか？」

今更だが、明日ではいけなかったのか、とソフィアは不思議に思った。

「君の父親が接触してきたら困るであろう。……いや、君の父親を悪く言うつもりはない。ただ……そうだ、これを」

ジェラルドは思い出したかのように袋から本を取り出し、テーブルの上に置いた。

本には大きく『洗脳』と書かれている。

「先ほど渡したこれらの本を一読したあとに読みたまえ。ああ、だが、これは学術書に近い。こちらのほうがわかりやすい」

ごそごそと袋を漁《あさ》り、『洗脳』の本の上に『親による洗脳』の本を重ねて置いた。

「団長……私、父から洗脳はされていませんよ」

「洗脳されている者の多くは、洗脳されていると気づいていない」

「いえ……本当に、洗脳じゃないんです」

「ルーペ秘書官。一度、ここを訪ねてみるとよい」

今度は本ではなく、一枚の紙を取り出した。

「……何ですか？」

「国が支援している孤児院だ。ここで毎月二回、相談会が行われている。今日、騎士養成所に立ち寄った際に聞いたのだが、君と同じ立場……いや、同じ立場の者はいない。人それぞれ、立場があり、考え方がある。……とにかく、両親との関係に悩む若者は、決して少なくない。親の暴力から逃げ出し、孤児院に身を寄せ、騎士養成所に入った者もいる。そういった者から話を聞くのもよい。君が休みのとき、都合が合えば引き合わせよう」

彼女を正しい方向へと導きたい――ジェラルドはそう言っていた。

ゴベールと話をしたあと、ジェラルドはソフィアのためにいろいろと調べ、大量の本を購入してくれたのだろう。

申し訳ないと思いつつも、真剣に案じてくれるジェラルドの気持ちはありがたかった。

「ありがとうございます……でも、本当に大丈夫なので」

「大丈夫ではない。君は父親に洗脳されているのだ！　……いや、とりあえず本を読みたまえ。話はそれからだ」

「いえ、ちゃんと、わかっています」

「わかっていない！　……確かに、君がわかっていると言うなら、わかっているのだろう。だが……本は読んでおいて損はない」

ジェラルドは厳しい声で言い返しては眉を寄せ、比較的穏やかな口調で本を薦めてくる。

――とりあえず、上から目線で正論を言うのはやめろ。正解はやんわりと教えてやれ。あとウザいと拒まれたら、潔く諦めろ。

ゴベールの助言を、彼なりに守ろうとしているようだ。

「本は、せっかくなので読ませていただきます。ですが……団長、少し話を聞いてくれますか？」

「…………聞こう」

ソフィアはジェラルドに頭を下げた。

「まずは、団長、昨日は馬車に連れ込まれそうになっている私を助けていただき、ありがとうございました。それから、八つ当たりをしてしまいすみませんでした」

「……八つ当たり？」

頭を上げると、ジェラルドは訝しげな眼差しでソフィアを見つめていた。

「昨日の団長がおっしゃったとおりなんです。学費を返済しろって言われたときに、父とは縁を切るべきでした。父が私より、義母……いえ、自分の立場を優先しているのは、わかっていましたから。父が優しい言葉を私にくれるのは義母がいないときか、手紙でだけだった。わかっていて、それでも父を見切れなかったのは……父を慕っているというより、たんに寂しかったからかもしれません」

相談会の日時が書かれた紙には『一人で悩まないで』と書かれている。

ソフィアはそれに目を落とし、続ける。

「母も亡くなっていますし、兄弟もいなければ、頼れる親戚もいない。父に捨てられたら、本当にひとりぼっちになってしまう。それに……父も。父は義母に気を遣っていましたが、義母は明らかに父を馬鹿にしていました。義妹もいるんですけど、彼女も父を敬うどころか、見下していた。私がいなくなったら、父もひとりぼっちになってしまうんじゃないかって……ほっとけなかった」

ソフィアは薄く笑む。

「父と私って、たぶん似ているんです。臆病で、流されやすい。義母に強く言われたら、刃向かえない。そんな父が心配で……。洗脳じゃなくて、依存なんですよ。たぶん。……とにかく、団長は間違っていないので。私がただ、行き場のない怒りをあなたにぶつけてしまっただけなんです。だから、気にしないでください。もう大丈夫ですから」

「何が大丈夫なのだ？　寂しいからといって、今後も父親に従うつもりなのか？　君の父親は臆病で流されやすいのではなく、弱虫の卑怯者だろう。君の寂しい心につけ込んでいるだけだ」

ジェラルドは厳しい口調で言ったあと、気まずそうに視線を揺らした。

「いや………依存に関する本も読んだほうがよいな。探しておこう」

厳しい発言をしては我に返り、本を薦めてくる。

ジェラルドの態度に、ソフィアは噴き出してしまった。

「何がおかしいのだ」

「すみません。団長が、すごく気を遣ってくださっているので。でも、もう本当に大丈夫ですので。

ルーペ男爵家と……父と、縁を切ると決めましたから」

ソフィアは真っ直ぐジェラルドを見つめて言う。

「オドラン男爵に援助金や違約金を払うお金はありませんし、謝罪して、彼と結婚もしたくありません。さすがにもう付き合いきれないので。私、流されやすいですけど何をされても許すほど、心は広くないんです」

「……そうか。ならば、これを」

ジェラルドは頷き、一枚の紙を取り出した。

そこにはずらりと、名前と住所が書かれてある。

「王都にいる法律家を調べた。特に、この丸をつけている人物は、親族間の揉め事を主に扱っていて有能だと評判も良い」

「……法律家まで調べてくださっていたんですね。ありがとうございます」

「礼には及ばない。上官として当然だ。そうだな、明日、法律家のもとを訪ねよう。僕も同行する」

「明日？　いえ、明日はお休みじゃありませんし……団長も休みじゃないですよね。それに、ご一緒してくれなくとも大丈夫ですよ」

「気が変わる前に早めに進めたほうがよい。一人では不安もあるだろうから、同行する」

「気は変わりません。あと突然訪ねるのは失礼ですし、一度連絡してからにしようと思います。不安などもないので、同行していただかなくとも」

「なら、僕から法律家に連絡を取ろう。僕から頼んだほうが、早く都合をつけてくれる」

確かに、ジェラルドの名を出したほうが早く事が進みそうだ。

「じゃあ、ご連絡だけお願いしてもいいですか」

「もちろんだ。あとは……問題が片づくまで、僕の家にいたほうがよいだろう」

「…………は？」

「君の父親や義母、オドラン男爵が君に接触してくるかもしれない。それに隣人の若い男の存在も気になる。送迎もしよう。何なら、仕事も休んでよい」

「いえいえ……別に命を狙われているわけじゃないですし。あと、隣人の方は無関係ですよ。そこまでしていただかなくても結構です」

「連れ去られる可能性がある」

「父も義母もオドラン男爵も身分はしっかりしていますし、そんな犯罪紛いのことはしませんよ」

「馬車に連れ込まれそうになっていたではないか！　君は危機意識が低すぎる」

ジェラルドが声を荒らげる。

「明るいうちに人通りの少ない場所は避けて帰るようにします。父が来ても、ドアは開けません。それと……いろいろ対策もしますので」

「いろいろ、とは何だ」

「いろいろです。とにかく、大丈夫ですから。ご迷惑をこれ以上かけたくないので、心配はいりません」

「いろいろとは何だ？　質問に答えたまえ。それから迷惑だとは思っていない。もっと頼ってくれて構わない」

ジェラルドは世話好きで頼られたい性格なのかもしれないが、ソフィアは自身の問題にこれ以上他人を巻き込みたくなかった。

「いえ本当にもう……家のことはちゃんとしますので。一人では解決できないことがあったらそのときに団長にご相談しますね。あ、もうこんな時間。団長、そろそろ……」

ソフィアは愛想よく微笑み、時計を見る。

この話を終わらせ、ジェラルドを帰らせようとしたのだが――。

「今更、手を引くことはできない。僕は全力でこの件に関わっていこうと思う」

ジェラルドは胸を張り、そう宣言した。

(どうしよう……すごく………ウザいわ)

しつこすぎて煩わしくなってくる。

そういえばゴベールに『迷惑だったら、はっきりウザいって言ってやって』と言われていた。

『ウザい』と言ってしまいたい。

しかしジェラルドは、ソフィアが頼りないので力になろうとしてくれているのだ。さすがに『ウザい』とは、言いづらい。

(全力で関わられても困るのだけれど……あ、そうだわ)

ジェラルドに、ソフィアはおかしな誤解をされていた。

今ももしかしたら、誤解をしたままなのかもしれない。

だからこれを言えば『心外だ』と怒るか、『誤解をされては困る』と引くか、どちらかの反応をしてくるだろうとソフィアは考えた。

あと……悪戯心《いたずらごころ》というか、今まで一方的に誤解され不愉快な思いもしたので、仕返しのような気持ちもあった。

「なぜ、私のためにそこまでしてくれるんですか？　あ！　もしかして、だんちょう、わたしのこと、すきなんですか？」

問いかけが棒読みになってしまった。

己の演技の下手さに恥ずかしくなる。

すみません冗談です、と言おうとしたのだが――。

ガタン、と大きな音が鳴り響いた。

ジェラルドがいきなり立ち上がったせいで、椅子が倒れていた。

「だ、団長……？　ど、どうしたんですか？」

ジェラルドはテーブルに両手をつき、目を剝《む》いてソフィアを見下ろした。

愕然《がくぜん》とした表情を浮かべるジェラルドに戸惑っていると、彼は低い声でソフィアに質問をぶつけてきた。

「僕は、君が好きなのか？」

「…………は？」

「僕は、君に……好意を……愛情を抱いているのか？」

ジェラルドが真剣に訊いてくる。

「…………いえ、好意も愛情も抱いていないと思います。すみません、変なこと言って」

「……確かに言われてみれば……恋愛感情を抱いている気がする」

「え？　いえいえ、気のせいですよ」

「これは…………熟考する必要がある。答えは保留にしたい」

「え？　あの、違うと思いますよ」

「恋愛感情を抱いている相手と部屋に二人きりでいるのは危険だ。今日は帰らせてもらう」

ジェラルドはそう言うと、倒れた椅子を起こし、ドアのほうへと向かった。

「とりあえず、明日の朝はフェレール伯爵家の馬車に向かわせる。以前、乗ったときと同じ馬車と御者だ。よく確認して乗りたまえ」

「いえ、あの」

「僕が出たらすぐに戸締まりをするのだ」

そう言い残し、ジェラルドは部屋を出てドアを閉めた。

呆然《ぼうぜん》としていると「早く鍵を締めたまえ」という指示が飛んでくる。

ソフィアは慌てて鍵を締める。

「失礼する」

ドアの向こうの足音が、だんだんと小さくなっていった。

「君が好きなのか、って……何なの……？」

意味がわからない。

ソフィアはふと、テーブルの横に袋があるのに気づく。

忘れたのか、ソフィアに渡すものだからと置いて帰ったのか。ソフィアが袋の中を覗くと、三冊、本があった。どれも『洗脳』関連の本であった。

ソフィアは傲慢なジェラルドのことが苦手だった。おかしな誤解をされ、不愉快だったし嫌いだとも思った。

でも今は……前ほど苦手でも嫌いでもない。

「…………変な人」

ソフィアは溜め息交じりに呟いた。

◆◇◆

家に戻ったジェラルドは、自室の机に向かい、悶々と考え込んでいた。

――なぜ、私のためにそこまでしてくれるんですか？

なぜ自分は、ソフィアの問題を解決するため、こうまで必死になっているのか。

彼女から向けられた問いを自分自身でも問うてみる。

今日、ジェラルドはゴベールと話をしたあと、騎士養成所へと向かった。

近日中には訪問する予定であったが、別に今日でなくともよかった。

養成所には若者が多く、孤児院出身者も少なくないと耳にしていた。彼らについて知りたいと思ったので、急遽向かうことにしたのだ。

親と死別した者。貧しさゆえに孤児院に預けられた者。親の顔すら知らぬ者。彼らの話を聞き、ジェラルドは『両親から愛されている』自身が非常に恵まれているのだと知った。

女騎士を目指す少女からは、親の暴力と圧力に耐えきれず孤児院に身を寄せている、という話を聞いた。彼女に幼い頃のソフィアを重ね、胸が苦しくなった。

騎士養成所を出たジェラルドは、王都で一番大きな本屋へと向かった。そして得た情報を元に、吟味して書物を購入した。

ソフィアの目を覚ましたい、ソフィアを救いたい一心だった。

しかし……冷静に考えてみると、ジェラルドがソフィアのためにそこまでする理由はない。

秘書官だから。ムーランが戻るまでは、職務をまっとうしてほしいから。

（――確かに彼女が辞め、使えない秘書官が来るのは困る）

困るが、だからといってソフィアでなくてはならない理由もない。

ムーランが復帰するまでの間だ。最低限の仕事さえしてくれれば、多少の無能さは我慢できる。

ジェラルドはソフィアの好意に応えられず、彼女を振っている。自分が振った相手が不幸になるのは、寝覚めが悪いからか。

（確かに、彼女が不幸になるなど耐えがたい。だが……）

かつてジェラルドには、婚約間近だった令嬢がいた。

裏の顔を知り婚約はしなかったのだが、令嬢はジェラルドが諦めきれなかったのか、しつこく接触を図ってきた。

夜会のたびに追い回されるのが鬱陶しかった。

彼女が何らかの事件に巻き込まれ、凄惨な死を遂げたなら憐《あわ》れみはするだろう。だが、それだけだ。不幸になろうが、罪悪感など抱きはしない。

今までジェラルドに好意を向けてきた相手に対しても同じだ。彼女たちの未来にジェラルドは一切興味がなかった。

考えてみれば、今まで誰かのために何かをした経験もない気がする。

もちろん騎士としてならば別だが、個人としては、親身になり相談に乗った覚えもなかった。

たいていの問題事は、ジェラルドではどうしようもない……神頼みでしか解決しないこと、あるいは自己責任の一言で片づく問題であった。

ソフィアの事情にしても、彼女自身が解決すべき問題だ。

（なのに、どうして彼女は放っておけないのか……やはり僕は――）

ソフィアに好意を抱いているのか。

鼓動が早くなり、顔が熱で火照ってくる。

そういえば……、とジェラルドは己の過去の行動を振り返った。

よくよく考えてみれば、行きつけの料理店の前で出くわしソフィアを食事に誘ったあの行動もおかしい。

職務が忙しく昼食が取れなかったからといって、普通なら部下を、それも女性の部下を食事に誘いはしない。

彼女を忙しくさせた張本人であるゴベールに厳重注意。昼休憩は必ず取るよう、みなに注意喚起して終わりだ。

(夕方に彼女と会ったときも……)

おそらく家まで送りはしない。深夜ならともかく夕方だったし、そんな時間帯に出歩いているのが悪い。それこそ自己責任である。

ソフィアが倒れたときもだ。なぜ医務官に任せず自分が運んだのか。

なぜ訝しむゴベールを誤魔化してまで、家に連れ帰ったのか。

——僕に家を知られるのが嫌なのか？　僕が君に付き纏い、家に押しかけるようになるとでも？

あいにく僕は君にそのような感情は抱いていない。

過去にジェラルドはソフィアに向け、そう言い放っていた。

だというのに変装してまでソフィアのあとをつけ、家にまで押しかけてしまっていた。

(……彼女に恋愛感情を持っていると仮定して……いつからだ？　いつから僕は彼女を好きになったのだ)

ソフィアが倒れたときか。野菜の入った籠を投げつけられたときか。食事後に『一生忘れません』と健気《けなげ》な言葉を向けられたときか。

それとも、自分好みのハーブティーを淹れてくれたときか。その頃からソフィアを意識していたのか。

ジェラルドは自問を繰り返す。しかし答えは見つからない。

ずっと以前から、それこそ初めて会ったときから、彼女に好意的なものを抱いていたような気もするし、ついさっき恋に落ちたような気もする。

（…………いや、待て。確かにソフィア・ルーペに対し特別な感情は抱いている。だが、これが恋愛感情だとは言い切れない。答えを出すのは時期尚早だ）

憐憫《れんびん》、責任感、もしくは庇護欲《ひごよく》のようなものなのかもしれない。

慎重に、しっかりと考え答えを出さねばならなかった。

ジェラルドは机の抽斗《ひきだし》から、紙を取り出す。

そしてそこに、ソフィアの好ましいと感じる点を書き連ねていく。

普通の身長。亜麻色の長い髪（仕事中に髪を纏めていて清潔感がある）。茶色い綺麗な目。穏やかで整った顔立ち。

優しげな笑顔が愛らしい。耳に心地よい声。姿勢が良い。

仕事ぶりは真面目で丁寧。気配りもできる。美味しいハーブティーを淹れられる。

食事中のマナーが良い。美味しそうに食べる。好き嫌いはない（おそらく）。

母が気に入っている。父も気に入っている。家令をはじめとした家の者の評判もよい。ゴベール副団長も気に入っている。ムーランお気に入りの文官。団員たちからの評判もよい（いつも愛想がよいらしい）。

控え目な性格（だが決して弱くはない。怒るときは怒る）。

怒ったら少し怖い――と書いたところでペンを止める。

（これは欠点か……）

いや、自分にははっきりと意見できる相手のほうが合っている気がする。むしろ『怒ると怖い』は美点であろう。

あと欠点が美点、という意味では『父親を大事にしている』も付け加えねばならない。言い換えれば『情が深い』とも言えるからだ。

臆病で流されやすいのは、確かに欠点だ。しかしきちんとそれが、自分の欠点だと自覚できているのは素晴らしい。

自覚できているのと、気づいていないのでは大きな違いがあった。

（あとはそうだな……料理が上手だ。部屋も綺麗に片づいていた。笑顔が可愛い……これはすでに書いたな……）

ジェラルドは黙々と、思いついたままソフィアの美点を書いていく。

気づいたら空は白み始めていた。


翌日。

「……あ、おはようございます」

団長室に入室してきたソフィアは、緊張した面持ちで頭を下げた。

「……ああ、おはよう」

ジェラルドは挨拶を返しながら、頭の中で間違いを修正する。

(彼女自身の身長は平均的。つまりは普通だ。しかし、僕と並んだときの身長差はちょうどよい。身長も美点として扱うべきだな)

「あの、団長。昨日は本をありがとうございました。読み終わったらお返ししますね。あと袋の中にあったぶんも、読んでも構いませんか?」

「あれは君に贈ったのだ。返されても困る。袋は忘れたのでなく、君に渡すために置いて帰った。こちらも返す必要はない」

ジェラルドは淡々と答えながら『お礼を言える』『不明なことがあればしっかり確認ができる』とソフィアの美点を足した。

「ですが……」

「夕食をご馳走になった。そのお礼と思ってくれればよい。それから、法律家に連絡を取った。明日の午前中ならば、都合をつけてくれるそうだ」

「もう連絡を取ってくださったのですか。ありがとうございます。明日は休みですし、訪ねてみます」

「僕も明日は休みを取る。同行しよう」

「……いいえ、場所もわかりますし、一人で行けます。……もしかして団長が一緒でなければ会ってもらえないのでしょうか？」

「いや、たんに僕が同行したいだけだ」

ジェラルドの言葉に、ソフィアは眼差しを揺らす。

「お世話になっておいて今更なんですけど、あくまで私個人の事情ですし……。それに助けていただいたときのことを、オドラン男爵が父たちに話しているかもしれません。ご迷惑をかけたくないので、あまり関わらないでいただけると……」

「僕は迷惑をかけられていると、思っていない。むしろもっと……僕を頼ってくれてよい」

「……………案じてくださり、感謝しています。ですが――自分の将来のためにも、この件は誰かに頼らず、一人でけじめをつけないといけない気がするんです」

ソフィアは思案するように目を伏せたあと、真っ直ぐジェラルドを見上げて言った。

彼女は自身の性格を臆病で流されやすい、と言っていた。ソフィアは今後のために、己の弱い部分を直そうと考えているのかもしれない。

一人では心細い。傍にいてほしい。力になってほしい。そう言って、もっとジェラルドを頼ってくれたら嬉しいと思う。

だが『自立心が強い』のも『欠点を克服しようとする』のも美点だ。

「了解した。だが……何か困ったことがあれば、遠慮せず相談するように」

「はい。ありがとうございます、団長」

ソフィアは安堵したように微笑む。

胸が締めつけられるほどに痛くなり、ジェラルドは思わず手で胸を押さえた。

「……どうかされましたか？　そういえば……顔色……というか、目が少し腫れてるみたいですけど、お身体の具合でも悪いのですか」

ソフィアはジェラルドの些細な変化に気づき、心配げに訊いてくる。

『気配りができる』『思いやりがある』と脳内に書き込んだ。

ちなみに目が腫れているのは、寝ていないせいである。

「問題ない。それと、話が変わるが僕の件はもう少し時間がかかりそうだ」

「団長の件……」

「僕が君に恋愛感情を抱いているかもしれない、という件だ」

「あの……それは……おそらく、団長の勘違いかと思います」

「勘違いならば困る。勘違いを起こさぬために時間が必要なのだ」

「でも……考える時間がもったいない気がします」

「早めに僕の気持ちを知りたい君の気持ちはわかる。だが急かさないでほしい」

「いえ、別に知りたくはないんですけど……」

逸《はや》る心を自制しているのだろうか。もしくは、焦《じ》らされ拗ねているのか。

ソフィアは眉を寄せ、僅かに唇を尖らせた。

ジェラルドは小さく呻《うめ》いて、ドンと机を叩いた。

「……ど、どうかされましたか？」

「いや、何でもない。ソフィア・ルーペ秘書官、仕事に戻りたまえ」

「え？　は、はい。失礼いたします」

ソフィアは一礼をして部屋を出て行った。

後ろ姿もピンと背筋が伸びていて綺麗だ、とソフィアを見送りながら、ジェラルドは長い溜め息を吐いた。

そして、鞄の中からソフィアの美点を書き連ねてある紙を取り出す。

身長の部分を修正し、新たに気づいた美点を書き加えていく。

『拗ねた顔が恐ろしいほどに愛らしい』『後ろ姿が美しい』と書いたところでペンを止める。

（ソフィア・ルーペ。名前もなかなかに可愛いな。もしも婚姻すれば……ソフィア・フェレールか。素晴らしい響きだ）

ジェラルドはフッと笑いを零《こぼ》しながら『名前がよい』と書いた。


一人でけじめをつけたい。

ソフィアのその気持ちは尊重するつもりだったが、全力で関わっていくという自分の意思を、ジェラルドは曲げるつもりもなかった。

まずは手始めに、信用のおける護衛たちを雇う。公私混同になるので騎士団には頼らず、フェレール伯爵家の伝手《つて》を使った。

彼女に気づかれぬよう、彼らに外出中のソフィアの警護をさせた。

本部内は安全なので問題はない。問題は、集合住宅にいるときである。

表向きは関わらないと決めたので、ソフィアを伯爵家には招けない。

部屋に父親やオドラン男爵が押しかけてくるかもしれない。

外で不審な者がいないか見守ることもできるが……ジェラルドは彼女の隣人の存在も気になっていた。

隣人は軽薄そうな若い男で、ジェラルドに嫉妬の眼差しを向けていた。ソフィアに好意を抱いているのだ。

ジェラルドをきっかけに、溢れる好意を抑えきれずソフィアに対し犯罪行為をする可能性もあった。

（ソフィアの家庭の事情とは無関係だろうが、あのような者を隣に住まわせてはおけない……）

ジェラルドは隣人に接触し、金を渡し、別の住居に移るよう提案する。

渋ったなら、ソフィアをフェレール伯爵家に連れ帰るしかなかったが、隣人は提案に驚きはしたが、喜んで金を受け取った。ソフィアよりも金のほうが大事だったのだろう。

ソフィアの価値がわからないことには腹が立ったが、翌日に部屋を空けた行動の速さには感心した。

空いた部屋には、護衛を待機させようかと考えていた。

だが――護衛が不埒《ふらち》な想いを抱いても困るし、自分が傍にいたほうがより安全だ。

そうして、ジェラルドは早急に集合住宅を借りる手続きを済ませ、ソフィアの隣人となった。

彼女の部屋を訪問してから四日目のことである。

本部を出たジェラルドは、ソフィアが帰宅したと護衛たちから報告を受け、自身も集合住宅に入った。

隣に住むのはソフィアには明かしていないし、知られてもならない。

辺りはすでに真っ暗だ。ソフィアも出歩かないとは思うが、念のため大きな音を立てぬよう気をつけながらソフィアの隣、今日からジェラルドが住む部屋のドアを開けた。

部屋に入り灯《あか》りをつけたジェラルドは、思わず悲鳴を上げそうになった。

黒いものが一匹、カサカサと床を這っていたのである。

それはジェラルドが驚いているうちに、ドアの隙間の向こうへと消えていった。

(ここには、あんな恐ろしい者が居着いているのか……え……永久にここに住むわけではない。彼女の問題が解決するまでだ)

両親には任務のため、少しの間本部に泊まり込むと伝えている。

長い間住むつもりはなかったので、家具も用意していない。部屋は何もなく、ガランとしていた。

ジェラルドは着替え一式と最低限の生活用品を詰めた鞄を床に置き、その横に座った。

食事はすでに済ませてある。

ソフィアの警護が目的だ。耳を澄まし、危険に備える以外にすることはなかった。

(……明日は彼女より早く部屋を出なければならないな……)

今後の予定を立てていると、ソフィアの部屋がある方向からカタカタと小さな物音が聞こえてくる。

ジェラルドは壁に耳を当てる。

カタカタという音は少しの間続き、その後は何も聞こえなくなる。異変はないようだ。

ジェラルドは壁に背を預け、目を閉じる。

（思いのほか集合住宅は汚くはないが、黒い虫がいる。落ち着いたら、彼女は引っ越すべきだ。何なら……使っていない部屋もあるし、うちに来ればよい……）

今度は陽当たりのよい部屋を用意しよう。彼女好みに、部屋の内装を変えるのもよい。

ベッドも新しく買って……などと考えているうちに、眠気が襲ってくる。

（少しだけ……仮眠を取るか）

物音がすればすぐに起きられるよう、ジェラルドは壁に耳をつけたまま睡魔に身を任せた。


「おはようございます。朝ですよ。起きてください」

柔らかな声がして目を開けると、ソフィアがジェラルドの顔を覗き込んでいた。

「……どうして、君がいるのだ」

「どうしてって……寝ぼけているんですか？」

クスクスとソフィアが笑う。

細いしなやかな指が、ジェラルドの頬を撫でた。

「仕方ないですね。おはようのキスをしてあげますから、早く起きてください」

「お、おはようの……キ、キ、キ、キス、だと？」

「ほら、じっとして。キスできませんよ。ジェラくん♡」

甘い声でジェラルドを呼びながら、ソフィアが顔を近づけてくる。

胸が……身体が熱くなる。そして――。

「…………っ！」

ジェラルドはビクリと身体を震わせ、目を開けた。

（ゆ、夢か……。何てことだ……。淫夢を見てしまった……）

全力で走ったときのごとく、胸が早鐘を打っている。

疲れを取るために仮眠したのに、疲労が増した気がする。

じんわりと身体が汗ばんでいた。

着替えをしようかと鞄に手を伸ばしたジェラルドは、己の下半身に違和感があるのに気づいた。

おそるおそる確認すると、下着が濡《ぬ》れそぼっていた。

ジェラルドは、夢精をしていた。

――好みの女を前にすると、頭で考えるよりも、いちもつが反応する。

己の失態に愕然としたジェラルドは、かつてゴベールに言われた言葉を思い出した。

王宮は、第二王子と隣国マゼルセンの王女との婚儀を間近に控え、何かと騒がしかった。

別の者に任せる予定だった王宮警備の指揮を、ジェラルドは買って出た。

マゼルセン戦役での英雄ジェラルドが警護にあたることを、国王は喜んでいた。しかしジェラルドが予定を変更したのは、国王のご機嫌を取るためでも、王家への忠誠心のためでも、国益のためでもなかった。

本部にいるとソフィアと顔を合わせてしまう。

あの淫夢のせいで、彼女と会うのが気まずかったからだ。

（それに……会わないことで、より冷静に判断できるであろう）

ソフィアに会えば、感情が揺れてしまう。

彼女の美点を冷静に見極め、客観的に己の心と向き合うために、ソフィアと距離を置くのが必要だとジェラルドは思った。

距離を置くといっても、彼女の行動は護衛たちから逐一報告を受けている。

顔を合わせていないだけで、夜はいつも壁一枚を隔てた距離にいた。

第六章

その日、ソフィアはいつもより濃く化粧をした。

持っている服の中で一番高価でお気に入りの服を着て、髪も時間をかけて整えた。

昨日綺麗に磨いた靴を履き、部屋を出る。

向かう先は、以前父が待ち合わせ場所に指定してきた広場だ。

広場前の通りに来たところで、ソフィアは見覚えのある馬車が停まっているのに気づく。

馬車の傍には、紳士服姿の痩せ細った男性が立っていた。

「お父様」

ソフィアが呼ぶと、父がこちらを向く。

太陽の下だからだろうか。前に会ったときよりも、顔色がよく見えた。

「ごめんなさい、お父様。お忙しいでしょうに、お呼び立てしてしまって」

「いや、王都に来るのは久しぶりだ。観光がてらに」

「あなたって本当に礼儀を知らないのねぇ。謝りに来るのが筋でしょうに、私たちを呼び出すなんて」

女性の声が、父の言葉を遮る。

見ると、馬車の中には緑色の派手なドレスを纏った義母が座っていた。義母の向こうにはアリッサの姿もある。

ソフィアが呼んだのは父だけだったが、『観光がてら』に義母たちもついてきたようだ。

「お母様にアリッサまで、私に会いに来てくださったのですね。ありがとうございます」

ソフィアが微笑んでみせると、義母は訝しむように眉を顰めた。

アリッサは「あなたになんて会いに来ていないわよ、ふふ」と笑っている。

ソフィアは二人に構わず続ける。

「本当にご迷惑をおかけしました。オドラン男爵にも改めてお詫びに行こうかと思っております」

「謝って許してもらえるわけないでしょう。あなた、ずいぶん小汚い初老の男とお付き合いしているんですってね。そんな男のお古はごめんだと男爵はおっしゃっていたわ」

「小汚くて初老な、貧民の醜男《ぶおとこ》よ。ふふふ」

小汚い初老の男、貧民の醜男に心当たりがなく、首を傾げたソフィアの脳裏に、髭をつけたジェラルドの姿が浮かんだ。

オドラン男爵はジェラルドを、自分と同年代だと思ったようだ。

「その浅ましい男が慰謝料だけでなく、援助金や違約金も払ってくださるのかしら？」

義母が唇を歪めながら、訊いてくる。

まあまあ、と父は苦笑を浮かべながら割って入った。

「オドラン男爵は怒っていらっしゃるが、お前が真摯に謝れば、きっと許してくださるだろう」

「だとよいのですが……。あちらにゆっくりお話できる場所があるので、そちらでお話しましょう。

お義母様とアリッサは……どうなさいますか？」

「もちろん。私たちも行くわ。行きましょう、アリッサ」

馬車を降りた義母たちと父を連れ、ソフィアは広場近くの建物へと移動する。

義母とアリッサは王都の街並みを興味津々といったふうに見回していた。

「お義母様、今日も素敵な指輪を嵌めていらっしゃいますね」

義母は中指にドレスと同じ色合いの大粒のエメラルドの指輪を嵌めていた。

「王都でも、それほど大きなエメラルドは見たことがありません」

「ふふ、そうでしょう。優秀な宝石商の伝手がないと、これほどよい品はなかなか手に入らないわ」

「そういう指輪に憧れているんですけど、私には手が届きそうにないです」

うっとりと指輪に目を落とす義母を一瞥し、ソフィアは溜め息交じりにそう口にする。

「私ならともかく、あなたにエメラルドの指輪ぁ～？　ふふっ、ふふっ」

「あなたが必死で一年……いいえ、三年働いたって、この指輪は買えないわよ」

噴き出しているアリッサを横目で見ながら、義母は肩を竦めて言う。

ソフィアは頭の中で、自分の給金の三年分の金額を計算する。

ソフィアも一応年頃の女性なので宝石を見れば、胸はときめく。けれど、それほどまでに高価な品を指に嵌めたら、落とすのが怖くて外を歩けそうにない。

それよりは肉汁の滴ったステーキを毎日食べたほうがよい。毎日は胸焼けしそうだけれど。

そんなことを考えているうちに建物——事務所の前に着いた。

「こちらです」

「ずいぶん地味なところね」

食事、もしくはお茶ができるような洒落《しゃれ》た場所を期待していたのか、義母は不満げに言う。

「ええ。法律事務所ですから」

ソフィアは微笑みながら、ドアを開ける。

「お待ちしておりました」

約束していた時刻より少し早いが、待っていてくれたようだ。

白髪の男性が、にこやかにソフィアたちを出迎えた。


ソフィアは十二日前、ジェラルドに仲介してもらった法律家、ハルトマンのもとを訪ねた。

父と同年代だというハルトマンは、親身になりソフィアの相談に乗ってくれ、いくつかの案を提示してくれた。

ソフィアはその中で、できるだけ穏便に済ませる方法を選んだ。

失ったものを取り戻したいとは思ってはいない。復讐《ふくしゅう》をしたいわけでもなかった。

今後一切関わりたくない。それだけだった。

困惑する三人を、ハルトマンは応接室へと案内した。

ソフィアとハルトマンが並んで座り、テーブルを挟んだ向かい側に父たちが座る。

ハルトマンがひととおりの説明をすると、父は眉尻を下げ、嘆くように言った。

「……手紙に書いてあったことは、嘘だったのか？　お前がこんな私を騙すような真似をするなど……」

「お父様だって私を嘘の手紙で呼び出してオドラン男爵と引き合わせたでしょう？　同じことをしただけです」

ソフィアは父を見据え、はっきりと言う。

ルーペ男爵家と縁を切るためには、父の同意が必要だった。

ハルトマンはラドまで同行すると言ってくれたが、そこまでしてもらうのは気が引けたし、何より移動するにはお金がかかる。仕事も休みたくなかった。

ソフィアは自分が赴くのではなく、父を王都に呼び出すことにした。

オドラン男爵の件を謝罪したい。慰謝料を払うつもりだ。まずは経緯を説明したいので、一度会いに来てほしい。

第二王子の結婚が間近なので、王都はいろいろ華やかな行事が予定されている――などと、義母の興味を惹《ひ》くような話題も書き連ねた。

「実際会えば気持ちは変わる。私はお前のために、オドラン男爵と引き合わせたのだ」

「私のため？　誘拐を唆《そそのか》すのは普通に犯罪ですよ」

冷たく言い放つと、父は戸惑うように視線を揺らした。

「絶縁したいなら、して差し上げればよいじゃない。もともと、いてもいなくても同じようなものなのだし」

義母はつまらなげに鼻を鳴らし、続ける。

「初めて会ったときから、あなたって、いけ好かない子だったのよねえ。人の顔色ばかり窺うくせに、気の利いたことは言わない陰気な子で。卑しい輩とお付き合いされているみたいだし、身内に犯罪者が出るのは嫌だわ。ねえ、あなた。この絶縁状は、相続放棄も含まれているのかしら？」

「相続放棄の書類はこちらになります」

ハルトマンは絶縁状とは別の書類を、義母に見せる。

「まあ！　いいじゃない！　アリッサのためにも、縁は切ったほうがいいわ」

「ふふっ、ふふっ」

義母は隣に座る父の膝を叩き、署名を促した。

その横で、アリッサは何がそこまでおかしいのか、口元に手を当て笑い声を零している。

「だが……」

「縁を切ったと知ったら、オドラン男爵のお怒りも解けるわよ」

「………ソフィア、お前はオドラン男爵と結婚しないつもりなのか？」

父がソフィアに問いかけてくる。

この期に及んで、まだオドラン男爵と自分を結婚させようとしている父に、ソフィアは呆れた。

「絶対に結婚はしません」

ソフィアが応えると、父は目を伏せる。

「ならば……仕方あるまい」

父は低い声で呟くと、ペンを手にし『絶縁状』に署名をした。

(簡単なものね……)

今まで悩んでいたのが馬鹿らしく思えるほどあっさりと事が進んでいく。

せいせいしているのに、どこか空しかった。

相続放棄の書類への署名も終わる。

「つまらないことに時間を取られたわね。あ、そうだわ。あなた、オドラン男爵からの請求書は?」

「……え、ああ……」

父が鞄から二枚の紙を取り出した。

「何ですか、これ」

ソフィアはその紙を受け取り、首を傾げた。

「慰謝料と婚約違約金の請求書よ」

にんまりと笑んで義母が答える。

「それは見たらわかりますけれど、なぜ私にこれを渡すのです?」

「なぜって、あなたの恋人がオドラン男爵に乱暴を働いたからじゃない」

「乱暴というか、正当防衛ですけどね。まあ、この件に関してはオドラン男爵に私のほうからお話をさせていただきます」

「……お話？」

「慰謝料を求めるようならば、私が男爵に誘拐されそうになったと訴えます――というお話です」

「何を言っているの！　オドラン男爵に失礼じゃない！」

義母が声を荒らげ、ソフィアを睨みつける。

「ソフィア。オドラン男爵に無礼な真似はしないでくれ。これ以上彼を怒らせたら、援助金の返済だけでは済まなくなる」

「どのような事情があるのかは知りませんけれど、援助金うんぬんは私には関係のないことです」

深刻な眼差しを向けてくる父を一瞥し、ソフィアは請求書を突き返す。

「違約金の件も、私の知らぬところで勝手に進んでいた婚約話なので、私に支払う義務はありません」

「義務？　偉そうに何を言っているのよ。あなたはルーペ家の長女なのよ。私たちが決めた相手と結婚するのが義務でしょう。だというのに今まで育ててやった恩に報いもせず、無責任に貧民の恋人を持つなんて！　……そうだわ。縁を切るなら、今まで私たちがあなたにかけたお金を返しなさいよ」

「いえ、個人的な金銭の借り入れがあったならば別ですが、養育にかかった費用を、ソフィアさんがあなた方に支払う義務はありませんよ」

ハルトマンがにこやかな笑みを浮かべて口を挟む。

「親権者だからといって、本人の同意なく婚約を決めるのも法的には許されていません。婚約違約金が発生したとしても、ソフィアさんに払う義務はありません。それから、ソフィアさんは学費もあなた方に返済していたそうですね。そちらに関しても、本来彼女には返済義務はありません」

「借りたお金を返すのは当たり前じゃない！」

「借りたお金、ではなく養育費に当たりますので」

「そんな……！　理不尽だわ！」

義母が顔を真っ赤にさせ、怒鳴る。

「お義母様、私は婚約違約金は払いません。これ以上ごねるならば……今まで理不尽にも、学費をあなた方に返済させられていたと訴えますよ」

「……私を脅しているの？」

「脅しというか、譲歩です。ごねなければ訴えないと言っているんだから、感謝してもらってもよいくらいです」

ソフィアの言葉に義母は歯噛みする。

アリッサはそんな義母の袖を引き「どういうこと～、お母様」と訊いている。

父は青ざめ、深刻げに切り出した。

「ソフィア、お前は長く家を離れていたので家の事情を知らない……いや、お前には心配をかけたくなくて黙っていたのだが、ルーペ男爵家は負債を抱えているのだ」

「……そうですか」

「このままだと使用人たちを解雇せねばならなくなる。みなが路頭に迷ってもお前はいいと思っているのか？　代々受け継いだ家を売り払うようなことになっても？　自分には関係ない話だと、そう思えるのか？」

父が矢継ぎ早に訊ねてくる。

「もう縁は切りましたし、実際、関係ありませんから」

「ソフィア」

「負債を抱えているなら、まずその、私の給金三年分らしいお義母様の指輪をお売りになったら？」

ソフィアは義母の指を一瞥して言う。

「なぜ私の指輪を売らないといけないのよ！」

「お母様〜どういうことなの〜」

「………ソフィア、思い出のある家がなくなっても、お前は平気だというのか？」

二人を横目に、父が縋《すが》るようにソフィアを見つめてきた。

ソフィアは目を伏せる。

父と母と、無邪気だった自分が暮らしていた懐かしい家。なくなって、平気なわけがない。けれど——。

「関係ありません。私に何度も同じことを言わせないで」

ソフィアは冷たく父を見据え、そう言い切った。

どうしようもないと諦めたのだろう。

義母は不平を漏らしながら、アリッサは「どういうことなのよぉ～」と苛立ちながら、父は暗い面持ちで事務所から出て行った。

「お疲れ様でした」

ハルトマンが穏やかな声でねぎらいの言葉をかけてくる。

「こちらこそ、ありがとうございました」

ハルトマンのおかげで、彼らと縁が切れた。

それにソフィアの事情を知り、本来先払いすべき報酬を後払いにしてくれ、そのうえ分割支払いにしてくれた。

ソフィアはハルトマンに深く頭を下げ、お礼を言う。

「お力になれてよかったです。……実は、いつもとソフィアさんの様子が違って、少し驚いていました」

「今日は少しでも強く見せたくて、化粧を濃いめにしたんです」

「お化粧だけではなく、態度も毅然《きぜん》としておいででしたよ。ソフィアさんがはっきりと拒絶したので、相手方も諦めざるを得なかったのだと思います」

「……知人を真似てみたんです。少しでも傲慢……いいえ、強く見えないかなって」

弱い部分を見せて、侮られたくなかった。

上手く真似られていたかはわからないが、ハルトマンから見て『毅然』としていたなら充分だ。

「そういえば……フェレール団長から何度も……本当に何度も、進捗伺いのご連絡をいただきました」

『知人』が誰か察したのか、ハルトマンがにこやかな笑みを浮かべて言う。

ジェラルドは第二王子の婚儀準備のため、王宮警護の任務に就いていた。

本部に顔を出すのは、早朝か深夜。ソフィアがいない時間帯だったため、ソフィアはジェラルドと長く顔を合わせていない。

(自分がハルトマン先生を紹介したから……気になっていたのね)

ジェラルドに次に会ったときはきちんと報告をし、礼を言わねばならない。

ハルトマンの紹介はもちろんだが、ジェラルドの存在があったからこそ、父に見切りをつけられた気がする。

ジェラルドの親子関係を知れたこと。腹は立ったけれど、ソフィアの『間違い』を指摘してくれたこと。

彼がくれた本は正直役に立ったとは言い切れないけれど……ソフィアの気持ちを後押ししてくれた。

「ソフィアさんがよほどご心配だったのでしょう。早く連絡して安心させてあげてください」

連絡するつもりではいる。しかし、ハルトマンの生温かい眼差しに、おかしな誤解をされている気がして、複雑な気持ちになった。

(とりあえずは、これで終わりね……)

オドラン男爵の慰謝料の件も、ハルトマンに任せた。

何かあれば、お互いに連絡をすることになっている。

(とにかく、しっかり働いて、たっぷり稼いで！　ハルトマン先生に報酬を支払って、それからお金を貯《た》めて！　そして！　あの高級料理店で念願のサーロインステーキを食べる！)

魚のムニエルも捨てがたいが、最初は肉だ。

ローストビーフもいいが、手始めはやはり肉厚なサーロインステーキである。

頭の中を肉でいっぱいにしながら、事務所を出たソフィアは、通りに人影があるのに気づき立ち止まる。

事務所からソフィアが出てくるのを待っていたらしい。

「………………どうしたのです？」

「……お前と二人で、話がしたかったのだ」

人影——父が沈鬱な表情を浮かべて言った。

「もう話は終わりました。……お義母様やアリッサは、どうしたのです？」

「彼女たちは馬車だ。聞き忘れたことがあったと言って、待ってもらっている。ソフィア……聞いてほしい。お前は誤解しているのだ」

「……誤解？」

「オドラン男爵のことだ。あれは、援助金欲しさに縁組みを決めたと思っているようだが……私の真意は別なのだ。彼と結婚すれば、金に困ることはない、豊かな、安定した生活が送れる。私はお前の幸せのために、オドラン男爵と結婚してほしかったのだ」

『あれ』というのは義母のことだろう。

義母に隠れ、こそこそとソフィアに言い訳しにくる父の変わらぬ姿に、呆れや怒りよりも、憐れさを感じた。

「……オドラン男爵と結婚して私が幸せになると、本気で思っているのですか？」

「確かに年齢は離れている。だが……聞いたところによると、お前の恋人は汚らしい初老の男なのだろう？　そんな男より、多少性格に問題はあれど、身分のあるオドラン男爵のほうがよいではないか。なぜ、オドラン男爵では駄目なのだ」

「私の結婚相手は私が決めます。お父様……あなたが決めることではありません」

ソフィアはきっぱりと言って、父の前を通り過ぎようとした。

しかし父の手がソフィアの腕を摑み、それを阻む。

「ソフィア。これだけは、わかってほしい。お前は私にとってマリアが残した、何よりも大切で、かけがえのない宝石なのだ。お前のために……私は、お前に何不自由なく暮らさせてやるために、あれと再婚したのだ。お前を幸せにしたい、ただ、それだけのために、私は……」

父の声は、上擦っている。

ひたむきな眼差しは、嘘を吐いているようには見えなかった。

おそらく負債を抱えたままでいれば、父は領地も家も爵位さえも失っていただろう。

今までどおり、ソフィアに男爵令嬢としてよい暮らしをさせたい――再婚は本当に『ソフィアのため』だったのかもしれない。けれど……。

「お父様……私は不自由でもよかったのです。使用人がいなくても、貧しくても、帰る家が狭くて汚い部屋だったとしても。毎日の食事が野菜クズで作った野菜スープでも……お父様と二人で、お母様がいた頃みたいに暮らしていけるなら、私はきっと幸せでした」

ソフィアは本当の貧しさを知らない。だから言える言葉なのだとも思う。

父が再婚しなければ、ソフィアの人生は不自由どころか不幸まっしぐらだった可能性もある。

学院に行けたのも、文官になれたのも、父の再婚のおかげなのだ。

わかっている。けれど『ソフィアのため』と口にする父を、認めるわけにはいかなかった。

「…………そうか……。私は……間違っていたのだな」

父は自嘲するように笑んで呟く。

「ソフィア。すまなかった」

父が穏やかな声と眼差しで、謝罪を口にした。

目の前にいる父に、あの頃の、幼かった頃の父の姿が重なる。

懐かしくて、胸が痛く、苦しくなった。

(……お父様だけが間違ってたんじゃない。お父様だけが悪いわけでもない……私がもっと……。

もっと早くに自分の気持ちをお父様に伝えていたら）

再婚なんてしないで。お父様がいればそれでいい。寂しい。

そう素直に伝えていたら、もっと違う未来があったのではなかろうか。親子の縁を切らずにいられたのでは。

後悔と未練が襲ってくる。

（……駄目よ。違うわ……。悔いたって仕方ない。団長なら、きっと）

すまなかった、と謝る父に『今更遅い』とか『謝れば済むと思っているのか』と冷たく返すはずだ。決して、父に同情などしない。

（彼のように強くありたいのに……）

父を見切ると決めたのに、揺らいでしまう自分が情けなくなった。

「ソフィア」

優しい声で父がソフィアの名を呼ぶ。

悲しいのか寂しいのか、自身へのもどかしさか。自分でもよくわからない感情が込み上げてくる。

こんなときに泣いては駄目だ。ジェラルドだったら絶対に泣かない。

だから泣くまいと思うのだが、我慢すればするほど唇が震え、目頭が熱くなった。

「あなた、何をしているのよ！」

俯いていると、義母の甲高い声が聞こえてくる。

父が遅いので様子を見に来たらしい。

「あらぁ？　どうしたのぉ～？　もしかして泣いてらっしゃるの？　ふふっ」

アリッサの耳障りな笑い声も聞こえてきた。

二人にだけは泣いている姿を見せたくないが、一度溢れ出した涙はソフィアの意思を無視し、頬へと伝い落ちていく。

「あなたねえ。同情を誘って、縁切りをなかったことにでもするつもりなの？　まあ、どうしてもっていうなら聞いてあげないこともないわよ。まずは、そうね。謝りなさい」

なかったことにするつもりはないし、義母たちに謝るつもりはない。

「ちがっ……」

否定したいのに、声が震えて上手く言えない。

ソフィアの腕を握る父の手に力がこもった。

「ソフィアは――」

父がソフィアの名を口にし、言い淀む。

（やっぱりこの人は………）

父に失望しかけたそのとき、低いけれどよく通る聞き覚えのある声が響いた。

「そこで、何をしている」

声の方向へ目をやると、長身の男性――ジェラルドが颯爽とこちらへと歩いてきていた。

どうしてジェラルドがここにいるのか。

疑問を抱くと同時に、その格好にも少し驚く。

以前のような、髭面の変装姿ではない。

騎士服なのだが、いつもとは違う。肩章がつき、金色の刺繍《ししゅう》が施された華やかな騎士服を着ていた。

胸元には、金や銀の勲章がじゃらじゃらとぶら下がっている。

髪も後ろに流し、きっちりと整えていた。

見慣れたソフィアでも思わず見蕩れてしまうほどのかっこよさだ。

当然、初めて彼を見るであろう他の三人も驚いている。口をポカンと開けてジェラルドを凝視していた。

「なぜ、彼女は泣いているのだ。状況の説明をお願いしたい」

ジェラルドは義母とアリッサ、父を冷たく見下ろした。

「いや……あの……」

「……え……？」

義母と父が困惑する中、二人よりも先に我に返ったアリッサが口を開いた。

「その子がぁ～、自分から私たちと縁を切ったくせにぃ～、泣き落としでぇ～、やっぱり縁は切らないでほしいぃ～ってお願いしてきたんですよぉ～。泣き真似なんでぇ～気にしなくていいですよ」

アリッサは過剰なほど語尾を伸ばし説明をする。

「……君はご家族との縁を切らないことにしたのか？」

ジェラルドがソフィアに訊いてくる。

ソフィアは首を横に振った。

「彼女は縁を切るつもりのようだが」

「ええ～？　気が変わったのかしらぁ～？　そんなことより～、はじめましてぇ～。私、アリッサ・ルーペですぅ。ルーペ男爵家のご令嬢ですぅ」

アリッサは身体をくねくねと動かしながら、自己紹介をする。

「アリッサ・ルーペ。君の義妹か」

「縁を切ったから、さっき義妹じゃなくなったんですぅ～。お義姉様のこと慕っていたのにぃ～、アリッサ、寂しい」

アリッサは胸の前で手を組んで、上目遣いでジェラルドを見上げた。

アリッサは母譲りの、華やかな容姿をしている。

王都で観光する予定だったからか、髪を巻き、可憐《かれん》な薄紅色のドレスに合わせ、化粧も愛らしく施していた。

彼女に負の感情しか抱いていないソフィアから見ても、なかなかの美少女ぶりだった。

（……いつもこんなふうに男性に接しているのかしら……）

語尾を伸ばすだけでなく、声音もいつもより高い。目も潤みキラキラしている。

アリッサの態度にソフィアはちょっとだけ感心する。

学院時代、学友の中に異性の前だと態度が変わる、アリッサのような女性がいた。彼女は同性からは反感を持たれていたが、異性からは持て囃されていた。

（……団長は……どうなのかしら？）

ジェラルドが男女平等に厳しいのは有名だ。

けれどこんなに愛らしく迫られたらさすがに……とソフィアはジェラルドの顔を窺う。

ジェラルドはゴベール副団長が大事な用件を伝え忘れていたときと同じ、厳しい表情でアリッサを見下ろしていた。

「聞き取りにくい。もっとはっきり喋りたまえ。自分のことを『ご令嬢』と紹介するのは、頭が悪く見えるのでやめたほうがよい。あと、身体が意思に反し揺れるのは病の可能性が高い。一度、医者に身体を診てもらったほうがよかろう」

「…………え……？？？」

「とにかく、話し合いならば事務所に戻り、ハルトマンを同席させ話すべきだ」

ジェラルドは呆然とするアリッサを一瞥すると、ソフィアの顔を覗き込み言った。

「……話は……終わりました」

ソフィアはズズッと鼻を啜《すす》り、答える。

「…………その涙は、何の涙なのだ？」

先ほどまでとは違い、穏やかな声でジェラルドが訊ねてくる。

（何の涙……？）

別れのせい。後悔しているから。未練があるから。

この期に及んで、気持ちを揺らしてしまう自分が嫌だから。

ソフィアは自身の胸に広がる感情を呑み込み、口を開く。

「……感傷です。だから……もう大丈夫です」

「そうか」

ジェラルドは頷くと、ソフィアの腕を摑んでいる父の手をやんわりと外させた。

「ま、待て。君はいったい……」

「あなたがルーペ男爵か。――お父上、私はジェラルド・フェレールと申します。お嬢様は私が責任を持って幸せにしますので、どうぞご安心ください」

ジェラルドはそう言って、啞然《あぜん》とする父に一礼をした。

「……っ！　ジェラルド・フェレール……？　フェレールって……もしかして、英雄の、ジェラルド・フェレール？　ま、まさかね。そんなわけないわ」

義母が引き攣った笑みを浮かべて言う。

「確かに、一部の者たちからは英雄と呼ばれている。今後、彼女に何か用があるのなら、フェレール伯爵家、または王宮騎士団騎士団長の任に就いている私を通してもらう」

「…………!!　ソ、ソフィアの恋人は髭面の、小汚い初老の男だって……どういうことよ！　聞いていた話と違うわ！　どういうこと！　どういうことよ！　あり得ないわ！」

義母は顔を歪ませ、地団駄を踏む。

「ソフィアの恋人？　嘘でしょう？　嘘よ。うそうそうそうそうそうそうそうそうそうそうそ」

アリッサが小刻みに顔を横に振り始める。

「……君は……こんなわけのわからぬ者たちを相手にしていたのか」

ジェラルドは彼女たちを横目に、溜め息交じりに呟く。

そしてソフィアの背に手を回し「行こう」と先を促した。

ソフィアは踏み出した足を止め、ちらりと背後に目をやった。

義母は顔を真っ赤にさせソフィアを睨みつけている。

アリッサはまだ首を横に振り続けていた。

そしてその傍らでは、父が途方に暮れた顔でこちらを見ていた。

「さようなら、お父様」

ソフィアは父に別れを告げる。

胸がつきりと痛む。けれどソフィアは前を向き、歩き始めた。


一度は止まっていた涙が、再び流れ出す。

グスグスと鼻を鳴らしているのを見かねたのだろう。ジェラルドがソフィアを広場の休憩所へと誘った。

以前、オドラン男爵と揉めたときに訪れた四阿である。

あのときと同じように、木製のテーブルを挟んで向かい合って座った。

「酷い顔だ。拭きたまえ」

ジェラルドがハンカチーフを差し出してくる。

『酷い顔』という言葉に少しイラッとしたが、ソフィアは礼を言ってそれで目元を拭った。

(うわっ……)

ソフィアは涙を拭ったあとのハンカチーフを見て、ぎょっとする。

白い布地が、黒色やら茶色やらで汚れていたのだ。

そういえば、いつもより濃く化粧をしていた。だというのに、ダラダラと涙を垂れ流してしまった。化粧が崩れ、ジェラルドの言葉どおり酷い有様になっているのは間違いない。

ソフィアはハンカチーフで顔を隠した。

「す、すみません。これは、洗ってお返ししますね」

「別に洗わずともよいが……なぜ、顔を隠すのだ」

「その……化粧が崩れて……酷い顔になっているので」

「酷い顔になっていても、君は変わらない。気にせずともよい」

酷い顔でも変わらない、というのはどういう意味なのか。

いつも酷い顔だとでも言いたいのか。

かなりイラッとしたが、先ほど助けられたばかりだ。

ソフィアは苛立ちを抑え、ジェラルドに改めて礼を言った。

「団長、ありがとうございました」

「…………揉めていたようなので、割って入ったが……。君は一人でけじめをつけたいと言っていた。それに家族の問題でもある。僕が間に入って、よかったのだろうか？」

ジェラルドが珍しく気弱な様子で訊いてくる。

「収まりがつきそうになかったので。団長が話に入ってくださり、助かりました。それに……正直、スカッとしました」

ソフィアの恋人は『小汚い初老の男』だと、義母とアリッサは馬鹿にしていた。だというのにジェラルドが現れ、アリッサは現実を受け止めきれず動揺し、義母は顔を紅潮させ悔しがっていた。

そんな彼女たちの姿を見て、ソフィアは今までの鬱憤が晴れたような、爽快な気持ちになった。

（まあ、恋人じゃなくて上官なんだけれど……）

ソフィアはハンカチーフで半分顔を隠しながら、正装姿のジェラルドに目をやる。

「団長は、どうしてここにいらっしゃったんですか？　それに、その格好は……」

「君が家族と今日話し合うのはハルトマンから聞き、知っていた。念のため待機するつもりだったのだが、第二王子婚儀前の式典と重なってしまった。つい先ほどまで、それに参加をしていたのだ」

「それで、正装姿なのですね」

「抜け出してきたので、着替える暇がなかった」

念のため待機するつもりでいた、というのも驚きだったが、そんな大事な任務を抜けてきたという言葉にソフィアは恐縮した。

「すみません、ご心配をおかけして……。抜け出してきたなら、早く戻ってください」

「いや、他の者に押しつけてきたので問題はない」

「私ならもう大丈夫ですよ。話し合いは終わったので、あとは帰るだけですから」

「そんな顔で一人で歩くべきではない」

そんな顔とはどんな顔であろう。鏡を見るのが怖い。

「今日はいつもより化粧を濃いめにしたんですけど……失敗でした」

「化粧……そういえば、髪型もいつもと違う」

「少しでも、強く見えるようにと思って。いつもより気合いを入れて、お化粧して髪を整えたんです」

「それは強くなる努力ではなく美しくなる努力だ。強くなりたいのならば、身体を鍛えたほうがよい。努力の方向性が間違っている」

もっともな指摘だった。

ソフィアは苦笑を浮かべ続ける。

「父たちと話し合っているとき、団長の真似もしました。強く見えたらいいなって……でもやっぱり、物真似だけじゃ強くはなれませんね。父と二人きりになると、後悔をしてしまって。縁を切るって決めたのに、揺らいじゃって、あげくの果てには泣き出しちゃって。臆病で、流されやすくて、弱いんですよね。本当に駄目です、私。団長のおっしゃるとおり、身体を鍛えたほうがよいのかもしれません」

「それは違う」

ソフィアが肩を竦めると、ジェラルドが厳しい顔をして首を横に振った。

「いや、健康のために身体は鍛えたほうがよい。だが、臆病で流されやすくて弱くとも、駄目ではない。君には美点がたくさんある」

ジェラルドはそう言うと、懐から紙の束を取り出した。

どうやって懐に入れていたのか不思議なほど、分厚い紙の束であった。

「まだ不充分で、清書できていない部分もあるが……これを見てもらいたい」

「……何ですか、これ」

「君の美点、好ましく思う点を列挙した。見たまえ」

紙の束を渡される。

困惑しながら紙に目を落とす。

(美点って……何……?)

身長は普通（身長差は良し）、亜麻色の長い髪（仕事中に髪を纏めている。清潔感あり）、から始まり、綺麗な茶色い目、穏やかで整った顔立ち……と、容姿を褒める言葉が並ぶ。

笑顔が優しげで愛らしい、声が心地よい、などと書かれ、そのあとには仕事ぶりを褒める言葉が並んだ。

情が深いやら、気配りができる、なども書いてある。

困惑したまま紙を捲《めく》ったソフィアの目に『性欲を覚えた』の一文が飛び込んでくる。

ソフィアはそれを見なかったことにし、捲っていた手を止めて顔を上げた。

「あの……これって……」

「君への気持ちが、恋愛感情なのか熟考すると言ったはずだ」

最近顔を合わせていなかったし、その件はもうなかったことになったのだと思っていた。というか、絶縁の件で頭がいっぱいでそれどころではなかった。

「時間はかかったが、こうして君の美点を挙げることにより、君への気持ちをはっきりと理解できた」

ジェラルドのアイスブルーの双眸が、真っ直ぐソフィアを見つめてくる。

「僕は、間違いなく君に恋愛感情を抱いている。君を愛している」

「…………あ、あの」

ソフィアはおどおどと視線を揺らした。

愛を告白されるなど初めての経験だ。どう返してよいのかわからない。

それに最近のジェラルドはともかく、以前の彼はソフィアに対し当たりが強かった。いやソフィアが例外なのではなく、誰に対しても当たりは強いのだが……。とにかく、好意を持っているとは到底思えぬ態度だった。

愛していると言われても、どう受け止めてよいのかわからない。

「だ、団長はその……勘違いされているのでは……」

「勘違いだったときのために、しっかりと君への気持ちと向き合ったのだ。間違いはない」

「でも……」

「何度も同じことを言わせないでくれたまえ……いや、君が信じられないなら、何度でも同じ言葉を口にしよう。僕は君を愛しているのだ。心から、君を愛しいと思っている」

ジェラルドは立ち上がると、向かいに座っていたソフィアの傍へと移動し、膝をついた。

「ソフィア・ルーペ。僕と結婚してほしい」

ジェラルドがソフィアを見上げて、そう口にした。

いつもと目線が違うせいだろうか。それとも正装姿が見慣れぬせいだろうか。胸が弾む。

けれど、すぐに我に返った。

「……団長、前に私とは結婚できないっておっしゃいましたよね。女性として信頼していない、愛情を抱くこともないって。身の丈に合った恋愛をしろとおっしゃっていたと思うんですけど」

「当時の言葉は謝罪し、撤回しよう。僕は今まで、恋愛感情を抱いたことがなかったため、己の気持ちが恋だと自覚できなかったのだ。だが今になり振り返ってみれば、君に対し初対面のときから好意を抱いていたように思う」

ソフィアは初対面のときのジェラルドの姿を思い出す。

——仕事さえしてくれれば別に構わない。……僕に何度も同じことを言わせるな。

好意を抱いている相手への態度ではないと思う。

「君は家族と縁を切ったばかりだ。そんなときに求婚をされ、君が戸惑うのはわかる。だが以前、寂しかったから父を見切れなかったと話していただろう？　君を寂しくは……ひとりぼっちにはさせない。これからは僕が生涯君の傍にいよう」

ジェラルドは少し緊張を滲ませて、真剣な口調で言った。

当時の彼の好意は信じられないが、今のジェラルドは嘘を吐いているようには見えない。

（というか、態度は酷かったけれど……）

ジェラルドは嘘を吐いたり、騙したり、揶揄ったりするような人ではなかった。

（傲慢だけれど……意外と優しいところもあるから……）

ソフィアの家庭の事情を知り、憐れみ、責任感のような気持ちを抱いているのではなかろうか。

「団長は、私に同情しているんだと思います」

「僕は同情はしない」

「でも……恋愛感情は抱かないって言っていたのに撤回したでしょう？　同情したことがないから、同情だって気づいていないだけなのでは？」

「――いや、同情などではない」

ジェラルドは険しい表情で考え込んだあと、否定をする。

「なら、そうですね……同情を誘うために、私が演技していたとしたら？　どう思います？」

「演技……だと？」

「はい。本当は私の家族が円満だったとしたら？　円満だけれど借金があって、団長を騙してお金を毟《むし》り取るために、家族総出で演技をしていたんです。だとしたら、どうです？」

「――あれが、演技だと？　演技だとしたら、その演技力に敬意を覚える」

「いえ、そうじゃなくて……。騙していたんですから、腹が立って、許せない！　ってなりません？」

ジェラルドは再び険しい表情を浮かべ、考え込んだ。

そして小さく息を吐き、答える。

「いや、仮に君が詐欺師だったとしても……腹は立たないし、許せないとも思わない。この僕を騙したのだ。やはり敬意を覚えるであろう」

ソフィアは英雄と呼ばれるジェラルドのことを、性格に難はあれど賢くて優秀な人なのだと思っていた。

だが実はお人好しで世間知らずな人なのでは、と心配になった。

「団長、私が言うのもおかしいですけど、詐欺は犯罪です。ご両親にも迷惑がかかりますし、詐欺には注意したほうがいいです」

「もちろんだ。家に迷惑はかけない。だが、僕は今、そこそこの給金をもらっている。それに、マゼルセン戦役のときにはかなりの額の褒賞金をもらった。特に趣味もないため、ほぼ貯蓄に回している。それらはフェレール家の資産ではなく、僕の個人資産だ。君は僕から大金を毟り取ることができるであろう」

『演技』や『騙していた』と、先に言い出したのは自分なのだが、金目当ての詐欺師扱いされ、ソフィアは微妙な気持ちになった。

「もしも今の給金で物足りないなら、騎士団長を辞めてもよい。資金を元手に、事業を興しても僕ならば成功するであろう。君が望むまま、君が満足するまで、君に貢ぐと約束する。だが……どうか、生涯、僕が死ぬその日まで、騙してほしい」

ジェラルドは苦しげに目を細め、請うようにソフィアを見上げてくる。

詐欺師扱いされているというのに、どうしてだろう。

胸がきゅんとした。

(……私……実は、そういう人間だったのかしら……)

ソフィアはずっと、自分は義母やアリッサとは違うと思っていた。

彼女たちは常に高価なドレスやアクセサリーを欲しがっていた。金を使い、高価な品を手にすることで、自己肯定感を高めていたのだ。

学院時代には、異性から貢がれることで自己肯定感を高めている学友もいた。

ソフィアはそういう人たちのことを、自分とは違う感性の持ち主なのだと思っていた。

ドレスやアクセサリーには人並みの興味しかなかったし、異性から貢がれたくなどなかった。

自己肯定感は、学業や仕事で成果が出たときに高まるものだ。

強欲か清廉かの二択ならば、どちらかといえば清廉よりのほうだと思っていたのだ。けれど――。

(貢ぐって言われて、ときめくなんて！　私、どうかしているわ)

ソフィアは己を叱咤《しった》する。

「団長、騙すとか演技だとかはたとえ話です。私は詐欺師ではありません」

「……そうなのか？」

「そうです」

「そうか……。二面性のある女性には嫌悪感しか抱かなかったのだが……君ならば、二面性すら魅力的に思える。これが恋の魔法なのか」

はにかむようにジェラルドが笑む。

『恋の魔法』という言葉のせいか、ソフィアまで恥ずかしくなってくる。

「君のすべてが愛おしく思える。君は詐欺師ではなく、魔法使いなのだろう。君は僕に恋という魔法をかけた」

ジェラルドが続けた言葉に恥ずかしさを通り越し、噴き出しそうになった。

ジェラルドは冗談を言う人ではないし、表情も真剣そのものだ。

真面目に話しているのに、笑うのはさすがに失礼だろう。

「…………っ……だ、団長、そ、その、やめましょう……」

ソフィアはハンカチーフで顔を隠し、声を上擦らせて言う。

「照れているのか？　僕の愛が伝わったのならば、求婚を承諾してほしい」

「……て、照れているわけじゃなくて……その、結婚は、ちょっと」

「何が問題なのだ」

「……身分が、違いますし……」

「僕が身分という荒波の防波堤になろう。君の恋の魔法のおかげで、僕はどこまでも強固になれる」

『恋の魔法』という言葉は、お気に入りなのだろうか。真面目な顔をして、何度も言わないでほしい。

笑ってはいけないと思えば思うほど、笑いたくなる。

ソフィアはハンカチーフで顔を押さえ、必死で噴き出しそうになるのを耐える。

「泣いているのか……？　そこまで感動してくれているということは、求婚を承諾してくれたということなのか」

泣いていない。笑っているのだ。

承諾もしていない。

ソフィアは深呼吸をし、心を落ち着かせ口を開いた。

「いいえ、結婚はしません」

「なぜだ？　僕がいつか心変わりするのではないかと怯えているのか。僕は二十七年、君以外に恋愛感情を抱いたことはない。おそらく、この先もないであろう。仮に僕が心変わり、もしくは君が心変わりをして離縁することになったとしても、個人資産の半分は君に渡す。先ほども言ったが僕にはかなりの額の個人資産がある。僕と離縁したとしても、君は何不自由なく暮らせるはずだ」

「………私、お金が欲しいわけじゃないので……」

「結婚後の生活が不安なのか。僕の両親とともに暮らすのが嫌ならば、新しく家を建てる。仕事は続けてもよいし、嫌なら辞めてもよい。習い事をしてもよいし、身体を鍛えたいなら専門家を雇うので教えを請えばよい。欲しいものがあれば、宝石でもドレスでも好きに買えばよい」

ジェラルドの両親は二人とも素敵な人だ。新築の家で暮らしたいとも思わない。

仕事はともかく、習いたいほど興味のある趣味もないし、別に身体を鍛えたいわけじゃない。

宝石にもドレスにもあまり興味はない。

「別にそういった生活を、望んではいない。そうソフィアが続ける前に、ジェラルドが言う。

「食事も、毎日豪華な品を用意させる」

「……毎日、豪華な……食事ですか……」

「そうだ。肉、魚、野菜。新鮮なものを取り揃えよう」

「肉、魚、野菜……」

「僕は酒類は苦手だが、ワインも第一級のものを取り寄せる。デザート専門の料理人を雇おう」

テーブルの上に、ありとあらゆる豪華な食事が並んでいるのを想像する。

そういえば朝から何も食べていない。

お腹が減ってくる。

(団長と結婚したら……毎日、伯爵家であの食事ができるのかしら……。高級料理店にも、足を運んだり……)

強欲なソフィアが甘い囁きをしてくる。

(駄目よ……そんな理由で、軽々しく結婚を決めては……でも離縁しても、私に損はないのだし……いえ、駄目よ。だってそもそも、私、団長のこと……)

ソフィアはジェラルドを見下ろす。

艶やかな銀色の髪に、理知的なアイスブルーの瞳。鼻筋は通っていて、顔には染みひとつない。

顔は本当に、完璧なほどに整っている。

性格は傲慢で、態度は失礼極まりない人だ。

けれど以前ほど苦手でもないし、嫌いでもなかった。

書庫で倒れたとき、抱き上げて医務室まで運んでくれた。

オドラン男爵に馬車に連れ込まれそうになったとき、助けに来てくれた。

ソフィアの気持ちに寄り添い、知ろうとしてくれた。

ハルトマンを紹介してくれたし、本もたくさんくれた。

義母たちと揉めていたとき現れたジェラルドは、本当にかっこよかった。

(苦手でも嫌いでもない。変な人だけれど……………好ましく、思っている……)

少なくとも、もっと彼を知りたいと思うくらいには――。

「その……結婚ではなく、お付き合いからでは駄目ですか?」

「恋人から始める……ということか。だが僕は、不誠実な付き合いはしたくない。結婚を前提とした恋人関係でもよいだろうか」

前提ならば結婚はもっと先。お互いをよく知ってからのはずだ。

ならまあいいかと、ソフィアは気楽な気持ちで「はい」と頷いた。

翌日には騎士団内で『ジェラルドの婚約者』だと知れ渡っていて、さらにその二日後にはフェレール伯爵家に引っ越しをし、まさかその二十日後に婚儀を挙げることになるとわかっていたら……きっと頷かなかった。

◆◇◆

婚儀を終えて部屋に戻ったソフィアは、ソファに座り「はぁぁ」と大きく溜め息を吐いた。

「つ、疲れた……」

独り言を口にし、ぼんやりと部屋を眺める。

部屋の壁紙は薄紅色である。しかし初めてここに通されたときは、深緑の壁紙であった。

『君は何色が好きだ？』とジェラルドに訊かれ、特に大好きというわけではないが、強いて言うなら『薄紅色ですかね』と答えた。

するとその翌日には壁紙が薄紅色になっていた。ちなみにカーテンも薄紅色である。

壁際には、立派な本棚があり『お父さんと僕』『よい親になるために』『親子関係に悩んだときに読む本』『洗脳』……などの本が並んでいる。

化粧台は木彫り細工が施された、見るからに高級な品だ。ちなみに高価な化粧品も用意されていたが、肌に合わなかった。

床に敷かれた絨毯は白。正直、汚れるのが怖くて歩きにくい。

部屋の奥には、天蓋付きのベッドがあるが、あまりに広くて寝づらかった。

そして、広くて困っているのはベッドだけではない。部屋全体が広すぎて落ち着かない。

集合住宅のほどよい狭さが恋しくなる。

（夢見心地どころか……場違いすぎて、現実感がないのよね……）

婚儀の最中ですら喜びも緊張もあまりなく、まるで他人事《ひとごと》のように感じてしまっていた。

おそらく急激な変化に、心が追いついていないのだ。

本来ならもっとゆっくりと気持ちを育んでいき、結婚を覚悟し、ときには不安や迷いで憂鬱にな
ったり、人生でもっとも輝く瞬間だと胸を弾ませたり、感動したり、しみじみしたり……もっと、
いろいろな感情があったはずである。

(……本当、なんでこんなことに……)

ソフィアはソファの背もたれに身体を預け、結婚式までの慌ただしい日々を思い返した。

ジェラルドに求婚され、お付き合いを始めた翌日。

出仕したソフィアは、会う人会う人から『おめでとうございます』と祝福の声をかけられた。

ジェラルドはソフィアと交際を始めることをゴベールに報告したらしい。

そしてゴベールは、すぐにそれをみなに言い触らした。

(言い触らすゴベール副団長もどうかと思うし、口の軽そうなゴベール副団長に報告する団長もど
うかと思う。それに、私も……ちゃんと口止めすればよかった)

そしてその日、ジェラルドが集合住宅まで送ってくれたのだが――。

『……どうして隣の部屋に入ろうとしているんです!?』

『隣の部屋を借りたのだ』

『…………え? 借りたって、隣は確か……』

若い男が住んでいたはずだ。

『引っ越していた』

隣の男が引っ越していることに、全然気づかなかった。

いや隣が引っ越していようがどうでもいい。なぜジェラルドが隣の部屋を借りているのだ。

『僕は立場上、防犯には気をつけている。君が僕の恋人であることは周知されてしまったし、僕目的で君に危害を加えようと企む者がいないとも限らない。引っ越したのは、君の安全を守るためだ』

問うと、ジェラルドは少々早口にそう答えた。

ジェラルドは有名人なのだ。確かにジェラルドを脅す、あるいは金銭目的でソフィアを誘拐しようと考える者が出てくるかもしれない。

交際を決めたのは軽率だったかも、とソフィアは少し後悔をした。

『もしかして……私の安全のために、団長はこれからここで暮らすつもりなんですか？』

『そうだ。……君が、フェレール伯爵家に越してきてもよいのだが。幸い余っている部屋はたくさんある』

『でも……ご迷惑なのでは……』

『父上も母上も喜ぶ。僕も……君が来てくれたほうが嬉しい』

ジェラルドは生まれてから今まで、ずっとあの豪邸に住んでいるのだ。

集合住宅で慣れない生活を送るより、ソフィアが移るほうが嬉しいに決まっている。自分のためにジェラルドに窮屈な生活をさせるのは申し訳なかった。

ソフィアはフェレール伯爵家の一室を借り家賃も払う、という約束をして引っ越しを決めた。

荷物は少しずつ運ぶことにし、その翌日からソフィアはフェレール伯爵家に移る。

伯爵夫妻は彼の言葉どおりソフィアを歓迎してくれた。特に伯爵夫人は歓迎を通り越し、感激していた。

（今から思えば……引っ越しも軽率だったわ……）

他の方法を思いつかなかったとはいえ、交際相手の家で暮らすのがどういうことなのか、きちんと考えて行動に移すべきであった。

『ソフィアちゃんはご家族と縁を切ったのよね』

伯爵家で暮らし始めて三日目の夕方。伯爵夫人が『不躾な質問なんだけれど』と前置きして訊いてきた。

『はい。家族とは縁を切ったので、法律上は他人です』

『そう……ならご家族のほかに、お式に招きたい方はいる？　お友達とか？』

『…………お式？』

ソフィアが首を傾げると、伯爵夫人は『結婚式よ』と答えた。

そして日取りや場所、今後の予定をソフィアに伝えた。

ソフィアが越してきたのはジェラルドとの結婚が決まったから、と思っているらしかった。

『これから忙しくなるけれど、できる限りお手伝いするから。よい式にしましょうね』

手を握られ、キラキラした目を向けられる。

あまりに曇りのない眼差しだったため、ソフィアは『違うんです』と言えなかった。

代わりにジェラルドに抗議すると、彼は表情を硬くさせた。

『一応、結婚を前提とした恋人関係だと伝えたのだが……母上は思い込みが激しいのだ』

『団長から違うって言ってもらえませんか』

『すでに式場も押さえ、招待状も作成済みだ。明日には仕立て屋が採寸に来ると聞いている。だが……君がどうしても嫌だというならば、僕が断り、違約金を払おう』

『…………違約金……違約金って、どれくらいなんですか』

法外な値段を聞きソフィアは目眩《めまい》がした。

『母を止められなかった僕が悪いのだ。君は気にせずともよい。母は強く叱っておく』

伯爵夫人がジェラルドに叱られている姿は見たくない。

彼女を落ち込ませるのも嫌だった。

『結婚は取りやめよう』

『……あの、待ってください。違約金、もったいないですよね』

『取りやめるのを、やめるのか』

『……いや、あの』

『そうだな。それがよい。取りやめるのをやめよう。ウエディングドレスを一から作るのは、日数的に難しいそうだ。試作品を手直しするのはどうかと、提案を受けている。もちろん試作品といえども、一流の仕立て屋によるものなので安心したまえ。これを見てほしい。僕はこれが君に似合うのではないかと思っているのだが、君の意見を聞きたい』

ジェラルドは早口で言うと、鞄から紙の束を取り出す。

紙にはウエディングドレスのデザインが描かれていた。

(丸め込まれたような気がする……)

ソフィアが過去を振り返り、盛大に溜め息を吐いたときだ。ノック音とともにドアが開いた。

ジェラルドはいつもの騎士服姿でも、昼間の麗しい花婿姿でもない。飾り気のない寝衣姿だった。

見慣れない格好に、胸がドキッと大きく弾む。

「今日は、ご苦労であった」

偉そうにねぎらいの言葉をかけられ、今までの慌ただしさも加味され、ドキッがイラッに変わった。

「団長も大変ご苦労様でした」

ソフィアは姿勢を正し、低い声で返す。

けれど不機嫌さは伝わらなかったらしく、ジェラルドは頷き満足げに笑んだ。

「苦労はしたが、この苦労も生涯で一度きりだ。そう思うとその苦労すら、喜びに感じる」

「…………生涯に一度きりじゃないかもしれませんよ」

苛立った気持ちのまま言うと、ジェラルドは笑みを崩さぬまま答えた。

「君はどうかわからないが、僕は生涯に一度だと確信している」

「……そうですか」

嫌みのような言葉に、真っ直ぐな言葉が返ってくる。

ソフィアがどぎまぎと視線を揺らしていると、ジェラルドはテーブルの上に籠を置いた。

薄紅色の薔薇の花籠であった。

アステーム王国では昔から結婚式の夜、花嫁の好きな花を花婿が贈るという風習があった。

薄紅色は好きだと言った記憶があるが、薔薇を好きだと言った覚えはない。けれど、特別好きな花ではないものの、薔薇は美しい。自然と頬が緩んだ。

「ありがとうございます。綺麗ですね……あれ、これって……」

じっとよく見つめると、花びらに違和感がある。

「そうだ。焼き菓子で作ってある」

「すごい！　本当の薔薇だと思いました！　焼き菓子で、ここまでそっくりにできるんですね」

「有名な職人に作ってもらったのだ。君は花よりも食べ物のほうが好きだろう」

事実ではあるが、食いしん坊だと思われているみたいで引っかかる。

「私、花より食べ物が好きっていうわけじゃありませんよ」

「そうなのか。ならばすぐに本物の花を用意しよう」

ジェラルドは眉を寄せ、慌てた様子で部屋から出て行こうとする。

「ま、待ってください。……花も好きですけれど、お菓子も大好きですし。この薔薇の焼き菓子のお花、すごく嬉しいです」

ソフィアは彼の腕を摑み、引き留める。

「そうか……ならばよいのだが。この葉の部分も食べられるし、このリボンも飴《あめ》でできている。だが食べにくいので、食べるときは砕いたほうがよい。籠は木でできているので、食べられない」

ジェラルドはソフィアの向かい側の椅子に座ると、薔薇のお菓子について語り始めた。

求婚され、結婚を前提としたお付き合いが始まり、ジェラルドの事情により引っ越しすることになった。

知らぬうちに結婚式の日時が決まり、慌ただしく日々を過ごし、覚悟どころか実感もないのに婚儀を挙げた。

疲れたし、落ち着かないし、苛立ちもした。けれど……ソフィアは一度も、ここから逃げ出そうともジェラルドと別れようとも考えなかった。

（いつも……私を喜ばせようとしてくれているのよね）

広い部屋も、壁紙を新しくしたのも、高価な家具も、この焼き菓子も。

ときどき空回っているようにも見えたが、ソフィアを思っての行動だった。

求婚されたとき、ソフィアはジェラルドの自分への想いが信じられなかった。

しかし今は——。

ともに過ごす時間が増えるごとに、彼の自分への気持ちを疑わなくなっていった。

「団長からの贈り物なら、何でも嬉しいですよ。そうだ、今度、私からも贈り物をさせてください。ハンカチーフも借りたままだし、今までお世話になったので何かお返しがしたいです」

「別にお返しなどいらないが……だが、そうだな。……結婚をしたのだ。これからは……ソフィア、と呼んでもよいだろうか」

結婚が決まっても、ソフィアの立場はまだ彼の秘書官のままだった。

だが、外ではともかく家の中で『ルーペ秘書官』はおかしい。

「どうぞ、ソフィアとお呼びください。私も団長ではなく」

「ジェラくんと呼んでくれて構わない」

「………………いえ、それはちょっと。ジェラルドさんで、よいですか？　それとも旦那様とお呼びしたほうがよいですか？」

「旦那様と呼ばれるのも悪くはないが、できれば名前で呼ばれたい。さんづけでも問題ない。だが、ジェラくん呼びでも問題はない」

「じゃあ、ジェラルドさんとお呼びしますね」

「いや………………いや、そうだな。そうしたまえ。……ソフィア」

僅かに目を伏せたあと、ジェラルドが真剣な眼差しでソフィアの名を呼んだ。

改まって名を呼ばれると、落ち着かないというか恥ずかしい。

「は、はい」

「僕はこれから君と同衾《どうきん》するつもりでいるが、君の気持ちを確認したい。結婚までの日程が早かった。君にそのつもりがないのならば、同衾はしばらく延期しよう。婚儀で身体に疲労がある場合は、今夜ではなく明日へと延期する」

淡々と意思確認をされる。

今夜はいわゆる『初夜』だ。

ソフィアも一応は成人女性だし、学院時代、耳年増な学友や経験豊富な学友からいろいろとそういう話は耳にしていた。

結婚すれば、そういうことをするのだとも当然わかっている。

（延期したところで……）

いつかはするのだ。先延ばししても緊張が増すだけだ。

「疲れていませんし、今夜で大丈夫です」

こういうのは勢いだから、とソフィアは緊張しながら答えた。

「夫婦の寝室も用意してある。そこに移動するか、このまま君の部屋で行うか、あるいは僕の部屋か。君がよい場所を選びたまえ」

フェレール伯爵家は部屋数が多く、ソフィアはどこがどの部屋なのか把握できていなかった。

初耳だったが、どうやら夫婦の寝室とやらがあるらしい。

「……その、団長……ジェラルドさんが構わないなら、ここで」

「僕は構わない。ここで行おう。それから――同衾の前に君に確認したいことがある」

真剣な表情で前置きされ、ソフィアは身構えジェラルドの言葉を待った。

「単刀直入に訊く。君は処女なのか？」

ジェラルドの問いに、ソフィアは目を丸くして彼を見返す。

「性交は未体験かと、訊いているのだ」

ジェラルドが言い直す。

（……なんてこと訊くんだろう）

処女性を重要視する国もあるが、アステーム王国では避妊具や避妊薬の発達もあり、未婚同士で関係を持つ男女は少なくなかった。

オドラン男爵が『生娘ではない』と怒っていたのを思い出す。

彼のように処女性に拘る男性もいる。ジェラルドもオドラン男爵と同じで、処女好きなのか。もしくは、フェレール伯爵家は由緒ある家柄だ。古い規律が強く残っていて『純潔』が花嫁の条件なのかもしれない。

「しょ、処女ですけど……」

ソフィアは頬を引き攣らせながら、答える。

「そうか」

「あの、処女でないと駄目とか、そういうのがあるんですか？」

だとしたらもっと早く、結婚前、いやお付き合いする前に確認してほしい。

処女だからよかったものの、もし非処女であったらどうなっていたのか。考えただけで腹が立ってくる。

「駄目なわけではない。ただ君が経験者ならば、円滑に同衾できるだろうと思ったのだ。多少の不安はあるが仕方がない」

「多少の不安があるが……仕方がない……。仕方がない？」

「僕は童貞なのだ」

引っかかる言い方に眉を顰めていると、ジェラルドは真っ直ぐソフィアの目を見て言った。

「君と同じく、性交は未体験なのだ」

ジェラルドは胸を張って、堂々とそう口にした。

ソフィアは驚いた。

ジェラルドは身分はもちろんのこと、容姿も際立って優れている。周りの女性は放っておかなかったはずだ。

(二十七年、恋愛感情を抱いたことがないって言ってはいたけれど……)

恋愛感情と性欲は別だ。恋愛感情がなくとも、男性は性欲が溜まる。

だからこそ性欲の発散のため、お金で男性に春を売る女性が存在しているのだ。

そもそもジェラルドならば、彼が金を払わずとも関係を持ちたいと思う女性もいたはずだ。

未経験だとは俄《にわか》には信じがたい。けれど彼が嘘を吐く理由もないので、事実なのだろう。

(……というか、童貞だって言うときも自信満々なのね)

女性はともかく男性が未体験なのは、賞賛されないものだと思っていた。

それも二十七歳。もうすぐ三十歳だ。

成人男性は童貞であることに劣等感を抱くものだという先入観があったのだが……実は違うのかもしれない。

「不安を感じているのか？　だが、安心したまえ。予習はした」

驚きのあまり黙っていると、ジェラルドが気になる発言をした。

「予習……ですか？」

そういう場所に行ったのだろうか。

それとも年上の女性に手ほどきを受けたのか。

ジェラルドの指が、見知らぬ誰かの肌に触れているのを想像すると、食べすぎたときのように胃がムカムカしてきた。

「そうだ。いくつかの教本に目を通した」

「教本、ですか？　誰か……女性の方に教えていただいたとかじゃ……？」

「実際の女性は使用していない。シーツを丸め、女性に見立てて、練習をした」

ジェラルドの指が、丸めたシーツを撫で回しているのを想像する。

ムカムカは消えたが、笑いが止まらなくなった。

「……何がおかしいのだ？」

「ふふっ……す、すみません。私のために練習してくださって、ありがとうございます」

ソフィアは笑いを堪《こら》えながら、お礼を言った。

「ソフィア」

ジェラルドが立ち上がる。

あ、と思ったときには、ジェラルドが隣に立っていて、彼の影がソフィアの顔に落ちていた。

長い指が頬に触れ、顔を仰のかされる。

ジェラルドの顔が近づいてきた。

唇は一瞬触れて、すぐに離れる。

「……君の許可なく、口づけをしてしまった。もっと、口づけをしたい。よいだろうか」

掠れた声で訊ねられ、ソフィアは小さく頷く。

二度目の口づけは、一度目よりも長かった。

触れ合うだけの口づけは、徐々に濃厚になっていった。

お互いの舌を絡ませる口づけがあるのは知っていたが、想像していた以上に恥ずかしく……心地がよかった。

おずおずとソフィアの口内を探るジェラルドの舌に、ソフィアも舌を触れ合わせる。

そうこうしているうちに、ジェラルドの手が胸元に触れた。

「……だ、だんちょう……その、ここで、するのですか」

「……そうだな。ベッドに移動しよう」

ジェラルドに手を引かれ、ベッドへと向かった。

「脱がせてもよいか」

「……いえ、自分で脱ぎます」

「なら、僕も脱ごう」

ベッドの横で、ソフィアは寝衣を脱ぐ。

（全部……脱いだほうがいいのかしら）

下着も脱ぐべきなのか迷い、ちらりとジェラルドを窺う。

彼はすでに全裸になっていた。

異性の裸を見るのは初めてなので『普通』の基準がわからない。けれど腕にも胸にも腹にも、女性らしい柔らかさは皆無で、ゴツゴツとした筋肉がついていた。

自分の身体とはまるで違う、雄々しい姿だ。少し怖いけれど美しいとも思う。

（…………！）

ジェラルドの足の合間から、にょきりとそびえ立っているものに気づき、ソフィアは慌てて目を逸らした。

あれは、男性器だ。

男性器も見るのが初めてなので『普通』の基準がわからない。けれどもソフィアが想像していたより、大きく長かったように見えた。

（…………あれが、入るの……？）

ソフィアは疑問に思いながら、下着を脱ぐ。

恥ずかしかったので、前屈《まえかが》みになり腕で大事な部分を隠した。

どちらともなくベッドに上がる。

ソフィアはぎこちなく、ベッドに横たわった。

「腕を……退かしてくれないか。君の身体が見たい」

閨をともにすると決めたのだ。

恥ずかしいけれど、今更純情ぶるつもりはない。

ソフィアは腕を外す。照明灯の淡い光がソフィアの裸体を照らした。

「……美しい。この世界にこれほどまでに美しいものがあったとは……」

「……ふ、普通だと思いますけど」

胸は平均より少し大きめだが、世の中にはもっと豊かな胸を持つ女性もいる。

痩せてはいる。けれど身体は鍛えていないので、骨張っているだけだ。美しい部類には入らないと思う。

「乳房に触れてもよいだろうか」

「……ど、どうぞ」

ジェラルドの大きな掌《てのひら》が胸に触れる。

乳房のかたちを確かめるように、そっと撫でられる。

「乳首が勃《た》っている。女性は寒さや、刺激、もしくは緊張により、乳首が勃起するそうだ。だが寒くはないし、まだ直接刺激を与えていない。君は緊張しているのか？」

「……緊張してますけど」

「乳房は大きさだけでなく、乳首の色や長さも女性によって異なるらしい。文献には陥没乳首と呼ばれる乳首があると記載されていた。君の乳首は薄紅色で、長さも平均的だ」

もしかしてずっとこの調子で喋り続けるつもりなのか、とソフィアは不安になった。

「団長」

「団長ではなく、ジェラルドだ。ジェラくんと呼んでくれてもよい」

「ジェラルドさん、あの……あまり、喋らないでもらえますか。丁寧に説明されるの、恥ずかしいです」

「説明したほうが、君も安心するだろうと思ったのだが」

「団長……ジェラルドさんにお任せするので」

「……承知した。だが僕も初心者だ。不愉快な思いをさせるかもしれない。痛み、あるいは不快感があったときは、遠慮なく言いたまえ」

ジェラルドの止まっていた手が動き始める。

乳房を撫で、指の腹で乳首を優しく擦《さす》った。

擽《くすぐ》ったさが、だんだんと甘やかな喜びに変化していく。

胸の先がうずき始めたとき、ジェラルドがソフィアの胸に顔を埋めた。

「……あ」

乳首が温かなものに覆われる。

ジェラルドの口に含まれていると自覚すると、肌が粟立《あわだ》った。

何も出るはずがないのに、ジェラルドは小刻みに、ちゅっちゅっと乳首を吸ってくる。

そうしながら、彼の手がだんだんと下へ向かっていく。

「……っ」

足の合間に手を入れられ、ソフィアは息を弾ませる。

「あっ……やっ」

誰にも触られたことのない場所を探られ、ソフィアは膝を立て身を捩《よじ》った。

「嫌なのか？　一応、濡れているようだが」

ジェラルドが胸から顔を上げ、ソフィアの顔を窺いながら、指摘する。

ソフィアの頬が羞恥で真っ赤になった。

「性的な喜び——つまりは快楽を覚えると、女性器から分泌液が出るのだ。君は気づいていないのかもしれないが、君は乳房の愛撫《あいぶ》により快楽を得ている」

ソフィアも口づけと胸への愛撫でそこがじわじわ熱くなってくるのには気づいていた。

ジェラルドの言葉は間違ってはいない。だが、いちいち説明してほしくない。

「さっきも言いましたけど、説明はいりません」

「……だが」

ソフィアはジェラルドの逞《たくま》しい首に手を回し、彼の唇に己の唇を押し当てた。

「痛みも不快感もないですから……黙って進めてください」

ソフィアがねだると、ジェラルドは息を詰め、真剣な顔で「承知した」と答えた。

「……ん、あ……ふっ」

ジェラルドの指がソフィアの敏感な場所の上でクニクニと蠢《うごめ》く。

気のせいだろうか。彼の指が動くたびに鳴る淫音が、だんだんと大きくなっていく。

つぷっと蜜が溢れる場所に指が差し込まれる。

「痛いか……？」

ソフィアはゆるゆると頭を横に振った。

異物感はあるものの、痛みはあまりない。

「あっ……んん」

先ほどより異物感が酷くなる。

指が二本に増えたのかもしれない。

「痛いか……？」

ソフィアは首を横に振る。

「ソフィア……最初は、痛いと思うのだが……。挿入しても大丈夫だろうか」

二本でこれなのだ。

先ほど見えたジェラルドのものは、ものすごく大きかった。

あれが入るのか不安になるが、世の女性……子どものいる女性はみな普通に経験しているのだ。

案外すんなり入るものなのかもしれない。

「だ、だいじょうぶです……たぶん」

「できるだけ、ゆっくり。痛くないようにしよう」

ジェラルドがソフィアの足の合間に身体を入れてくる。

下腹部に硬く熱いものが触れる。ジェラルドのあれだろう。

ソフィアは恥ずかしさと緊張と恐怖から目を固く閉じ、そのときを待った。

しかし――。

「……くっ」

ピチャッと熱いものが足の合間にかかる。

(…………え?)

何が起きたのかわからず目を開けると、ジェラルドが途方に暮れたような、呆然とした表情を浮かべていた。

ソフィアと目が合うと気まずそうに……いや、悔しさと羞恥が入り混じった顔で目を伏せた。

こんなジェラルドの顔を見るのは初めてだ。

「…………まさか、この僕が……こんな大失態を……」

耳まで真っ赤にさせ、唇を噛んでいる。

そっと自身の身体を確認すると、お腹のほうにまで何かが飛び散っていた。

一応ソフィアにもひととおりの知識はある。

どうやらジェラルドは挿入してから出すべきものを、挿入前に放出してしまったらしい。

「初めてですし……し、失敗も仕方ないかと思います」

ソフィアはジェラルドを慰めるが、それすらも屈辱と感じたのかジェラルドの顔はさらに真っ赤になった。

「練習が足りなかったのだ。教本だけでは知り得ないこともある。シーツを君に見立てたのも間違いだった。シーツと君はまったく違った。もっと……実技を学んでおくべきだった」

ジェラルドがブツブツと言い訳のように口にする。

(実技……)

そういう場所で女性の身体を知っておくべきだった、と言っているのだろうか。

ジェラルドが今ソフィアにしているように、自分以外の女性を組み敷いている姿が頭に浮かんだ。

何だか、すごくイライラする。

「練習なら、私の身体でしてください」

ソフィアはジェラルドを見上げて言った。

ジェラルドはハッとしソフィアを見下ろすと、苦しげにソフィアの名を連呼し始めた。

「ソフィア。ソフィア……ソフィア」

熱烈な口づけが振ってくる。

ソフィアは彼の首に手を回し、口づけを受け止めた。

少しして、再び硬くなったものが、そこに押し当てられる。

だが二度目の挑戦も失敗に終わったようだ。

三度目にしてようやく成功した。初めては痛いとは知っていたが、想像以上の痛さと苦しさだった。

『文献よりもすぐに出てしまった』

『文献には男性器を抜き差しするよう書いてあったが……耐えきれそうにないのだが……すぐに出

てしまう』

ソフィア的には、早く抜いてくれて助かったのだが、ジェラルド的には悔いの残る性交だったようだ。彼らしくない弱音を口にしていた。

「練習を重ねれば……上達すると思う。練習に付き合ってくれるか」

横たわるソフィアに身を寄せ、ジェラルドが言ってくる。

「さすがに今夜はもう無理ですけど……」

「今夜はもうしない。……このまま隣で眠ってもよいだろうか」

「はい……。……私も初心者ですし、慣れていないし……だからその、私が付き合うんじゃなくて、一緒に練習しましょう」

学院時代『初めては痛いが、だんだん気持ちよくなってくる』と経験済みの学友が言っていた。

ジェラルドだけが上達しても意味がない気がしたので、ソフィアは自分も慣れていこうと思った。

ジェラルドの腕がぎゅうっっとソフィアを抱きしめてきた。

「ソフィア……。僕は……君が愛おしくて、どうにかなってしまいそうだ。これが……愛、なのか……。これが愛、なのだな」

ソフィアの肩に顔を埋めながら、ジェラルドが掠れた声で言う。

(……もしかして、泣いてる?)

それくらい声が震えていた。

確かめようにも、顔を伏せているのでソフィアの位置からは様子がわからない。

「きっと、これが愛なのだ……。こんな気持ちを知らなかったなど……己の無知さが恥ずかしい。いや、君に会い初めて愛を知ったのだから、無知で当然だ。なぜ僕たちはもっと早くに出会わなかったのだろう。もっと早くに会い、愛を知りたかった。君はなぜもっと早く、僕の前に現れなかった？　いや、僕が悪い。僕がもっと早く、君を見つけ出すべきだった。だが、もしかしたら……僕たちにとって今が出会うべき時だったのかもしれない。愛を知らぬ僕たちが、今こうして出会ったのは必然だったのだ。君と僕は……――」

ジェラルドの低い声は耳に心地がよい。

疲れているのもあって、ソフィアはいつの間にか眠ってしまっていた。

それからしばらくの間――ほぼ毎夜、ソフィアは夫から『一緒に練習しよう』と閨に誘われるようになった。

エピローグ

婚儀から一か月後。

「ソフィアちゃん、迷惑かけちゃってごめんなさい。本当に助かったわ。ありがとう」

足を痛め休職中だったムーランが予定より早く復職した。

順調に回復したようで、走るのはさすがに無理だが歩行には支障がないらしい。

「せっかくだし、このままソフィアちゃんと一緒に働きたかったわ」

ムーランが残念そうに言う。

彼女の復職後も今のまま騎士団に在籍する話もあったが、ソフィアはそれを固辞し、会計検査院第三室の調査官に戻ることを決めた。

「さすがにちょっと……働きづらくて」

団長室の机に座るジェラルドをちらりと見て、ソフィアは言った。

「まあ、一緒の職場は働きづらいか」

机の横に立っているゴベール副団長が、ニヤニヤしながら口を挟んでくる。

「僕は公私混同はしない。夫婦が同じ職場で働いてはならないという規則もない。何の問題もないはずだ」

ジェラルドはじろりとゴベール副団長を横目で睨み上げた。

確かにジェラルドの言うとおりなのではあるが、いくらジェラルドが公私混同しなくとも周りは違う。

比較的大らかな団員たちも、ソフィアには大なり小なり気を遣っていた。

ソフィアも周りの目が気になる。

(それに……)

正直いうと、職場でも家でもずっとジェラルドと一緒なのは、いろいろと面倒というか重いというか……少しだけ暑苦しかった。

騎士団の食堂を利用できなくなるのは寂しいが、致し方ない。

「でもまさか、二人が本当に結婚しちゃうなんて。そうなったら嬉しいとは思っていたのよ。でも驚きだわ。電撃結婚よね～」

「あやしいと疑ったこともあったけど……確かに、結婚までいくとは思わなかったなあ」

「ジェラくんは結構早い段階からソフィアちゃんを意識してたわよね。ソフィアちゃんは？　いつからジェラくんを意識するようになったの？」

ムーランがソフィアの顔を覗き込み訊いてくる。

「意識、ですか？」

「そう。いつから好きになったの？」

異性として意識し始めたのは、求婚されたときからだと思う。

好きになったのは――と、考え込んでいるソフィアの代わりにジェラルドが答えた。

「お互いひと目惚れのようなものだ。……彼女は最初から僕に憧れていたようだが」

「……え？　憧れていた？　ソフィアちゃんが？」

ムーランが首を傾げる。

「そうだ。僕に憧れ、異動してきたのだ」

「えーでも……私が無理言ってソフィアちゃんにお願いしたのよ。ソフィアちゃん、嫌がっていたわよね？」

「え、ええ……まあ」

ソフィアは曖昧に答える。

「嫌がっていた？　どういうことだ……？」

ジェラルドが険しく眉を寄せ、ソフィアを見据えた。

正直に答えるべきか、誤魔化したほうがよいのか、ソフィアは返答に迷う。

「っていうかさ、ソフィアちゃん、ジェラルドにひと目惚れしたの？　ジェラルドのこと苦手っていうか、嫌ってなかった？」

「そんなわけなかろう。あとファバ秘書官はともかく、ゴベール副団長、あなたがソフィアちゃんと呼ぶのは許容できない」

「お前もソフィアちゃんって呼べばいいじゃん」

「彼女は僕の妻だ。彼女をどう呼ぼうが、あなたには関係ない」

ジェラルドとゴベール副団長が言い合いを始めた。

「彼女が僕を嫌っていたなどという、愚かな虚言もやめたまえ」

「虚言じゃねーよ」

「彼女は僕に対しいつも笑顔だったし、頼んでもいないのに僕の好みを把握し、美味しいハーブティーを淹れてくれた」

自信満々に言い放ったジェラルドだったが、ムーランが「あ」と首を傾げて続けた。

「お茶の淹れ方は私が入れ知恵したって、前に言わなかったかしら」

「……彼女があなたに、淹れ方を教えてくれと頼んだのだろう」

「いえ、もともとはジェラくんのご機嫌取りをしてほしいって私が頼んだから、お茶を気に入ってもらえるよう覚えたいっていう話だったのよ。笑顔も一応助言したけれど……そもそもソフィアちゃん愛想がいいからだいたいいつも笑顔じゃない？」

「…………どういうことだ」

愕然としているジェラルドに、追い討ちをかけるようにゴベールが言う。

「ひと目惚れってお前の勘違いでしょ。だってソフィアちゃん、お前の相手するの嫌だけれど、仕事だから仕方がない。割り切って相手しているって言ってたぞ」

そう思っていたのは事実だ。けれども、そこまで言っていない……と思う。

「なん……だと…………？　どういうことなのだ？　君は……僕と結婚をしたがっていたではない

か？」

「ええっと……あの」

「正直に、包み隠さず、事実を話したまえ」

嘘は許さない、とばかりにジェラルドが厳しい眼差しを向けてくる。

こういう眼差しを向けられるのは、ずいぶんと久しぶりな気がした。

「実は……その──」

本当は嫌だったけれど、恩義のあるムーランに頼まれて断りづらかった。騎士団の食堂と、危険手当にも釣られた。ジェラルドには憧れてもいなかったし、好意も抱いていなかった。むしろ怖くて苦手だった──と、事実を隠さず打ち明けた。

ジェラルドの顔はみるみるうちに青ざめていった。

（……話さないほうがよかったかしら……）

誤魔化したほうがよかったのでは、とソフィアは後悔をしていた。

ずっとソフィアに好かれていると思い込んでいたジェラルドの落ち込みようは激しく、ソフィアやゴベール副団長、ムーランの言葉にまったく反応しなくなった。

無表情になり、話しかけても答えるどころか、ソフィアと目を合わせようともしない。

そして仕事が終わり伯爵邸に戻ると、そのまま食事もせず自室に引きこもってしまった。

「あの子、どうしちゃったのかしら？　夕食はあとで取るつもりなのかしらね。それはそうと、ソフィアちゃん、今度のお休み、一緒にお買い物に行きましょう。靴を新調するつもりなの」

「靴か……ちょうど私も欲しいと思っていたのだ。同行しよう」

「あら、あなたはお仕事でしょう」

ジェラルドの不在を大して気にしていない義両親とともに、歓談しながら食事を取る。

義父も義母も、ソフィアに驚くほどよくしてくれている。

ジェラルドと結婚してすぐの頃、アリッサがオドラン男爵と婚約した、という話を耳にした。

アリッサには別に婚約者がいたはずなのに、なぜ別の相手、それもオドラン男爵と婚約するのか謎だったが、ジェラルドにルーペ男爵家から連絡が来ても無視するよう強く言われていた。

――いったい義母やアリッサに何があったのか。……父は大丈夫なのか。

ジェラルドに言われずとも、彼らに会うつもりはソフィアにもない。しかし、父のことはやはり心配だった。

未練がましいが、義両親の姿に亡き母と父を重ねて胸が苦しくなることもある。

そんな自分が情けなくて嫌だったけれど……。

そういうソフィアの弱い部分すら、ジェラルドは『美点』だと言ってくれる。

「ジェラルドさんに、お食事、運んできます」

ジェラルドの様子が気になるので、夕食を食べ終えたソフィアは彼に食事を届けることにした。

「わざわざ持って行かなくても、お腹が空いたら出てくるわよ」

「でも……気になるので」

「あの子は本当に……果報者ねえ」

しみじみと口にする義母に「私のほうが果報者ですよ」とソフィアは苦笑を浮かべて返した。

「違うわ！　私のほうが果報者よ」「いや私こそ果報者だ」と義母も義父も譲らなくなったため、みんな果報者ということで決着がついた。

ソフィアはパンと今日の主菜であったポトフの皿をトレーに乗せ、ジェラルドの部屋へと向かう。

ノックするが返事がない。

「入りますよ」

一応声をかけてから、部屋に入った。

ジェラルドの自室は、彼らしく整理整頓が行き届いている。

（いない……あ）

姿がないので不在なのかと思ったが、よく見るとベッドの上にこんもりと山ができている。

「寝ているんですか？」

ソフィアはテーブルにトレーを置き、ベッドに近づいた。

寝ているにしては、少々格好がおかしい気がする。

頭まで掛布を被り、蹲《うずくま》っているみたいだ。

「ジェラルドさん？　身体の具合でも悪いんですか？」

ソフィアは掛布を捲ろうとした。しかし押さえているのか、捲れない。

もしかして、中にいるのはジェラルドではない誰かなのだろうか。

少し怖くなってきたとき、くぐもった声が聞こえてきた。

「君に……合わせる顔がない……」

小声だったが、声色はジェラルドのものだ。

中にいるのはジェラルドだと、ソフィアはホッとした。

「……なんという、勘違いをしてしまっていたのだろう……」

「もういいじゃないですか。終わったことですし」

ソフィアは掛布の山にそっと手を当てた。

「よくは……ないであろう……。君になんて失礼な真似を……。好かれていると思い込んで、恥知らずな言動をしてしまった……。嫌われているとも知らず……求婚までして……」

「求婚されたときは、それほど嫌っていませんでしたよ」

「それほど嫌ってはいなかったということは、多少は嫌っていたのだろう。そしてそれ以前は、嫌っていた……。僕は己の愚かな勘違いが許せない……」

「でも、今はこうして結婚しているんですし、別にいいじゃないですか。ジェラルドさん、出てきてください」

「嫌だ。君に合わせる顔がない」

まさかずっと掛布を被ったままでいるつもりなのか。

ジェラルドは普段の傲慢さが信じられないほど、うじうじと落ち込んでいた。

「君には、本当に申し訳ないことをした……本当に……本当に、失礼な言動を……」

「大丈夫ですよ。全然、気にしていないですから。誤解だって、はっきり言わなかった私も悪かったですし」

誤解され、不愉快な思いをしたのはソフィアだ。なのになぜ今、自分がジェラルドのご機嫌を取らないとならないのか。

少しだけ不満に思ったが、掛布の山を撫で、ソフィアは優しい声で語りかけた。

「君は悪くない。誤解をした僕が全面的に悪い。本当に、本当に、すまなかった」

「……謝るなら、顔を見て謝ってください」

ソフィアの言葉にジェラルドがゆっくり身体を起こした。

(せっかくの美形が台無しだわ)

半目状態なうえに、酷く顔色が悪かった。

「本当に、申し訳なかった。心から謝罪をする。君に……どう詫びたらよいのだろう。どうしたら許してくれるのだ?」

許すも何も、もう怒ってはいない。

そもそも怒っていたら、結婚などしなかった。

「なら、そうですね。初めて一緒にお食事をした、あの高級料理店に連れて行ってください」

「もちろんだ。連れて行く。毎日行ってもいいし、何ならあの店ごと買い取って君に贈ろう」

「いいえ、いらないです。それに毎日も嫌です。ここの食事も高級料理店と同じくらい美味しいですし。それに……私、お義父《とう》様とお義母様とあなたと……みんなで一緒に食事をするのが好きなんです」

「……そうか。…………だが、高級料理店に一度連れて行くだけでは詫びにはならないだろう。本当に、申し訳なかった。僕は僕が腹立たしくて堪らない」

ジェラルドは再び、うじうじと自責し始める。

ソフィアは心の中で溜め息を吐き、ジェラルドの頬に指を伸ばした。

——いつから好きになったの?

ムーランの問いに明確には答えられない。

けれど——。

「誤解から始まって、いろいろありましたけど……今はこうして結婚して、あなたの妻になって、ちゃんとあなたのことが好きなんです。だからもう、謝らなくていいですよ」

ジェラルドは傲慢なだけでなく、意外にも子どもっぽいところがあるし、しつこい。

落ち込んだらうじうじ思い悩むというジェラルドの一面も、今日初めて知った。

ジェラルドがソフィアの欠点を『美点』だと言ってくれるように、ソフィアもまた彼の欠点を愛おしいと思う。

もちろん言動にイラッとしたり、面倒だと思ったり、愛情が暑苦しかったり。

ときどき本気で腹が立つこともあるけれど、いつからなのかは自分でもよくわからないが、ソフィアは彼に恋をしていた。

「…………今、何と言った？」

「謝らなくていいですよ」

「違うその前だ。僕のことが好きだと言っただろう」

「言いましたけれど……」

「もう一度言いたまえ」

先ほどまでうじうじしていたくせに、偉そうに言ってくる。

「私に何度も同じこと言わせないでください」

ソフィアは冷たく言い返した。

「よく聞こえなかったのだ……聞き間違いかもしれない」

「聞き間違いじゃないです」

「だが、よく聞こえなかった。聞こえなかった場合は、繰り返すべきだ……」

ジェラルドは目を伏せ、ブツブツと不満を口にする。

ちょっとだけ仕返ししたい気持ちになっただけで、意地悪をしたいわけじゃない。

「三度目はありませんからね」

ソフィアはそう前置きし、ジェラルドの耳元に唇を寄せ、彼への想いを囁いた。

後日談　贖罪《しょくざい》デート

休日。ジェラルドは愛妻とともに、馴染みの料理店を訪れていた。

好きなものを好きなだけ注文したまえ――ジェラルドがそう言うと、ソフィアはサーロインステーキを注文した。

前菜のときから浮かれている様子だったが、主菜が運ばれてくるとソフィアの目の色が変わった。サーロインステーキをじっと瞬きもせず凝視している。

そして、淀みない手つきで肉を一口大に切り分け口に運ぶ。

肉を口に入れると、うっとりと目を細めて顔を綻ばせた。頬はほんのりと赤らみ、まるで恋する乙女のような表情を浮かべている。

「……………ひとつ訊いてもよいだろうか……？」

声をかけると、ソフィアは肉をこくりと飲み込んでから、正面に座るジェラルドを見た。

「なんでしょう？」

「君はあのとき……僕と初めてここで食事をしたときも、今のように頬を紅潮させ、至福の表情を浮かべていた。あれは僕と一緒に食事ができ、喜んでいたのではないのか？」

ジェラルドの問いに、ソフィアは視線を泳がせ「そうですね」と誤魔化すように薄く笑んだ。

「正直に言いたまえ」

真実を言うように促すと、ソフィアは小さく息を吐いた。

「…………あのときは、お魚があまりにも美味しくて……だから幸せそうな顔をしていたんだと思います」

「……お魚……。今もか？　今、至福の表情を浮かべていたのは、僕と一緒に食事しているのが嬉しいのではなく、サーロインステーキが美味しいからなのか？」

「……サーロインステーキはもちろん美味しいですけど、ジェラルドさんと一緒にお食事をしているのも嬉しいですよ」

気のせいだろうか。後半が取ってつけたように聞こえた。

——僕よりも、サーロインステーキが……肉が好きなのか？

彼女に問い質したくなる。

肉と僕どちらが大切なのか。肉と僕、どちらか一方しか選べないとしたら、添い遂げるとしたら肉と僕のどちらを選ぶのだ。

ジェラルドはソフィアに『肉よりも僕を選んでほしい』と懇願したくなった。

（いや、駄目だ。……今までの誤解を詫びねばならないのに、己の気持ちを押しつけてどうするのだ）

ジェラルドは心の中で己に言い聞かせた。

今日ジェラルドがソフィアとともに料理店を二人で訪れているのは、記念日デートでもなければお祝いデートでもなかった。贖罪デートなのだ。

ここで初めて彼女と食事をしたとき……いや、初めて出会ったときからジェラルドはソフィアに好意を持たれていると誤解をしていた。

好かれていると勘違いしたあげく、「君とは結婚できない」と彼女を振り、振ったくせにソフィアへの想いを自覚し、求婚する。彼女から愛されていると疑いもせず――。

そうして先日、ジェラルドは真実を知った。

己の道化ぶりに驚愕した。穴があったら入りたいと思った。

ソフィアに申し訳なく、合わせる顔がなかった。彼女に嫌われていたという事実が苦しく、別れを切り出されるのが恐ろしくて堪らなかった。

だが、羞恥と後悔と恐怖に打ち震えるジェラルドに対しソフィアは寛容だった。咎めもしなければ愚かさをあざ笑いもせず、消沈するジェラルドを『贖罪デート』で許してくれたのだ。

だというのに……。

(贖罪で訪れているのに……肉に嫉妬してどうするのだ)

自分の狭量さに、ジェラルドは心の中で嘆息する。

ソフィアと結婚する少し前、ジェラルドは副団長のゴベールに相談をした。

『……彼女が男性と会話をしていると、不愉快な気持ちになるのだ。男性と関わりを持ってほしくはないが、人類の半分は男性なのだから無理なのはわかっている。おそらくこれは嫉妬心なのだが、この嫉妬心を解消する方法があるなら教えてほしい』

『…………お前からそんな相談までされるとは思ってもみなかったよ。っていうか、お前意外と独占欲の強い奴だったんだな』

ゴベールは驚いたように言ったあと『まあ、結婚したら落ち着くんじゃない』と肩を竦めて答えた。

離縁する場合があるとはいえ、結婚は生涯をともにする契約である。そして、結婚をすればいずれ閨事も行う。

夫婦という絆《きずな》を得て、彼女の身体を手に入れるのだ。確かに、独占欲は満たされ嫉妬もしなくなるだろうと思った。だが……現実は違った。

結婚しても嫉妬心は消えない。それどころか、日に日に酷くなっている気がする。

異性どころか、最近ではソフィアを事あるごとに連れ出す母にまで嫉妬心を向けていた。

「……どうかしました？　あ、もしかして……ジェラルドさんもお肉が食べたくなったんですか？」

押し黙り、ソフィアの前にあるサーロインステーキを睨みつけていたからか、ソフィアが困り顔で訊いてくる。

ちなみに、ジェラルドは彼女と初めてともに食事をしたときと同じ魚料理を頼んでいた。

「いや……過去の愚かな勘違いを思い出し反省していただけだ。君には本当に申し訳ないことをした」

彼女に矮小《わいしょう》な男だと思われたくないので、肉に嫉妬していたとは明かせない。

「謝らないでください。せっかく来たんですし、お食事を楽しみましょう！」

自分とともにいることを楽しむのではなく、お食事……つまりは肉を楽しむということか。

陰鬱な気持ちになりかけたが、ジェラルドを励ますかのごとく明るい声で笑むソフィアは愛らしく美しかった。

（彼女の夫は僕だ。彼女にいくら愛されていようとも、肉は人間ではないのだ。彼女の夫にはなれない。それに……）

嫉妬はしても、幸せそうに肉を食べるソフィアをジェラルドは愛していた。

ソフィアへの愛を自覚してから、ジェラルドは恋愛を主題とした小説をよく読むようになった。

小説には様々な愛し方が書かれていた。その中で、愛する人の愛するものを受け入れ、自らも愛する。それが真の愛なのだと書かれている話もあった。

ジェラルドも醜い嫉妬心で彼女や肉を傷つけるのではなく、そういう愛し方をしたい。

肉がソフィアの腹を満たすならば、自分は彼女の心を満たす存在になればよいのだ。

「……僕は肉を愛する努力をしよう」

「…………努力って……肉が嫌いだったんですか？　よく食べていらっしゃるし、好きなんだと思っていました」

ジェラルドの決意の言葉に、ソフィアは首を傾げる。

個人的嗜好《しこう》の話ではなく愛し方の話なのだが、詳しい説明をすると肉への嫉妬の件も明かさねばならなくなる。

「肉は好きだが、今後はもっと好きになろうという話だ。料理が冷めてしまう。いただこう」

ソフィアは「はあ」と釈然としていなかったが、冷めるのも嫌だったのだろう。追及はせず、食事を再開した。


デザートはワインがふんだんに使われたコンポートであった。

ジェラルドはあまりワインが得意ではないので正直なところ口には合わなかったが、ソフィアは違ったらしい。美味しいですね、を連呼し目を輝かせていた。

「ワインが好きなのか？」と問うと「好きと言えるほど飲んだことがありません」という返事が返ってくる。

ソフィアは父親や義母から給金を搾取されていた。毎日の食事にさえ困っていたのだ。ワインを嗜《たしな》む余裕などなかったのだろう。

ソフィアの境遇を思うと胸が痛くなり、彼女の家族たちへの怒りが湧いてくる。

あれから——ソフィアには詳しく伝えていないが、ルーペ男爵家とは一悶着あった。

ソフィアの義妹アリッサには婚約者がいたのだが、アリッサはその婚約者に『自分はジェラルド・フェレールと結婚するから婚約を解消する！』と宣言したらしい。

相手方の家から事実確認の連絡が来て、ジェラルドはアリッサの妄言を知った。相手方にはすぐに事実無根であることと、ソフィアとの結婚について伝えた。

しかしアリッサの宣言が嘘だと知っても、婚約を続ける気はなかったらしく彼女の希望どおり婚約は解消された。

その後、アリッサから意味不明の手紙が二度届いた。

正式にルーペ男爵家に抗議をすると手紙は来なくなり、アリッサがあの忌まわしい男……オドラン男爵と婚約したという話を耳にした。

婚約の破談で慰謝料が発生したのか、それとも長年の散財のせいか。定かではないが、ルーペ男爵家は多くの負債を抱えているとの話も耳にしている。

そして……彼女の父親が病の床についているという話を先日耳にした。

義母やアリッサの一件はともかく、父親についてはいずれソフィアに話さねばならない。

ソフィアを苦しめたくない。絶縁したのだから父親に心を砕く必要もないと思う。

だがソフィアにとってはたった一人の肉親だ。会うにしても会わないにしても、彼女自身が決めねばならない。

（どちらにせよ、話すのは病状を把握してからだ）

たんに風邪で寝込んでいるのが大げさに伝わっているだけかもしれないし、ソフィアを欺き陥れようとしている可能性もある。

人を雇い調べる手配はしているので、近いうちに事実がわかるはずだ。

先のことを考えても仕方がない。ジェラルドは心配事を頭の隅に追いやり、今を楽しむことにする。

「ワインを頼もう」

「え、でもジェラルドさんお酒苦手って言っていませんでしたか？」

「僕は飲まないが、君は飲んでみるとよい」

ジェラルドはワインを注文する。

「あ、美味しいです」

ソフィアはワイングラスを傾けると、嬉しげに声を弾ませた。

（可愛いな。肉を食べているときも可愛かった。コンポートを食べているときも可愛かったし、ワインを飲んでいるときも可愛い。いや、むしろ可愛くないときがないのだが……）

ジェラルドは頭の中で『可愛い』を連呼しながら「もっと飲みたまえ」とワインを勧めた。

そして店を出る頃には、ソフィアは完全な酔っ払いになっていた。


「じぇあるどさん、もう一件、行きましょう！」

「……いや、帰ろう」

「まだ飲み足りません！」

ソフィアはここから動かないとばかりに、ジェラルドの腕を引っ張る。

「いや、充分飲んだであろう」

「私に二度も同じことを言わせないでくれたまえ！　飲み足りません！」

「…………家にワインがある。家に帰り、ワインを飲もう」

「よろしい。家に帰りましょう」

ソフィアが急に大股で歩き始めた。

ジェラルドは慌てて彼女を追い、手を取る。

「手、繋ぐんです？」

「そうだ手を繋いで、家まで帰ろう」

「まるで恋人みたいですね」

「僕たちは夫婦だ」

「あ、そうでした……。ふふ……夫婦なんですね。自分が結婚してるって、まだ実感がないです。何だか照れちゃいますね……。そういえば、昔、お父様と一緒に、こうして通りを、手を繋いで歩きました。右手はお父様、左手はお母様。お父様、お母様……」

見るとソフィアがグスグスと泣き始めていた。

ジェラルドはぎゅっとソフィアの手を強く握る。

「痛い！　なんで強く握るの！　酷い！　乱暴者！　傲慢男！」

泣いていたかと思えば今度は、怒鳴り始めた。

辺りは薄暗くなっている。人気がないぶん声が大きく響く。

「すまない。強く握りしめた。優しく握るから、手は振り払わないでくれ」

「え？　手を、繋ぎたいんですか？　手を繋ぐって、まるで恋人みたいですね」

振り払われた手を握り直すと、ソフィアははにかみながら言う。

(可愛い……可愛いが、酒乱だ)

「そうだな。恋人だ」

ジェラルドはソフィアを刺激しないよう穏やかに、適当に話を合わせる。

「歩けない～、歩けません、一歩も歩けない～、歩きたくない～、歩くのがいや～なの～」

少しして足を止めたソフィアは、歌を口ずさみ始めた。

ジェラルドは彼女を背負った。

「そういえば、お父様にもおぶってもらったことがあります。今日から、お父様って呼んでもいいですか」

「いや、お父様と呼ばれるのは困る」

「私のこと、お母様って呼んでもいいですよ」

「私の母は健在だ。君をお母様と呼ぶ理由はない」

「なにそれ！　自慢ですか⁉　自分にはお母様がいるって！　優しくて美人で素敵なお母様がいるって自慢してるんです？　それにお父様まで素敵だなんてズルいですよ！」

ソフィアはジェラルドの頭に爪を立てる。痛い。何本か髪を毟られたようだ。

「落ち着きたまえ。僕の母は、君の母でもあるのだ」

「なんで団長の母親が私の母親なんです？　意味わかんない」

久しぶりに『団長』と呼ばれる。ワインのせいで記憶障害になっているようだ。

「君と僕が結婚したからだ」

「あ、そうです。結婚したんです。ジェラルドさんは私の…………………」

『愛する夫』『大事な旦那様』『唯一の伴侶』などの言葉が続くのかと期待したのだが、寝息が聞こえてくる。

どうやらジェラルドの背をベッドに眠ってしまったようだ。

屋敷に戻ると、両親が揃って姿を見せた。

「あら、ソフィアちゃんどうしたの？」

「大変だ！　すぐに医者を！」

「医者はよい。ワインを飲みすぎただけだ」

「あらまあ。ソフィアちゃん、お酒に弱かったの？　それともジェラくんが飲ませすぎたせい？」

「急性アルコール中毒かもしれないだろう。医者を呼んだほうがよいのではないか？」

母はのんびりと問いかけてくるが、父のほうは青ざめあたふたしている。

「弱かったが……飲ませすぎたかもしれない。普通に寝ているようなので、急性アルコール中毒ではないと思う。様子がおかしければ、医者に診せる」

それぞれに視線をやり、ジェラルドは答えた。

「もうジェラくんったら、うちの大事な娘なのよ！　飲ませすぎないで」

「少しでも異変があれば、すぐに呼ぶのだぞ」

両親は心配げにソフィアを見たあと、自分たちの部屋へと戻っていく。

先ほど彼女は『ズルい』と言っていたが、両親にとってソフィアは我が子も同然の存在になっている。

夫婦関係が破綻する原因として『不義』や『性格の不一致』『金銭問題』以外にも『義両親問題』も多いという。義両親との仲が上手くいかず、離縁する者は少なくないのだ。

しかし両親はソフィアを大事にしてくれているし、ソフィアは両親を素敵だと言ってくれる。自分は周りに恵まれているのだと思う。三人が親しいがゆえに、疎外感を抱くときがあるけれども。

ソフィアを背負い、ジェラルドは二階にある夫婦の寝室へと向かう。

ベッドに下ろすと、ソフィアは薄らと目を開けてジェラルドを見上げていた。

「……起こしたか。すまない」

「……ジェラルドさん……どうしたんです？　髪がぐちゃぐちゃですよ」

「君が掻き毟ったのだ」

「掻き毟るって……私、そんな乱暴なことしません」

ソフィアは唇を尖らせる。

（酒乱だが……可愛い）

酒癖の悪い者は同性異性に関わらず、苦手であった。けれども酔っているソフィアは表情がころころと変わり、とても可愛らしい。

「気分はどうだ？　水が飲みたいなら持って来よう」

「水よりも、ワインが飲みたいです」

「また今度にしよう。君のために美味しいワインを取り寄せる。とりあえず、今は水で我慢したまえ」

水を取りに行こうとすると、ソフィアが半身を起こしジェラルドの腕を引っ張ってくる。

料理店からの帰り道、まだ飲み足りないと駄々をこねるソフィアに、ジェラルドは家にワインがあると言って帰りを促した。

酔っ払っているので会話は忘れていると思ったが、覚えていたらしい。

どう誤魔化そうか考えていると、ソフィアは眉を寄せて「最近のジェラルドさんは、前と違います」と低い声で言った。

「前と違う……だと？」

結婚と同時に妻を所有物のように扱い、横柄になる男がいると聞いたことがある。

ジェラルドはソフィアの意思を尊重しているつもりだったが……もしかしたら、知らぬうちに独占欲から横柄な態度を取っていたのかもしれない。

「横柄な態度になっていたのなら謝罪をしよう」

ジェラルドの言葉に、ソフィアはぶんぶんと首を横に振った。

「違います！　あんなに横柄で、意地悪で、うるさくて、高慢の傲慢だったのに！　今は、優しくなりました」

自身の態度にいささかの問題があるのは自覚しているので、反論するつもりはない。しかし愛する人に欠点を並べられ、動揺した。

「君には……ずいぶん、不愉快な思いをさせてしまったようだ」

「だから、違いますって。謝ってほしいわけじゃなくて……。もしかして、我慢してくれているのかなって」

ソフィアは再び頭を横に振り、言う。

「……我慢？」

「優しすぎて、何でもしてくれそうな感じだから。私のために我慢してくれているのかなって」

「……別に我慢をしているわけではないが……」

「たまには遠慮せず、我が儘を言ったり怒ったりしてもいいんですよ。私に言いたいこと、してほしいこととかありませんか？」

ソフィアがじっとジェラルドを見上げ訊いてくる。

何を言ってもよいのだろうか。我が儘を言っても、してほしいと願えば何でもしてくれるのだろうか。

欲求がふつふつと湧いてくる。

「…………君は肉と僕、どちらが好きなのだ？」

ジェラルドは重い口を開き、問いかける。

「肉と僕……？」

「毎日サーロインステーキを食べるのと、毎日ずっと僕と一緒にいる。どちらがより好ましいか訊いているのだ」

「毎日ですか？　毎日、サーロインステーキは胃がもたれます。たまにはローストビーフも食べたいですし、お魚も食べたいです。白身魚のムニエルとか！」

確かに同じ料理だと飽きがくる。たまには魚や野菜も食べたくなるはずだ。

（たかが肉ごときに、嫉妬するなど……）

ジェラルドは自嘲の笑みを浮かべた。だが、続いたソフィアの言葉に驚愕する。

「でも、ジェラルドさんとも毎日ずっと一緒にいるのはキツいです！」

「…………な、んだと……」

「毎日朝から晩までずっと、仕事場でも一緒は嫌ですよぉ～」

ソフィアが無邪気に、へらへらと笑みを浮かべながら言う。

「僕は……一緒にいたくないほどに、君に嫌われていたのか…………」

「だ・か・ら！　毎日朝から晩まで一緒なのが嫌なだけで、別に嫌いだとか、一緒にいたくないとか言ってないでしょ！　二度も同じこと言いたくないです。ちゃんと聞いてください」

本当ジェラルドさんって早とちりなんですから、とソフィアはブツブツと文句を言う。

「サーロインステーキを食べたい！　って思う日があるように、今日はジェラルドさんとずっと一緒にいて、いちゃいちゃしたい！　って思う日もあるんです！」

「いちゃいちゃ……いちゃいちゃしたいと思う日があるのか!?」

「ありますよ。ジェラルドさんは、ないんですか？」

「ある」

外出するときは手を繋ぐ、もしくは腕を組んで歩きたい。

ソフィアに似合うドレスを選びたいし、ソフィアに自身の服を選んでほしい。

彼女の作った野菜スープを毎日食べたいし、お互いの美点を言い合いたい。

おはようの口づけをしてほしいし、おやすみの口づけもしてほしい。おかえりなさいの口づけもしてほしかった。

けれど実際は恥ずかしがって、人気のないところでしか手は繋いでくれない。紳士服に詳しくないからと服も選んでくれないし、野菜スープを作ってほしいと頼んだときも『伯爵家の調理場をお借りするのはちょっと……』とやんわりと断られていた。

挨拶代わりの口づけをしてくれる素振りもない。

ジェラルドはいちゃいちゃいちゃに飢えていた。

「僕は君といちゃいちゃしたい。愛称で呼んだり……呼ばれたりしたい」

「愛称って……ソフィーちゃん、とかですか？　今までそういうふうに呼ばれたことないです」

「ソフィーちゃん。可愛い響きだ……ソフィーちゃん」

「あはは、やめてください。ジェラルドさんにそんなふうに呼ばれると笑っちゃいます」

「なぜだ？　これからは君のことをソフィーちゃんと呼ぼう」

「嫌ですよ。やめてください。私もジェラルドさんのことジェラくんって呼んじゃいますよ」

「よ、呼んでくれて構わないぞ。ソフィーちゃん」

ソフィアは何がそこまでおかしいのか「ソフィーちゃんって」と腹を抱えて大笑いを始めた。

笑いはなかなか収まらず、シーツに突っ伏してクスクスと笑い続けている。

(酔っ払いだな……だが、可愛い……恐ろしいまでに可愛い)

「もう寝たまえ」

ジェラルドは彼女の髪を梳《す》き、傍にあったブランケットをソフィアの身体にかけた。

ソフィアは顔を上げ、潤んだ目でジェラルドを見つめてくる。そして――。

「まだ寝たくないです。……一緒に、夜の練習しましょう、ジェラくん」

甘い声で、ジェラルドを誘った。


ジェラルドの首に手を回し、ソフィアが顔を近づけてくる。

小さな舌がジェラルドの唇を擽る。淫猥《いんわい》なその仕草に、頭の奥がじんと痺《しび》れた。

「君は……本当は淫魔なのだろう」

「いんま……?」

「僕を堕落させる悪魔だ」

本来ならば、酩酊《めいてい》しているソフィアに手を出すべきではない。けれど甘い誘惑に、下半身は熱く猛《たけ》り彼女の身体を欲していた。

「悪魔じゃないですよ。でも、本当に……もしも私が悪魔だったならどうします? 離縁しますか?」

「しない。詐欺師でも悪魔でもいい。僕の傍にいてほしい」

ジェラルドはソフィアを押し倒し、彼女の柔らかな唇を舐《な》めしゃぶった。

「あ……ん……ジェラルドさん、擽ったいです」

「ジェラくんだ。……気分が悪くなったら言ってくれ。すぐにやめる」

ジェラルドは白い首筋に口づけを落としながら、柔らかな胸に手を伸ばす。

「……ん、気分悪くないです……気持ちいい」

布地の上から乳房を揉むと、ソフィアは甘い声で言う。

いつもの恥じらっているソフィアも愛らしいが、快楽に素直なソフィアも可愛い。

股間が暴発しそうになるのを堪え、ジェラルドは性急に彼女の衣服を脱がす。

露わになった乳房の先端は、ジェラルドを誘うかのごとくツンと勃ち上がっていた。

ちゅっと吸いつくと、ソフィアは息を弾ませる。

「気持ちいい」

「……こうして吸うのがいいのか？　それとも、こんなふうに…………舐めるのはどうだ？」

「あっ、ん……それも好き」

「なら……これはどうだ？」

軽く歯を立てると、ソフィアは「それも気持ちいい」と身をくねらせた。

ジェラルドは、まだ童貞に毛が生えた程度の経験しか積んでいない。

そのため、どのような愛撫が心地よいのか、ソフィアの意見に耳を傾けながら閨事を進めたかった。しかしソフィアは閨事の最中の質問が嫌なようで、あまり答えてくれない。

（酔っているので今日は正直に答えてくれている……今ならば意見が聞けるだろう）

ジェラルドは太股の間に手を伸ばした。

熱く濡れそぼったソフィアの女陰に指を添わせ、くにくにと優しく刺激を与える。

「やっ……ああ」

「こう優しく弱めに触るのと……強めにこうするのとでは、どちらが好きだ？」

「……あっ……優しいほうが好き」

「そうか。ではここは……どうだ？」

敏感な尖りを親指で押さえると、ソフィアは腰を弾ませた。

「……あっ！　そこ、そこ、だめ……あんっ」

「強めと……弱め……どちらのほうがいい？」

「どっちも……あっ……気持ちいい」

閨の教本に、陰核は女性の快楽の源だと書かれていた。多くの女性がもっとも快楽を覚える場所なのだという。

ソフィアもここの愛撫に弱い。指先で弄《いじ》ると声はよりいっそう艶っぽくなった。

蜜がとろとろと零れてきて、ジェラルドの指をしとどに濡らす。

蜜壺《みつつぼ》にそっと指を差し入れる。

「あぁっ……ん……」

ぞんぶんに濡れたソフィアのそこは、ちゅくちゅくと吸いつくようにジェラルドの指を締めつけてきた。

「中もとろとろになっている。気持ちがいいか？」

指を動かすと、くちゅくちゅと水音が鳴る。

「ひゃっ、あん……きもちいい……あぁっ……」

酔っているせいで大げさになっているのか、それとも感じやすくなっているのか。

ソフィアは尻を忙《せわ》しなく蠢かし、甘い声を漏らしている。

（もっと……気持ちよくなってほしい）

ジェラルドは彼女の足を押し開き、そこに顔を埋めた。

「ここを……舐めるのは……どうだ？」

尖らせた舌で敏感な部分を舐める。

「あっ！　あああっ、だめ、だめ……あん……」

「気持ちよくないのか？」

「気持ちよすぎて……だめっ……おかしくなっちゃう……あっ、あっ」

「おかしくなっていい」

彼女のおかしいほど感じている姿が見たい。

ジェラルドは欲望のまま、湧き出てくる蜜を舐めた。

「もう、いっちゃう……いっちゃうから……」

ソフィアが嬌声《きょうせい》を上げ、指でジェラルドの髪を掻き毟る。ぷちぷちと何本か抜けた気がするが、その痛みすら心地よく感じる。髪をすべて雀られたとしても、快楽で我を失うソフィアを見てみたかった。

「……いけばいい」

「だめ……っ。一緒がいい……ジェラルドさんで、いきたい」

さらなる愛撫を加えようとしていたジェラルドを、ソフィアが甘い声で止める。

「……僕で……いきたいのか？」

「いきたい……欲しいです」

ジェラルドが顔を上げて問うと、ソフィアは濡れた目で答えた。

「僕が……欲しいのか？」

「欲しいの。ジェラルドさんが欲しい」

愛する妻に望まれ、頭が熱く煮えたぎる。

ソフィアはジェラルドの愛をいつも優しく受け入れてくれている。穏やかなところも、少々淡泊なところも彼女の美点である。けれどいつか自分を熱情的に求め、欲してくれたら……などと妄想もしていた。

「僕も君が欲しい。君が欲しくて堪らない」

溢れる感情のままジェラルドはいきり立った己を取り出し、ソフィアの足の合間に身体を入れる。

熱く潤った快楽の泉がジェラルドを誘う。しかしジェラルドは寸前のところで、動きを止めた。

妄想のように、ジェラルドを求めてほしいと思ったのだ。

「……ジェラルドさん?」

ソフィアが早く入れてとばかりに、眉を寄せて名を呼んだ。

「ジェラルドさんではない……。ジェラくんだろう?」

「………え」

「ジェラくんだ」

ソフィアの蜜口に己の硬い先端をあてがい、ぐりぐりと焦らすように小刻みに動かした。

「これが……欲しいのだろう?」

「……やっ、ああん……欲しい……ジェラくん、入れてっ」

切羽詰まった声で名を呼ばれ、煮えたぎっている頭がぐらりと揺らぐ。

「ソフィアっ……」

彼女の中に、高ぶった己を挿入した。

「あっん、ああっ……」

ソフィアのそこはジェラルドを歓迎し、甘く締めつけてくる。

「ソフィア……痛くはないか?」

「……んっ……気持ちいい……」

「ソフィア」

彼女の一番深い場所に自分がいる。

愛する人とひとつになっている悦《よろこ》びに、ジェラルドは打ち震えた。

「ソフィア……ソフィア……愛している。ソフィーちゃん……」

「……ふふっ……ふっ、や、やめてください」

ふいにソフィアが肩を震わせ始めた。

「……どうした？　痛くなったのか？　それとも、気分が悪いのか」

酒が回ってきたのかもしれない。慌てて抜こうとすると、ソフィアが太股でジェラルドの腰を挟んできた。

「抜いちゃ駄目です。ソフィーちゃんって……。呼ばないでくださいよ。笑っちゃう……ふふっ……、ソフィーちゃんって、ふふふふっ……」

愛称で呼ぶのがなぜそこまでおかしいのか、ソフィアが声を上げて笑い始める。

「うっ……笑わないでくれ……うっ、くっ」

ソフィアが身体を震わせて笑うたびに、彼女の中が絶妙な具合でジェラルドを締めつけてきた。

きゅっきゅっと小刻みな刺激を与えられ――ジェラルドは我慢できず、動いてもいないのに遂情してしまった。

交合し始めの頃は早漏気味だったが、最近は遅漏とまではいかないが我慢できるようになっていた。

挿入しただけで、まだ動いてもいないのに出してしまうのは久しぶりだった。

「…………これはその不可抗力だ。次はきちんと、君を先に気持ちよくさせる」

いったん抜いてそれからもう一度挑戦するか。それとも彼女の中に挿入したまま復活するのを待つか。

思案していると、寝息が聞こえてきた。

見下ろすと、ソフィアはまだジェラルドが身体の中にいるというのに、気持ちよさげに眠ってしまっていた。

ジェラルドは息を吐き、ソフィアを起こさぬようゆっくりと己を抜いた。

ソフィアの身体に寄り添い、柔らかな髪に顔を埋める。

――心から愛おしいと思える人が傍にいてくれるって、素敵なことよ。

ふと、かつて母の口にした言葉が頭に浮かんだ。

一度放出はしたものの下半身は消化不良気味だ。

ソフィアの些細な言動で落ち込むことは少なくなかったし、素っ気なくされると寂しくなる。嫉妬心で平静を保てないときもあった。

以前はどんな事態に陥ろうとも冷静に判断できる自信があったが、今はソフィアに何かあれば自分はおかしくなってしまう気がする。

そんな自身の変化に戸惑いはする……だが。

(確かに、愛とは素晴らしいものだ……)

ソフィアに触れているだけで、心が満たされる。

愛おしさで、胸がいっぱいになる。

ソフィアの身体を抱きしめ、ジェラルドは幸福感に酔いしれた。

◆
◇
◆

翌日。ソフィアは頭痛と身体のだるさと吐き気で動けずにいた。

「大丈夫か？」

ベッドに横になっていると、ジェラルドがグラスを差し出してくる。

「吐き気止めだ」

先ほど医者が往診し、ソフィアに『二日酔い』の診断をした。どうやら帰り際に薬を処方してくれたらしい。

ジェラルドに背を支えられ、ソフィアは身体を起こす。

グラスを手に取り、粉末を溶かした水を一気飲みした。

「……うう、苦いです」

「今後はワインを飲むのは控えたほうがよいな。飲むとしても、僕がいるときだけにしたまえ」

「…………もしかして、ご迷惑をおかけしましたか？」

高級料理店でワインを口にしたのは覚えている。けれど、店を出た頃からの記憶が抜け落ちていた。

「僕は迷惑をかけられたとは思っていない。だが、かなり酔っ払ってはいた」

「…………すみませんでした」

美味しかったけれど、今後は飲まないようにしようとソフィアは誓った。

「謝らずともよい。明日にはよくなるだろうから、今日はゆっくり休みなさい。ソフィーちゃん」

ソフィアはチラリとジェラルドに目をやる。

（…………ソフィー……ちゃん？）

慣れない名で呼ばれ、ソフィアは固まる。

聞き間違いに違いないと思ったのだが、ジェラルドは僅かに頰を染め再び愛称でソフィアを呼んだ。

「僕も今日はずっとここにいる。体調に異変があれば、すぐに声をかけてくれ。ソフィーちゃん」

「…………ただの二日酔いですし、ジェラルドさんは自分の部屋に戻ってくださって大丈夫ですよ。あと……そのソフィーちゃんっていうのは……」

「ジェラルドさん、ではなくジェラくんだ」

「…………は？」

「昨日話し合いをしたのだ。これから僕は君をソフィーちゃん、君は僕をジェラくんと、お互いに愛称で呼ぶことになった」

ソフィアは頭を抱える。

どうやら酔っ払って、ジェラルドにおかしな話し合いを持ちかけたらしい。

「酔っていたんです……すみません、忘れてください」

「忘れる？　なぜだ」

「なぜって……そんなおかしな呼び方しなくていいですよ」

出会ったばかりの頃からは考えられないほど、最近のジェラルドは優しい。

特に例の勘違いを知ってからの彼は、罪悪感があるのだろう。ソフィアの願いは何でも聞き入れてくれるのではなかろうかと思うほどに優しかった。

酔っ払いの戯言《たわごと》を、ソフィアのお願いだからと受け入れてしまったに違いない。

「私のお願いでも、嫌なときはちゃんと断ってください」

「ソフィーちゃんのお願いを嫌だと思ったことはないのだが……」

「…………いえ、だから……そのソフィーちゃんっていうの、やめてもらえますか？」

慣れないというか恥ずかしいというか、寒気がするというか。

ソフィーちゃんと呼ばれると、顔が引き攣ってしまう。

「それが、君のお願いなのか？　断る」

「…………え？」

「お願いされても嫌ならば断ってもよいのだろう？　僕はこれからもソフィーちゃんと呼びたい」

ジェラルドは互いの名を愛称で呼ぶことで夫婦の絆が強くなるのだ、と力説を始めた。

「……ジェラルドさん、その話長いですか？　長くなるなら明日にしましょう」

「ジェラルドさんではなく、ジェラくんと呼ぶべきだ」

「二日酔いで、頭が痛いんです。討論する元気はありません」

「……それはそうだ。すまなかった。ゆっくり休みたまえ」

ジェラルドは申し訳なさげに言って、横になったソフィアにブランケットをかけた。

ちらりと彼を窺うと、傲慢な騎士団長とは思えぬほどしょんぼりしている。

「……明日、お話しましょうね」

優しくそう声をかけると、ジェラルドはホッとしたように「ああ」と微笑んだ。

翌日——夫婦は討論を重ねた。
妥協点を探した結果、互いを『ソフィー』『ジェラさん』と呼ぶこととなった。

あとがき

はじめまして。または、こんにちは。

このたびは『「君とは結婚できない」と言われましても』をお手に取っていただき、ありがとうございます。

こちらはＷｅｂ小説投稿サイト、ムーンライトノベルズ様に連載していたお話になります。書籍化するにあたり改稿、後日談を追加しました。

初めての方はもちろんのこと、Ｗｅｂ版を応援してくださった方にも、楽しんでいただけたら幸いです。


今作のヒーローは、容姿端麗で頭脳明晰、お金持ちで地位もある。けれど性格がすごく悪い。癖強な傲慢ノンデリです。

Ｗｅｂ版のときから賛否両論（？）だったので、読者さんの反応が正直ちょっと怖くはあるのですが、作者としては書きやすく、よく動いてくれるよい子なヒーローでした。

ヒロインはそんなヒーローとは真逆な、流されタイプです。

欠点のある二人が出会い、少しだけ成長します。二人とも頑張れ～と思っていただけたら……嬉しいです！

いろいろと性格に問題ある二人を、眠々《みんみん》先生がとっても可愛く、かっこよく描いてくださいました！

カバーイラストはもちろんのこと、挿絵もめちゃくちゃ素敵でして。拝見するたび、幸せを噛みしめておりました！

眠々先生、ありがとうございました。

担当様にも感謝を！　大変、ご迷惑をおかけしました。

この本の出版に関わってくださった皆様も、ありがとございました。

そしていつも応援してくださっている読者の方、この本をお手に取ってくださいました読者の方、本当にありがとうございました。

少しでも楽しんでいただけると嬉しいです。

またどこかでお会いできますように。

イチニ

Saki Tsukigami
月神サキ
Illustration
紫藤むらさき
jyajyauma koujyo to
じゃじゃ馬皇女と公爵令息
koushaku reisoku
両片想いのふたりは
今日も生温く見守られている
2
いとしい人と結婚するため、
邪魔する者は許しません！
留学先で出会った公爵令息のクロムと結婚する気満々で、父皇帝のもとに赴いた戦う皇女様ディアナ。なのに大臣たちが結婚に猛反対。国一番の名門魔法学園に編入し彼が首席で卒業することを条件にされてしまう。憤慨するディアナは、クロムがどれほど優秀か見せつけてやるんだから！　と闘志を漲らせる一方、再び彼とラブラブな学園生活を送れることに胸がときめく。ところが二人の周りで次々と不可解な事件が起こり、真相を探ろうとするが!?
フェアリーキス
NOW
ON
SALE
フェアリーキス
ピュア
fairy kiss
Jパブリッシング　https://www.j-publishing.co.jp/fairykiss/　定価：1430円（税込）

私のことが大好きな最強騎士の夫が、二度目の人生では塩対応なんですが!?
2
死に戻り妻は溺愛夫の我慢に気付かない
Kotoko
琴子
Illustration
白谷ゆう
フェアリーキス
NOW ON SALE
愛しの元夫がライバル令嬢と婚約!?
死に戻った今世で、元夫だけが自分に冷たくなってしまった。そんな逆境にもめげず、元夫イーサンに猛アタックする侯爵令嬢アナスタシア。普段は素っ気ないのにピンチになると必ず助けてくれる彼に、戸惑いと期待で心揺れていたが――「もうイーサン様には関わらないでいただきたいんです」イーサンと婚約するという令嬢ルアーナから接近禁止を宣告されてしまい!?　絶望に打ちひしがれるアナスタシア。でもイーサンには隠された真意があるようで……?
フェアリーキスピュア
fairy kiss
Jパブリッシング　https://www.j-publishing.co.jp/fairykiss/　定価：1430円（税込）

クレイン
Illustration 鈴ノ助
はねっかえり女帝は
転生して後宮に舞い戻る
～皇帝陛下、前世の私を引きずるのはやめてください！～
hanekkaeri jyotei wa
tensei shite
koukyuu ni maimodoru
フェアリーキス
NOW ON SALE
かつての姉さん女房ですが、
今世は年下妻を目指します！
朱家のお転婆娘・美暁は、皇太子の妃選びのための後宮入りに立候補！　実は美暁の狙いは、皇太子の父で現帝の雪龍!?　美暁には、先の女帝であり雪龍の妻として生きた前世の記憶があった。前世の自分亡き後、皇帝として実直に国を支え続けた雪龍は現在三十五歳。その姿を一目見たいと後宮入りするも、いざ対面した彼は、今でも妻の死を引きずっていて……。譲位し自分は身を引くつもりのようですが、まだ人生終わってませんからね!?
フェアリーキス ピュア
fairy kiss
Jパブリッシング　https://www.j-publishing.co.jp/fairykiss/　定価：1430円（税込）

冷遇されてますが、
生活魔法があるから大丈夫です
フェアリーキス
NOW ON SALE
こじらせ辺境伯
×強メンタル虐げられ令嬢
異母妹の代わりに、社交嫌いな辺境伯レアンドルに嫁いだアメリア。しかし、異母妹が流した「男好きの悪女」という噂のせいで、夫に一目会うこともないままオンボロ小屋に追いやられてしまう。……が、なんのその！　生活魔法で快適に過ごし、趣味の執筆活動に励むアメリア。一方のレアンドルは噂が誤解だと気付くが、今更合わせる顔がない。苦肉の策で新人編集に扮してアメリアに近付くことに。二人の距離が縮まる中、異母妹の魔の手が忍び寄り――!?
フェアリーキス ピンク
fairy kiss
Jパブリッシング　https://www.j-publishing.co.jp/fairykiss/　定価：1430円（税込）

初夜下剋上
shoya gekokujyo
Chikuwa
竹輪
Illustration
深山キリ
ぽっちゃり姫ですがイケメン副団長の夫と一夜で立場が逆転しました
夫の思い通りに痩せて
なんてやらないんだから！
親にほぼ放置され食べることだけが生きがいという肥満体型の末っ子王女シャル。そんな彼女が国一番の美形騎士フレデリックと政略結婚することに。微塵も彼にときめかず形ばかりの夫婦になるかと思っていたが――「可愛い俺のシャル。あなたの裸体は完璧だ」初夜を境に夢中になって溺愛されてしまう。妻を崇め倒す彼のキャラ変ぶりにシャルは恥ずかしさで卒倒寸前。そんなある時、彼の恋人だと名乗る女性が赤子を連れて現れて!?
フェアリーキス
NOW
ON
SALE
フェアリーキス
ピンク
fairy kiss
Jパブリッシング
https://www.j-publishing.co.jp/fairykiss/
定価：1430円（税込）

「君とは結婚できない」と言われましても

著者　イチニ　　© ICHINI

2024年5月5日　初版発行

発行人　藤居幸嗣

発行所　株式会社 J パブリッシング
〒102-0073　東京都千代田区九段北3-2-5 5F
TEL 03-3288-7907　FAX 03-3288-7880

製版所　株式会社サンシン企画

印刷所　中央精版印刷株式会社

ISBN：978-4-86669-668-3
Printed in JAPAN